Maria Venturi
Das Licht eines Sommers

SERIE PIPER

Zu diesem Buch

Dreizehn Jahre Ehe – mittlerweile gehen Anna und Michele ihrer eigenen Wege, und sie leben gut damit, daß ihre Verbindung nur noch auf dem Papier besteht. Erst die schreckliche Nachricht von Annas Tod rüttelt Michele wach: Anna ist mit dem Auto verunglückt, und der unbekannte Tote an ihrer Seite war ihr Geliebter Antonio, mit dem sie seit langem eine Beziehung hatte und von dem sie schwanger war. Michele ist zutiefst verletzt, um so mehr, als die Lokalpresse pikante Details der Affäre vor der Öffentlichkeit ausbreitet. Zudem sieht sich Michele auch noch den Vorwürfen der Frau ausgesetzt, die durch den Unfall zur Witwe wurde: Viola, Antonios temperamentvolle Gattin, die ihm die Schuld an der Tragödie gibt. So sehr Michele auch versucht, allein mit seinen Kindern zurechtzukommen, den dreien fehlt einfach eine starke und liebevolle Frau – eine Frau wie Viola …

Maria Venturi wurde in Florenz geboren und lebt als Roman- und Drehbuchautorin in der Lombardei. In ihrer Heimat erobern alle ihre Bücher die Bestsellerlisten. In Deutschland wurde sie vor allem durch den TV-Mehrteiler »Sieg der Liebe« bekannt. Auf deutsch liegen von ihr außerdem vor: »Fahr mit mir nach Paris«, »Das Labyrinth der Liebe« und »Amore heißt Liebe«.

Maria Venturi
Das Licht eines Sommers

Roman

Aus dem Italienischen von
Monika Cagliesi-Zenkteler und Brigitte Lindecke

Piper München Zürich

Von Maria Venturi liegen in der Serie Piper vor:
Das Labyrinth der Liebe (3393)
Amore heißt Liebe (3584)
Das Licht eines Sommers (3924)

Ungekürzte Taschenbuchausgabe
Juni 2003

Titel der italienischen Originalausgabe:
»La donna per legare il sole«, Rizzoli, Mailand 1999

erschienen im Verlagsprogramm Kabel
Umschlag/Bildredaktion: Büro Hamburg
Isabel Bünermann, Julia Martinez/
Charlotte Wippermann, Kathrin Hilse
Foto Umschlagvorderseite: ZEFA/Hänel (oben) und
Martin Barraud/Getty Images (unten)
Satz: KCS GmbH Buchholz/Hamburg
Druck und Bindung: Clausen & Bosse, Leck
Printed in Germany ISBN 3-492-23924-2

www.piper.de

Für Andrea, mit dreißig Jahren Dank
für unser gemeinsames Leben.
Ohne ihn hätte ich nie die große Liebe
kennengelernt und könnte heute
nicht von ihr erzählen, weil ich
die Erinnerung daran verloren hätte.

ERSTER TEIL

Michele

I

Als das Telefon klingelte, zog Giovanna gerade aufreizend das Nachthemd aus, um ins Bett zu schlüpfen. Michele wandte sofort seinen Blick von ihrem Busen und sah zum Wecker auf dem Nachttisch: zwei Uhr.

Hastig griff er nach dem Hörer. Wer zum Teufel rief mitten in der Nacht an?

»Du mußt sofort nach Hause kommen.« Das war typisch seine Mutter, ohne Einleitung.

Der wohlvertraute Befehlston ärgerte ihn und verdrängte den ersten Schreck. »Mama, weißt du, wie spät es ist?«

»Deine Frau hatte einen Unfall. Sie ist tot.«

Mit einem Ruck setzte Michele sich auf. *»Tot?«* Er sah, wie Giovanna erstarrte und ihn erschrocken anblickte.

»Tot?« wiederholte er, wobei er mehr zu sich selbst sprach als zu seiner Mutter. Es verwirrte ihn, daß sich kein Gefühl in ihm regte, und er fuhr sie wütend an: »Und das sagst du mir einfach so?«

Seine Mutter ging nicht darauf ein. »Die Carabinieri haben uns gerade benachrichtigt. Anna war auf dem Weg nach Hause, und kurz hinter Pavia hat sie die Kontrolle über den

Wagen verloren und ist auf die Gegenfahrbahn geraten. Aber das ist noch nicht alles. Das Schlimmste ...«

»Was zum Teufel hatte sie um diese Zeit auf der Autobahn zu suchen?« unterbrach Michele sie.

»Woher soll ich das wissen? Ich hatte ja nie die Ehre, von deiner Frau eingeweiht zu werden. Sie hat mich auch nicht um Erlaubnis gebeten, ausgehen zu dürfen.«

»Deine Gehässigkeit ist hier ziemlich fehl am Platz ...«

»Es war ein Mann bei ihr. Auch er war auf der Stelle tot«, brachte seine Mutter ihn beleidigt zum Schweigen. Michele hörte einen grausam triumphierenden Unterton aus ihrer Stimme heraus. Ihre Botschaft war klar: Ich irre mich nie.

Fast als wollte sie ihn für seinen ungerechten Vorwurf bestrafen, schickte sie noch hinterher: »Es wird noch sehr peinlich, den Leuten und euren Kindern *das* zu erklären.«

Michele fuhr hoch: »Wo sind die Kinder?«

»Im Bett natürlich. Es schien mir nicht angebracht, sie zu wecken, um ihnen diese Hiobsbotschaft zu überbringen. Das ist deine Aufgabe.«

»Ich fahre sofort los«, erwiderte er kurz angebunden. Er legte auf und stieg aus dem Bett.

»Ich habe alles mit angehört ... Es tut mir leid.« Giovanna war ganz blaß.

Michele nickte wortlos. Er ging eilig zum Schrank, öffnete die Tür und nahm den erstbesten Anzug vom Bügel.

Giovanna räusperte sich. »Das ist vielleicht nicht der passendste.«

»Was?«

Sie zeigte auf den Anzug. »Das ist eine sportliche Kombination, mit Karos ...«

»Soll ich mich als untröstlicher Witwer verkleiden?« erwiderte Michele, während er sich die Hose anzog.

»Warum bist du so sarkastisch? Du hast deine Frau doch geliebt.«

Er sah sie gereizt an. »Denkst du das wirklich?«

»Ja.«

»O Gott ...«

»Du hast dich nie von ihr getrennt. Du hast nie schlecht über sie geredet oder ihr für irgend etwas die Schuld gegeben, auch wenn sie nicht gerade perfekt war, wie ich annehme.«

»Richtig. Anna war aggressiv, hatte an allem etwas auszusetzen, es war einfach deprimierend mit ihr. Aber warum hätte ich mich beklagen sollen? Bei den ersten Anzeichen einer Krise bin ich auf Distanz gegangen, habe in Mailand eine kleine hübsche Wohnung gemietet und mir eine Geliebte zugelegt!« Nervös schnallte er den Gürtel zu.

Giovanna schüttelte den Kopf: »Dein wahres Zuhause ist trotzdem immer das Haus deiner Familie geblieben.«

»Meinst du das Haus, in dem ich in den letzten zwei Jahren meine Wochenenden und die Festtage verbracht habe, wobei ich jedesmal wie auf heißen Kohlen darauf wartete, endlich wegzukommen? Bitte, lassen wir das.« Er ging ins Badezimmer.

Giovanna folgte ihm. »Vielleicht konnte auch deine Frau es nicht erwarten, daß du wieder verschwindest.«

»Verflucht noch mal, wovon redest du eigentlich?« knurrte er, drehte sich um und blitzte sie wütend an.

Giovanna zögerte einen Augenblick. »Heute nacht warst du bei mir, und sie war mit einem Mann unterwegs. Vermutlich hat sie sich ebenso wie du einen eigenen Freundeskreis und eigene Interessen gesucht. Also brauchst du dich nicht schuldig zu fühlen.«

»Ich weigere mich ...« Micheles Stimme versagte plötzlich. »Entschuldige, ich muß mich fertig machen.« Es war unaufrichtig, seine Wut, die sich eigentlich gegen ihn selbst richtete, an Giovanna auszulassen. Seine Frau war gerade erst gestorben, und er stand da, stellte sich Fragen, klagte an, diskutierte.

In Wahrheit, sagte er sich, als er kurz darauf ins Auto stieg, ertrage ich es nicht, getröstet zu werden, während ich gar keinen Schmerz verspüre. Er fuhr los, und automatisch mußte er an Anna denken, die wenige Stunden zuvor in einen anderen Wagen gestiegen war, ohne zu ahnen, welche Tragödie über sie hereinbrechen sollte. Wo war sie gewesen? Wo hatte der Mann, der an ihrer Seite gestorben war, auf sie gewartet? Und wer war dieser Mann? Dem Ton nach zu urteilen, in dem seine Mutter auf ihn angespielt hatte, handelte es sich ganz sicher nicht um einen Freund der Familie oder um einen Verwandten. Er bemerkte, daß er nicht die geringste Eifersucht verspürte. Auf einmal war auch seine Wut auf sich selbst verschwunden.

Ich kann mich nicht dafür schuldig fühlen, daß ich sie nicht mehr geliebt habe und jetzt nicht verzweifelt bin, weil ich sie verloren habe, sagte er sich. Ein anderer Mann an meiner Stelle wäre sogar erleichtert. Ich aber bin traurig, betroffen, mache mir Sorgen, wie die Kinder reagieren werden. Ich habe niemals gewollt, daß meine Frau so geht, so plötzlich und auf so tragische Weise. *Nein, auf gar keine Weise*, berichtigte er sich. Sie war die Mutter meiner Kinder, und im Gegensatz zu vielen anderen Männern hätte ich sie niemals verlassen und mich meiner Verpflichtung, in guten wie in schlechten Tagen bei ihr zu bleiben, entzogen.

Aber hatte es in ihrer Ehe überhaupt jemals gute Tage gegeben? Nachdem er seine Schuldgefühle zerstreut hatte und sich seiner moralischen Überlegenheit bewußt geworden war, gestattete Michele sich, einen Blick in die Vergangenheit zu werfen. Er hatte Anna im September vor vierzehn Jahren auf einem Weinfest kennengelernt. Sie war mit einer Gruppe von Freunden aus Mailand gekommen und zur Weinkönigin gewählt worden.

Nach der Krönung hatte er sich einen Weg zu der provisorischen Bühne gebahnt. »Ich bin Michele Barni …« Die freundlich-gleichgültige Reaktion des Mädchens hatte ihn dazu herausgefordert, stolz hinzuzufügen: »Mein Vater ist Luigi Barni.«

»Aha ...«

»Er stellt die berühmten Barniweine her, die aus der Poebene bei Pavia kommen.«

»Aha ...«, wiederholte sie.

Es war klar, daß ihr der Nachname nichts sagte.

»Die Weinberge, die du ringsum siehst, gehören uns ... Mein Vater hat auch das Weinfest und die Wahl zur Weinkönigin organisiert.«

Das stimmte nicht. Aber ich war erst zweiundzwanzig, rechtfertigte Michele sich beim Gedanken an diesen tolldreisten Annäherungsversuch, und ich war versessen darauf, Eindruck auf diese Dunkelhaarige mit ihren Samtaugen und dieser prinzessinnenhaften Distanziertheit zu machen ...

Nach der anfänglichen Euphorie, sie erobert zu haben, und dem Reiz der ersten körperlichen Annäherungen schlichen sich nach und nach Gewohnheit und schließlich Ablehnung ein. Er hatte es satt, ständig zwischen Broni und Mailand hin- und herzupendeln, war genervt von ihren dauernden Anrufen und beunruhigt darüber, daß die Beziehung sehr viel mehr Verpflichtungen mit sich brachte, als ihm lieb war. Michele suchte gerade nach dem diplomatischsten und schmerzlosesten Weg, das Weite zu suchen, als Anna ihm verkündete, daß sie schwanger sei.

Anders als andere Männer drängte er sie weder zu einer Abtreibung, noch drückte er sich vor seiner Pflicht.

Ich habe mich schlicht und einfach mit dreiundzwanzig Jahren selbst entmannt, als ich zur Wiedergutmachung geheiratet und der Uni und all meinen Träumen Lebwohl gesagt habe, sagte er sich verbittert.

Nach einer überstürzten Trauungszeremonie und der anschließenden kurzen Hochzeitsreise, die von Annas ständiger Übelkeit getrübt wurde, zogen sie zu ihrer Mutter. Obwohl die Wohnung sehr groß war, erschien sie Michele sofort wie ein Käfig, bar jeder Intimsphäre. Anna hatte sich bis zum fünften Monat elend gefühlt, wodurch sie ihrer Mutter vollkommen ausgeliefert war, was ihm wiederum das Gefühl gab, ein Eindringling zu sein.

Martas Geburt hatte diese Abhängigkeit und damit seinen Eindruck, ein Fremder zu sein, noch verstärkt. Das Baby war regelrecht eine Geisel der beiden Frauen, Michele war es verboten, sich ihm zu nähern, es im Arm zu wiegen. Schließlich hatte er sich in die Arbeit gestürzt und sich um den Familienbetrieb gekümmert: Was ihm immer als Fluch erschienen war, dem es zu entkommen galt, war auf einmal zu seiner einzigen Zuflucht geworden.

Am frühen Morgen, wenn seine Frau noch schlief, ging er aus dem Haus und kehrte erst spätabends aus Broni zurück. Einsam aß er in der Küche zu Abend, wo ihm seine Schwiegermutter am Ende des Tisches seinen Platz deckte, ehe sie sich mit der Tochter vor den Fernseher setzte, und nach einem kurzen Gruß zog er sich ins Schlafzimmer zurück.

Es war das frühere Schlafzimmer von Annas Eltern und davor das ihrer Großeltern gewesen. Michele haßte die düsteren Holzmöbel, das wuchtige, mit Schnitzereien versehene Kopfteil des Bettes, die verblichenen Bettvorleger, die alten Fotografien, die in einer Reihe auf der Kommode neben Nippessachen, Spitzendeckchen und einer verstaubten Glasglocke standen, die eine Statue des heiligen Antonius umschloß. Doch dieses Zimmer war der einzige Ort in der Wohnung, an dem er allein sein konnte, an den er vor dem Geschwätz von Anna und ihrer Mutter und vor den unerträglichen Schnulzen, die sie sich im Fernsehen ansahen, fliehen konnte.

Nach vier Jahren war ihm klargeworden, daß dieses Zusammenleben mit der Schwiegermutter seine Ehe mit Anna unausweichlich in eine Katastrophe verwandelt hatte. Er hatte sich daran gewöhnt, so, wie sich ein Querschnittsgelähmter an seine Behinderung gewöhnt oder ein Bauer an den Hagel. Er war an einem Punkt angelangt, an dem er alles so hätte lassen können, wie es war. Doch statt dessen wehrte er sich heftig dagegen, abzustumpfen und noch tiefer zu fallen.

Das Klingeln des Handys riß ihn aus seinen Erinnerungen.

»Wo bist du?« Wieder seine Mutter, herrisch und kurz angebunden.

Das grüne Autobahnschild lieferte ihm eine präzise Antwort. »Zwanzig Kilometer vor Pavia Nord.«

»Da fährst du raus. Polizeimeister Fargione wartet mit deinem Vater an der Mautstation auf dich. Er war vorhin hier, um uns mitzuteilen, daß Annas Leichnam in irgendein Leichenschauhaus nach Pavia gebracht wurde. Er wird dich dorthin bringen. Vergiß nicht, dich bei ihm zu bedanken, denn er hat sich wie ein wahrer Freund verhalten.«

»Hat jemand meine Schwiegermutter benachrichtigt?« fragte Michele, dem plötzlich Annas Mutter einfiel.

»Nein. Wozu soll es gut sein, ihr mitten in der Nacht einen derartigen Schock zuzumuten? Es ist ja ohnehin nichts mehr zu machen, da kann die Ärmste ebensogut noch ein letztes Mal ruhig schlafen. Ich mache jetzt Schluß, wenn du Probleme hast, ruf mich an.«

Ich habe keine Probleme, wollte er schon antworten, abgesehen von einer soeben erst verstorbenen Frau, zwei ahnungslosen Halbwaisen, denen ich das möglichst schonend beibringen muß, und einer Schwiegermutter, die vermutlich der Schlag treffen wird. Doch er war zu müde, um zu antworten oder eine sarkastische Bemerkung zu machen. Die Reaktion von Annas Mutter schien ihm das unangenehmste

Kapitel der Tragödie zu sein, allein schon der Gedanke an sie bereitete ihm Unbehagen.

Nach all den Jahren hatte Carla ihm immer noch nicht verziehen, daß er ihr ihre Tochter und ihre kleine Enkelin weggenommen hatte, um mit ihnen in ein »elendes Loch« am anderen Ende der Stadt zu ziehen. Seine Entscheidung, die sie für einen brutalen Akt der Gewalt hielt, hatte Diskussionen, Anklagen und Tränen ausgelöst. Doch er hatte sie nie bereut. Und selbst Anna schien nach ein paar Wochen eisigen Schweigens begriffen zu haben, daß es ein letzter Versuch war, ihre Beziehung zu retten.

Wenn sie überhaupt jemals glückliche Tage erlebt hatten, so waren es die in der Wohnung in der Via Lorenteggio: einer kleinen, außerhalb gelegenen, nicht gerade hellen, doch alles andere als »elenden« Wohnung. Als sein Vater beschloß, ihm eine Gehaltserhöhung zu geben, ließ Michele die Fenster im Wohnzimmer vergrößern und erlaubte seiner Frau, die Möbel zu erneuern. Anna kaufte eine neue Wohnzimmereinrichtung, eine alte Anrichte, zwei antike Teppiche ... Auf einmal schien sie diese Wohnung zu lieben. Sie putzte, kochte und versorgte die kleine Tochter mit ungewohntem Elan, denn sie fühlte sich vermutlich zum erstenmal als Herrin ihrer vier Wände und hatte das Gefühl, über ihr Leben selbst bestimmen zu können.

Auf ihn zumindest hatte das Leben ohne die Schwiegermutter diese Wirkung. Er konnte im Pyjama durch die Zimmer laufen, den Sonntag im Bett verbringen, sich seine Lieblingssendungen ansehen, offen mit seiner Frau sprechen, mit ihr schlafen, ohne Angst haben zu müssen, daß es an die Tür klopfte ...

Drei Jahre später zogen sie aus der kleinen Wohnung in der Via Lorenteggio in eine größere, zentraler gelegene. Dort wurde Domenico, ihr zweites Kind, gezeugt. Anna hatte eine schwierige Schwangerschaft, und die Mutter nutzte das aus, um sich erneut in ihr Leben zu drängen. Es war ihm unerträglich, an diese Monate zurückzudenken: Annas Übelkeit, Martas Quengelei, die Schwiegermutter, die ihm Vorwürfe machte, weil er sich weigerte, ihre Tochter in das Haus zurückzubringen, in dem sie geboren war und wo sie die nötige Hilfe bekommen würde …

Nach Domenicos Geburt hatte sich die Lage sogar noch verschlimmert, wenn das überhaupt möglich war. Der Kleine heulte den lieben langen Tag, und Anna, an der Schlaflosigkeit, Müdigkeit und Anspannung nicht spurlos vorübergingen, schlich wie ein Schatten ihrer selbst durch die Wohnung.

Auch ich war erschöpft, sagte Michele sich und fühlte die alte Wut in sich aufsteigen. Sieben lange Jahre bin ich zwischen Mailand und Broni hin- und hergependelt, habe versucht, Beruf und Familie unter einen Hut zu bringen. Wie viele tausend Kilometer bin ich gefahren? Wieviel Nebel habe ich geschluckt?

Eines Tages endlich hatte er die einzig mögliche Entscheidung getroffen, die, die ihm sein Vater und seine Mutter schon seit langem nahelegten: mit Anna und den Kindern nach Broni zu ziehen.

Er stellte sich taub gegenüber jedem Protest und beauftragte eine Baufirma damit, das unbenutzte Holzlager neben dem Haus seiner Eltern umzubauen, das nur einen Katzensprung vom Weingut entfernt lag.

»Dort arbeite ich, also müssen wir auch dort wohnen«, hatte er in einem Ton, der keinen Widerspruch duldete, zu seiner Frau gesagt. »Wenn du Hilfe brauchst, sind meine Mutter, zwei ledige Tanten und die Frau des Gutsverwalters da.«

Drei Monate später, als der Umbau abgeschlossen war, verließen sie Mailand. Doch die Hoffnung, daß sich das Wunder von der Via Lorenteggio wiederholen würde, erwies sich als vergeblich. Nicht nur daß seine Frau sich, im Gegensatz zu damals, nie mit dem Umzug abfand, sie entwickelte zudem eine immer stärker werdende Abneigung gegen das neue Umfeld. Sie haßte das Land, das neue Haus, die Schwiegermutter, die Verwandten, die Nachbarn. Im Frühling beklagte sie sich über die Pollen, im Sommer über die schwüle Hitze und die Mücken, im Herbst über den Geruch nach Most und im Winter über den Nebel und den Frost.

In puncto Klagen stand meine Mutter ihr in nichts nach, erinnerte sich Michele und schüttelte sich verärgert: Deine Frau ist unerträglich, deine Frau tut den ganzen Tag nichts, deine Frau ist undankbar, deine Frau hetzt die Kinder gegen mich auf …

Mein Gott, sagte er sich energisch, ich kann mich doch nicht dafür schuldig fühlen, daß ich vor zwei Jahren meinen Vater überredet habe, ein Büro in Mailand zu eröffnen, und dann abgehauen bin.

»Warum willst du nicht, daß wir mit dir nach Mailand kommen?« hatte seine Frau mit weinerlicher Stimme gefragt.

Es war nicht leicht gewesen, Ausreden zu finden, um etwas Zeit zu gewinnen und diese unbegründete Ablehnung zu rechtfertigen. Zu der Zeit kannte er Giovanna noch nicht, und der Gedanke, sich eine Geliebte zu suchen, lag ihm fern. Die uneingestandene Wahrheit war einfach, daß er von Anna fortwollte, weil er es nicht mehr ertragen konnte, mit ihr zusammenzuleben.

Doch Giovanna hat recht, sagte er sich. Trotz alledem habe ich nie die Scheidung gefordert, nie einen Feiertag fernab meiner Frau und meiner Kinder verbracht, nie aufgehört, das Haus in Broni als mein wahres Zuhause anzusehen.

Ein Kilometer bis nach Pavia. Als er schließlich das Ausfahrtsschild erblickte, war jedes Schuldgefühl verschwunden. Was blieb, war nur eine tiefe Trauer über das furchtbare Ende seiner Frau.

Um halb vier erreichten sie das Leichenschauhaus, doch sie mußten über eine halbe Stunde warten, bis sie in den Raum durften, in den man die Leichen von Anna und dem Mann, der mit ihr gestorben war, gebracht hatte.

Auf dem Weg dorthin erklärte Polizeimeister Fargione leise, daß es noch Stunden dauern könnte, bis die Behörden die Genehmigung erteilen würden, sie in die Särge legen und in die Totenkammer oder nach Hause bringen zu lassen. »In Fällen wie diesem«, fügte er hinzu, »verlangt das Gesetz eine Obduktion. Bei dem Unfall wurde auch der Fahrer eines Lastwagens auf der Gegenfahrbahn verletzt – glücklicherweise nur leicht –, und man muß die Schuldfrage genau abklären.«

»Ist meine Frau gefahren oder …«

»Deine Frau«, mischte sich Luigi Barni ein.

»Das verstehe ich nicht. Anna fuhr sehr vorsichtig, und außerdem gab es heute nacht weder Nebel noch Regen. Wie ist sie bloß auf die Gegenfahrbahn geraten?« fragte Michele verwirrt.

Sein Vater und der befreundete Polizeimeister wechselten einen flüchtigen Blick, doch die Frage blieb unbeantwortet, denn ein Sanitäter kam auf sie zu. »Kommen Sie bitte mit«, forderte er sie förmlich auf.

Er führte sie in ein kahles, von einem grellen Neonlicht erleuchtetes Zimmer, wie Michele sie schon tausendmal im Kino und im Fernsehen gesehen hatte. Die Geste, mit der das Laken für die trauernden Familienangehörigen zurückgeschlagen wurde, blieb ihm erspart. Annas Gesicht war unbedeckt.

Der Anblick war dennoch erschütternd: Eine riesige Schwellung hatte ihre Gesichtszüge, ja sogar die Schädelknochen entstellt. Die geschlossenen, blutunterlaufenen Augen lagen tief eingesunken in dem aufgedunsenen Gesicht und wirkten wie mikroskopisch kleine, unförmige Kreise.

»Mein Gott …«, stöhnte Michele und wandte den Blick ab.

Erst jetzt bemerkte er den anderen leblosen Körper, der wenige Schritte entfernt auf einer anderen Bahre lag.

Luigi Barni faßte den Sohn am Arm. »Laß uns gehen, wir können nichts mehr für sie tun.«

»Um sieben wird die Obduktion vorgenommen«, mischte sich der Sanitäter ein, »aber vor elf oder zwölf wird es nicht möglich sein, den … die Signora zu transportieren.« Er schwieg einen Augenblick, dann fügte er hinzu: »Denken Sie daran, Kleidung mitzubringen. Normalerweise kümmern sich die Bestattungsunternehmen darum, auch um die Beerdigung und alles Weitere. Wenn Sie noch keines haben, kann ich …«

»Wir wissen, an wen wir uns wenden können, danke«, unterbrach Luigi Barni ihn.

»Gern geschehen. Ich wollte nur …« Diesmal unterbrach er sich selbst. Ein Paar mittleren Alters und ein junges rothaariges Mädchen waren in den Raum getreten und auf der Türschwelle stehengeblieben.

»Entschuldigen Sie mich bitte, da sind die Angehörigen des anderen Verstorbenen«, sagte der Sanitäter, und sein bürokratischer Ton wirkte makaber.

Michele sah ihm nach, als er zu ihnen hinüberging. Es handelte sich offenbar um die Eltern und die Schwester des mysteriösen Unglücksgefährten seiner Frau, und er konnte nicht umhin, sie neugierig anzustarren. Sie wirkten wie ein zu Stein gewordenes Sinnbild des Schmerzes: Der Vater war totenblaß, die Mutter wie erstarrt, und die Schwester … Die Schwester blickte ihn haßerfüllt an, dachte Michele überrascht. Er sah, wie der Mann in dem Kittel auf ihn und auf seinen Vater zeigte. Offenbar erklärte er ihnen gerade, daß sie die Angehörigen *der anderen Verstorbenen* seien …

Seltsam verlegen drehte er den Kopf weg. Vielleicht sollte

ich mich vorstellen und mein Beileid bekunden, dachte er, während sich die Gruppe näherte. Schließlich wurden wir alle in dieselbe Tragödie hineingezogen und leiden denselben Schmerz ... Doch sein Instinkt hielt ihn davon ab, und der feindselige Gesichtsausdruck des Mädchens beunruhigte ihn.

Auf einmal wurde ihm klar, daß Anna zusammen mit ihrem Geliebten gestorben war, und daß alle außer ihm von diesem Verhältnis gewußt hatten.

Seine Verlegenheit wuchs, und er bemerkte, daß auch sein Vater und Polizeimeister Fargione sich nicht gerade wohl fühlten. Er drehte sich noch einmal um, um einen letzten Blick auf seine Frau zu werfen, und streckte eine Hand nach ihrem geschundenen Gesicht aus. Die Finger berührten es zaghaft in der Andeutung einer widerwilligen Liebkosung. War das Anna? Befremden lähmte ihn.

»Gehen wir«, sagte er brüsk.

Die Eltern des Mannes hatten die Bahre erreicht und schluchzten haltlos. Das Mädchen hingegen war ein Stück entfernt stehengeblieben und verharrte dort, kerzengerade, das Gesicht wie aus Wachs.

Michele bemerkte, daß sie ihn immer noch ansah, und konnte nicht anders, als ihr verlegen zuzunicken. Er war bereits auf dem Weg nach draußen, als das Mädchen ihn einholte. »Warten Sie einen Moment«, sagte sie. Das war ein Befehl.

Michele blieb stehen und blickte sie fragend an.

»Sie sind der Ehemann der Frau, nicht wahr?«

»Ja.«

»Ich bin die Witwe dieses Jungen.« Sie zeigte auf den leblosen Körper.

»Jungen ...?« wiederholte Michele verwirrt.

»Antonio war fünfundzwanzig. Zehn Jahre jünger als Ihre Frau.«

»Das tut mir leid. Ich kann Ihren Schmerz nachfühlen ...«

Von einem tiefen Unbehagen übermannt, unterbrach er sich. Das Mädchen war die Ehefrau, nicht die Schwester des Toten. Und ihr Zorn war verständlich.

»Sie verstehen wirklich gar nichts. Und wahrscheinlich interessiert es Sie auch überhaupt nicht, daß Ihre Frau tot ist.«

»Was erlauben Sie sich?« sagte er, während er spürte, wie ihm die Röte ins Gesicht schoß.

Luigi Barni packte seinen Sohn am Arm und warf dem Mädchen einen Blick tiefster Verachtung zu. »Sie sprechen mit dem Ehemann der armen Signora, und das scheint mir weder der rechte Zeitpunkt noch der rechte Ort ...«

»Ehemann?« höhnte das Mädchen. »Wo war denn der *Ehemann,* als die ›arme Signora‹ unterwegs war, um Jungs den Kopf zu verdrehen?«

Noch bevor Michele antworten konnte, kehrte sie ihm den Rücken und stürzte davon.

II

Zwei Tage später, an einem verregneten und grauen Nachmittag Ende November, wurde Anna beerdigt. Der Himmel war wolkenverhangen, die Bäume kahl, und über den Feldern hing ein gräulicher Nebelschleier. Während Michele in seinem Auto dem Leichenwagen folgte, der den Sarg von Pavia in die Dorfkirche überführte, dachte er schwermütig, daß das düstere Panorama hervorragend zu einem Begräbnis paßte.

Nach der Obduktion war Annas Sarg sofort verschlossen und in einer kleinen, dunklen Totenkammer abgestellt worden, wie ein Koffer in der Gepäckaufbewahrung eines Bahnhofs. Micheles Vorschlag, Annas Leichnam bis zur Beerdigung nach Hause zu holen, wurde energisch abgelehnt: keine Besuche, keine Totenwache, kein Pomp.

Als Annas Mutter protestierte, antwortete die seine: »Ich will keine neugierigen Klatschmäuler im Haus. Das Unglück ist schon schlimm genug, da müssen wir nicht auch noch die Schande haben.«

Die Tageszeitungen hatten bereits zur Genüge, wenn auch mit vorsichtigen Umschreibungen, auf die wahren Umstände des Unfalls angespielt: Die Fahrerin hatte die Kontrolle über ihren Wagen verloren, weil sie sich erotischen Spielchen mit ihrem jugendlichen Liebhaber hingab.

Polizeimeister Fargione sah sich gezwungen, Michele all die schlüpfrigen Details zu erzählen: Als man die beiden fand, trug Anna keinen Slip, und ihr Rock war bis zu den Hüften hochgerafft, die Hose des jungen Mannes war geöffnet. »Ich fürchte, daß die Versicherung erst einmal Schwierigkeiten machen wird, ehe sie die Kosten für die Überführung zurückerstattet«, schloß er.

Im Gegensatz zu seiner Mutter gelang es Michele nicht, Groll oder Scham zu empfinden. Ich bin nur furchtbar müde, dachte er, während er immer noch hinter dem Leichenwagen herfuhr. Es war unvorstellbar, mit wie vielen Problemen und Papierbergen man sich in dem kurzen Zeitraum zwischen dem Tod eines Menschen und seiner Beerdigung abmühen mußte. Er konnte sich nicht erinnern, je so viel gerannt zu sein wie in diesen letzten sechsunddreißig Stunden, und er konnte sich auch nicht erinnern, je unter einem derart großen psychischen Druck gestanden zu haben.

Es war ihm schwergefallen, die richtigen Worte zu finden, um es den Kindern zu sagen, noch schmerzlicher jedoch war es gewesen, Annas Mutter gegenüberzutreten. Wenige Stunden zuvor hatte sie in der Totenkammer einen Schwächeanfall erlitten, und die Ärzte in der Notaufnahme hatten beschlossen, sie im Krankenhaus zu behalten.

Michele wagte nicht, seine Erleichterung zuzugeben: Seine Schwiegermutter ersparte sich selbst die Qualen der Bestattung und ihnen allen den Anblick ihres Leids.

Nicht einmal die Kinder würden an der Beerdigungsfeier teilnehmen. Auch das war eine Entscheidung seiner Mutter: »Domenico ist zu klein, und Marta steht unter Schock. Sie werden bei den Tanten zu Hause bleiben.«

Sie hatten die Ortseinfahrt von Broni erreicht. Der Leichenwagen verlangsamte das Tempo und hielt schließlich mit Warnblinklicht neben dem Bürgersteig. Offenbar kannte der Fahrer den Weg durch das Dorf nicht. Michele überholte und gab ein Zeichen, ihm zu folgen. Punkt vier Uhr nachmittags erreichten sie die Kirche.

Der kleine Vorplatz war leer: Um einen Menschenauflauf zu vermeiden, hatte man weder Todesanzeigen gedruckt noch die Trauerfeier bekanntgegeben. Die beiden Männer vom Bestattungsunternehmen luden den Sarg aus dem Wagen und brachten ihn in die Kirche zu dem Katafalk, der vor dem Altar aufgestellt war. Michele ging durch das leere Kirchenschiff und setzte sich neben seine Eltern in die erste Bank. In der Nachbarbank sah er Polizeimeister Fargione mit seiner Frau und eine Tante von Anna mit ihrer Tochter. Sonst war niemand da.

Nach der kurzen Zeremonie wurde der Sarg wieder in den Leichenwagen geladen. Michele schlug den Weg zu dem kleinen Dorffriedhof ein, und zwei weitere Autos schlossen sich dem Trauerzug an. Nach fünf Minuten zügiger Fahrt standen sie vor dem Tor. Alles spielte sich in großer Eile ab, und diese armselige Trauerfeier ohne Gefolge und ohne Blumen versetzte Michele einen Stich ins Herz. Es war, als hätte man seine Frau für ihren skandalösen Tod bestrafen wollen. Ich hätte das verhindern müssen, dachte er kraftlos, während der Sarg in die Grabnische geschoben wurde.

Etwas abseits entfernt blieben zwei neugierige alte Weiber stehen. Sie waren die einzigen.

Noch bevor das Grab verschlossen wurde, drehte seine Mutter sich um und sagte: »Wir können gehen.«

Alle beeilten sich, ihr zu folgen. Auf ihren Gesichtern konnte man Unbehagen, Verbitterung, Mitleid, Trübsinn, Gleichgültigkeit lesen: Aufrichtigen Schmerz aber hat keiner von uns empfunden, dachte Michele schwermütig.

Kaum daß er zu Hause war, ging er ins Bett und fiel in einen tiefen Schlaf. Um drei Uhr morgens wachte er mit trockener Kehle auf, in seinem Kopf drehte sich alles. Er ging ins Bad, nahm zwei Aspirin aus dem Schränkchen und schluckte sie mit Leitungswasser herunter. Gerade wollte er wieder ins Bett gehen, als er Geräusche hörte, die aus der Küche kamen.

Der Anblick seiner Tochter überraschte ihn. »Ich dachte, du und Domenico wäret bei den Großeltern geblieben.«

»Nur er. Ich habe bei ihnen zu Abend gegessen und bin nach Hause gekommen.«

»Was machst du denn hier, um diese Zeit?«

Das Mädchen zuckte mit den Schultern. »Nichts. Ich war nicht müde.«

»Sei ein braves Mädchen und geh wieder ins Bett.« Er tätschelte ihr die Wange.

»Ich muß mit dir reden, Papa.«

»Sicher, Kleines, ich muß auch mit dir reden. Aber wäre es schlimm, wenn wir das auf morgen verschieben? Ich habe gerade zwei Aspirin genommen und ...«

»Ich will mit dir nach Mailand kommen«, stieß Marta in einem Atemzug hervor.

»Nach Mailand ...?« Er blickte sie verständnislos an.

»Ich habe es satt, hier zu leben.«

»Was redest du da für einen Unsinn?« entfuhr es Michele.

Marta verzog angewidert den Mund. »Ich hasse dieses Haus.«

»Ich weigere mich, dir weiter zuzuhören. Du bist in diesem Haus aufgewachsen, du hast hier deine Familie ...«

»Ich habe es immer gehaßt.«

»Hör zu, Marta, ich habe wirklich Kopfschmerzen und bin sehr müde. Wir gehen jetzt wieder ins Bett, du schläfst dich aus, und morgen reden wir in aller Ruhe darüber.«

»Ich schätze, du fährst morgen.«

Michele hatte das Gefühl, seiner Frau gegenüberzustehen: derselbe sarkastische Ton, derselbe teilnahmslose Blick. »Da irrst du dich!« brüllte er und mußte sich zwingen, wütend zu klingen. Eigentlich war er nur erschüttert, wie sehr Mutter und Tochter einander auch äußerlich ähnelten. Und er fühlte sich seltsam unwohl, weil er es nie zuvor bemerkt hatte. Er senkte die Stimme. »Du irrst dich, Marta. Ich werde ein paar Tage hierbleiben, und zu Weihnachten machen wir eine schöne Reise ... Ich, du und Domenico, wir ganz allein.«

Das hatte er just in diesem Augenblick beschlossen, und sein Unbehagen wich einer heimlichen Befriedigung. Ja, das war wirklich eine gute Idee. Er schenkte seiner Tochter ein Lächeln. »Warum entscheidest du nicht, wo wir hinfahren?«

»Das ist mir egal, Papa.«

»Könntest du mir mal sagen, was du eigentlich willst?« Allmählich verlor er die Geduld.

»Das habe ich dir doch gesagt. Ich will weg aus diesem Haus und aus diesem Scheißkaff.«

»Glaubst du, das ist die richtige Ausdrucksweise?«

Marta kniff die Lippen zusammen. »Du willst mich einfach nicht verstehen.«

»Ich habe dich sehr gut verstanden. Es gefällt dir hier nicht, und ich nehme es zur Kenntnis. Aber du mußt auch mich verstehen: Wir können nicht einfach so mir nichts, dir nichts weggehen. Das ist eine Entscheidung, die man in Ruhe treffen muß. In wenigen Monaten bist du mit der Mittelstufe fertig, dann können wir noch einmal darüber reden. Denn umziehen …«

Wieder diese Grimasse. »Das dauert noch über anderthalb Jahre, Papa. Ich bin erst in der siebten Klasse, schon vergessen?«

»Natürlich nicht, ich habe mich nur vertan …«, stotterte er. »Aber das ändert nichts daran, daß man eine derart wichtige Entscheidung nicht überstürzen darf. Vor allem jetzt nicht, wo Mama nicht mehr da ist. Ich arbeite den ganzen Tag: Wer würde auf euch aufpassen? Es ist nicht leicht, in Mailand eine vertrauenswürdige Person zu finden … Hier hingegen habt ihr eure Großeltern, eure Tanten. Komm, Marta, denk darüber nach. Das ist eine schlimme Zeit für uns alle, und es ist nur natürlich, daß du alles schwarzsiehst. Aber dieses Haus und dieses Dorf sind doch gar nicht so schlecht, oder?« Er lächelte ihr versöhnlich zu.

»Sie sind ekelhaft.«

Dieses Mädchen war wirklich unerträglich. »Wir reden weiter, wenn du wieder vernünftig bist. Und jetzt ab ins Bett, wenn du morgen nicht als Zombie in die Schule gehen willst.«

»Ich gehe nicht mehr in die Schule.«

»Du meinst morgen. Na gut … Vielleicht ist das noch zu früh.«

»Ich meine *nie* wieder. Lieber bringe ich mich um, als daß ich noch mal einen Fuß in diese Schule setze.«

»Jetzt reicht's mir aber, Marta! Anscheinend bist du genauso wie …« Er unterbrach sich rechtzeitig. »Kannst du mir sagen, was du gegen deine Mitschüler und deine Lehrer hast?«

»Ich schäme mich.«

»Und wofür?«

Sie starrte ihn finster an. »Ich weiß, wie meine Mutter gestorben ist. Alle wissen es.«

Einen Augenblick lang war Michele wie betäubt. »Wovon redest du?« fragte er schroff. »Mama ist bei einem Unfall ums Leben gekommen und mit ihr noch eine andere Person, die bei ihr im Wagen war. Alles andere ist ...«

»Papa«, rief Marta vorwurfsvoll. »Ich bin dreizehn Jahre alt, ich bin kein kleines Kind mehr!«

»Zwölfeinhalb.«

»Ich weiß, daß diese *andere Person* ihr Liebhaber war.«

»Ich verbiete dir ...«

»Er hieß Antonio Vasile, das stand in allen Zeitungen.«

»Und du glaubst diesen Schwachsinn, den diese ...«

»Das ist kein Schwachsinn.«

»Herrgott noch mal, wirst du mir jetzt wohl zuhören? Mama war ...«

»Antonio hat sie jeden Tag angerufen, und sie haben sich andauernd getroffen. Frag Großmutter, wenn du mir nicht glaubst.«

»Was hat Großmutter damit zu tun?«

Marta warf ihm einen zornigen Blick zu. »Was das angeht, *gar nichts.* Das hat auch Mama zu ihr gesagt, wenn sie sich eingemischt und sie angeschrien hat, daß sie zu Hause bleiben und auf ihre Kinder aufpassen soll«, erklärte sie verächtlich.

Michele seufzte tief. »Marta, Mama ist tot, und wir dürfen sie nicht verurteilen. Wir sollten nur daran denken, wie lieb sie uns hatte.«

»Unsinn.«

Er sah sie verblüfft an. »Glaubst du nicht, daß ...?«

»Mama wollte uns verlassen. Sie hat dich gehaßt«, erwiderte Marta beinahe triumphierend.

»Wir hatten nur eine Krise! Das kommt bei vielen Paaren vor, und wenn du größer bist, wirst du verstehen, daß ...«

»Hör doch endlich auf, mich wie ein Kind zu behandeln.

Das kannst du Domenico erzählen ... Falls er dir überhaupt glaubt. Unser Leben war die reinste Hölle, dauernd Streit, lange Gesichter und Türenknallen.«

»Das tut mir leid ... Das wußte ich nicht«, flüsterte Michele.

»Woher auch? Du warst immer in Mailand und hast dich einen Dreck um uns gekümmert.«

»Das stimmt nicht!«

»Dann beweise es. Nimm mich mit.«

»Einverstanden. Ich verspreche dir, daß ich darüber nachdenken werde. Aber bis dahin mußt du wieder zur Schule gehen und ...«

»Daran denke ich nicht mal im Traum. Ich habe dir gesagt, daß ich mich lieber umbringen werde.«

Michele verzichtete darauf, wieder ins Bett zu gehen. Als er endlich allein war, setzte er sich ins Wohnzimmer und schaltete den Fernseher ein, um sich zu beruhigen. Die Auseinandersetzung mit seiner Tochter hatte ihm klargemacht, in welch einer schwierigen Situation er steckte, und nun hatte er das Gefühl, mit dem Rücken zur Wand zu stehen und schnellstens Probleme lösen zu müssen, von deren Existenz er noch nicht einmal etwas geahnt hatte.

Nun begriff er, daß er die Kinder nicht bei den Großeltern lassen konnte, was er bis vor etwa einer halben Stunde noch ganz selbstverständlich für die optimale Lösung gehalten hatte. Dort, wo Anna zwei Jahre zuvor die Verbindungstür zwischen seinem Haus und dem seiner Eltern hatte zumauern lassen, hatte er wieder einen Durchbruch machen lassen und ganztags eine tüchtige Haushälterin einstellen wollen, um die Mutter bei der täglichen Hausarbeit zu entlasten: Nun stellte sich heraus, daß all diese Pläne nutzlos waren.

Anna hätte mir sagen sollen, daß Marta sich zu einem schwierigen Teenager entwickelt, dachte er. Doch wenn er ehrlich zu sich war, hatte es durchaus Andeutungen auf den rebellischen Charakter und die Unzufriedenheit seiner Ältesten gegeben: Doch sobald Anna anfing, die gewohnte Litanei herunterzuleiern, hörte er einfach weg.

So war es vermutlich auch beim Thema Marta gewesen: In dem Glauben, daß seine Frau wie immer übertrieb und nur jammerte, um ihm das Leben schwerzumachen, hatte er dem Problem nicht die Bedeutung beigemessen, die es verdient hätte. Und nun war es plötzlich wieder da, und zwar derart schwerwiegend, daß es eine so radikale Lösung wie den Umzug nach Mailand erforderlich machte.

Micheles unbestimmte Wut suchte nach einem Ziel und fand es in seiner Mutter. Warum hatte sie sich nicht um ihre eigenen Angelegenheiten gekümmert und sich aus dem Leben ihrer Schwiegertochter herausgehalten? Warum hatte sie die Kinder gezwungen, ihre Anschuldigungen mit anzuhören und ihren Szenen beizuwohnen, und ihnen damit das Leben zur Hölle gemacht? Anna hatte ihre Kinder gewiß nicht gegen die Großmutter aufgehetzt.

Ich selbst konnte meine Mutter nie ertragen, obwohl ich sie liebe, sagte er sich. Sie ist eine autoritäre, egozentrische, launische Frau, die nicht den geringsten Respekt vor ihren Mitmenschen hat ... Und nun bin ich ihretwegen gezwungen, mein ganzes Leben umzukrempeln. Wenn sie eine sanfte Großmutter zum Pferdestehlen wäre wie andere Großmütter, würden ihre Enkel vor Freude Luftsprünge machen bei dem Gedanken, bei ihr bleiben zu dürfen. Aber nein. Sie hassen sie geradezu, und diese Vorstellung ist eher ein Alptraum für sie.

Morgen früh werde ich ihr mal die Meinung sagen, nahm er sich fest vor. Nun brauchte er sie nicht mehr, und ihre Reaktion interessierte ihn nicht. Sollte sie doch ruhig einmal ihr Gewissen prüfen, wenn sie dazu fähig wäre. Damit sie endlich verstand, in was für Schwierigkeiten sie ihn mit ihrem schlechten Charakter gebracht hatte.

Doch als er am nächsten Morgen erwachte, war der Zorn verraucht, und er hatte überhaupt keine Lust mehr, einen unnötigen Streit vom Zaun zu brechen. Wenigstens den Ärger konnte er sich sparen. Er stand auf und ging in die Küche, um sich einen Kaffee zu kochen. Auf dem Tisch fand er gut sichtbar eine lapidare Nachricht von Marta vor: *Ich bin mal eben rausgegangen.*

Also hatte sie ihre Drohung, nicht in die Schule zu gehen, doch wahr gemacht. Wenn die zurückkommt, kriegt die was zu hören, dachte er. Er ging zum Telefon und rief Giovanna an.

Ohne lange um den heißen Brei herumzureden, verkündete er, daß er die Kinder mit nach Mailand nehmen müsse. »Vor einiger Zeit hast du mir von einer Wohnung deines Onkels in Brera erzählt. Wenn die noch frei ist, würde ich sie gern mieten«, sagte er.

»Ich kann ihn gern fragen.«

»Ich muß es so schnell wie möglich wissen.«

»Ich rufe ihn heute noch an. Wann denkst du, daß du von Broni zurückkommst?«

»Frühestens in drei, vier Tagen. Ich stecke bis zum Hals im Schlamassel.«

»Kann ich irgend etwas für dich tun?«

»Ruf deinen Onkel an. Das Wichtigste ist, daß wir bald eine Wohnung finden.«

»Du kannst dich auf mich verlassen.«

Giovanna legte auf, ohne ihm weitere Fragen zu stellen und vor allem, ohne ihn daran zu erinnern, daß er dieselbe Wohnung, die ihm nun äußerst gelegen kam, wenige Monate zuvor entschieden abgelehnt hatte. Was er am meisten an Giovanna schätzte, war ihre friedfertige Art. In den zwei gemeinsamen Jahren hatte sie ihm nie Probleme gemacht, ihn noch nie in Verlegenheit gebracht oder Schuldgefühle in ihm hervorgerufen. Nach dem Motto »leben und leben lassen«

nutzten beide die angenehmen Seiten ihrer Beziehung und nahmen stillschweigend deren Grenzen hin.

Glücklicherweise war er an eine Fünfunddreißigjährige geraten, die nicht dem Wahn verfallen war, heiraten und Kinder kriegen zu wollen: Als sie sich zum erstenmal begegnet waren, arbeitete Giovanna noch als Angestellte im Einkauf einer Supermarktkette, bis sie sechs Monate später zur Einkaufsleiterin befördert wurde. Ihre wahre Leidenschaft, vermutete Michele, war die Arbeit. Doch das war ihm nur recht. Eine verliebte Frau hätte ein Engagement verlangt, zu dem er nicht in der Lage war: Seine gesamte Fähigkeit zur Leidenschaft war durch die unglückliche, verfrühte Ehe mit Anna aufgezehrt worden, und das, was er wollte, fand er in der entspannten Beziehung mit einer absolut idealen Partnerin.

Er war sich sicher, daß Giovanna ihm auch mit seinen Kindern helfen würde, wenn er erst einmal endgültig nach Mailand gezogen wäre. Dieser Gedanke tröstete ihn, aber nur für wenige Augenblicke. Zunächst einmal mußte er ganz allein das Problem Marta lösen: Auf gar keinen Fall durfte das Mädchen zwei Monate nach Beginn des Schuljahres die Schule verlassen. Er beschloß, sich an den Direktor zu wenden, um ihm die Lage zu erklären und ihn zu bitten, etwas zu unternehmen: Es galt, seine Tochter zu ermutigen und zu überzeugen, weiterzumachen, und schließlich war es auch seine Aufgabe, immerhin trug er für die Schüler die Verantwortung.

III

Den Unfall bei der Versicherung zu melden war eine der vielen Aufgaben gewesen, die Michele in den Stunden nach Annas Tod hatte erledigen müssen. Zehn Tage später teilte ihm die Gesellschaft per Einschreiben mit, daß das an dem Unfall beteiligte Fahrzeug nicht versichert gewesen sei: Die Versicherungsrate wäre am zehnten November fällig gewesen, und trotz einer schriftlichen Erinnerung und einer telefonischen Anmahnung war der Betrag nicht bezahlt worden. Da der Unfall am Achtundzwanzigsten passiert war, waren auch die zwei Wochen der vorläufigen Deckung abgelaufen. Eine Kopie des Einschreibens war an einen Anwalt namens Gino Nardelli in Pavia geschickt worden.

Michele fiel aus allen Wolken, und seine Ungläubigkeit verwandelte sich in Zorn. War denn das möglich, daß seine Frau derart leichtsinnig und verantwortungslos gewesen war, daß sie ohne Versicherung durch die Gegend fuhr? Noch ehe er diese Frage zu Ende gedacht hatte, fiel ihm ein unangenehmes Detail ein: Anfang November hatte Anna ihm den Zahlungsvordruck überreicht und ihn gebeten, ihn seiner Sekretärin zu geben, damit sie die Überweisung vornahm. Es war ein Montagmorgen gewesen, und er hatte gerade nach Mailand zurückfahren wollen.

Er hatte den Zettel in das Handschuhfach gelegt und ihn dort vergessen. Warum hatte Anna ihn nicht nach der Quittung gefragt? Die Antwort war einfach: Weil sie andere Dinge im Kopf hatte. Genauer gesagt den Liebhaber, der nun zu einem Beifahrer ohne Versicherungsschutz geworden war.

Michele beriet sich sofort mit einem befreundeten Anwalt und bekam die befürchtete Bestätigung: Sicher würde die Familie des Beifahrers eine Entschädigung verlangen. Und wenn er sich weigern würde, zu zahlen, würden sie sich an dem Haus am Meer schadlos halten, das auf Annas Namen lief.

»Mein Rat wäre«, fügte der Anwalt hinzu, »sich gütlich auf eine Entschädigung zu einigen.«

»Welche Summe schlägst du vor?«

»Das hängt vom Alter, dem Einkommen oder den Einkommensaussichten dieses Vasile ab. Und natürlich von der Habgier der Erben. Weißt du, ob er minderjährige Kinder hinterlassen hat?«

»Ich weiß nichts über ihn.« Außer daß er gestorben ist, während er mit meiner Frau herummachte, fügte er insgeheim hinzu. Vor seinem inneren Auge tauchte das Bild des rothaarigen Mädchens auf, das ihn im Leichenschauhaus angegriffen hatte. Er berichtigte sich: »Ich weiß, daß er verheiratet und fünfundzwanzig Jahre alt war ... Könntest du dich nicht um die Angelegenheit kümmern?«

»Natürlich. Aber es ist besser, abzuwarten, bis Vasiles Anwalt den ersten Schritt macht.«

»Ich glaube, er heißt Gino Nardelli: Die Versicherung hat ihm eine Kopie des Einschreibens geschickt.«

Der Freund nickte. »Offenbar haben Vasiles Angehörige sich sofort um Schadenersatz gekümmert, und nun, da sie wissen, daß der Wagen nicht versichert war, werden sie ihren Anwalt beauftragen, an Annas Vermögen heranzutreten. Wenn er dich anruft, sag ihm, er soll sich mit mir in Verbindung setzen.«

Genau das tat er: Als der Anwalt Nardelli drei Tage später telefonisch ein Treffen forderte, bat er ihn, sich an Renato Sarli, seinen Rechtsbeistand zu wenden: Er sei über alles auf dem laufenden, und er solle sich mit ihm einigen.

Am zwanzigsten Dezember stürzte Antonio Vasiles Witwe ohne Vorwarnung in sein Büro. Michele erkannte sie sofort wieder: Ihr rotes Haar und ihr feindseliges Auftreten waren unverwechselbar.

»Ich muß mit Ihnen reden«, sagte sie ohne Einleitung.

Michele bot ihr einen Platz an. »Ihr Anwalt sollte sich mit meinem in Verbindung setzen. Ich hoffe, daß wir zu einer vernünftigen Einigung kommen ...« Er unterbrach sich zögernd: »Sie sind doch wegen der Entschädigung hier, nehme ich an.«

»Ich bin hier, um Ihnen ins Gesicht zu sehen.« Sie warf ihm einen flammenden Blick zu. »Was für ein Mensch sind Sie bloß? Glauben Sie, daß man mit einer *Entschädigung* alles wiedergutmachen kann?«

Michele erstarrte. »Leider kann ich Ihren Mann nicht wieder lebendig machen. Und auch nicht meine Frau.«

»Wissen Sie, wie sie gestorben sind? Warum Ihre Frau die Kontrolle über den Wagen verloren hat?«

»Ich weiß. Aber ich denke, es ist schmerzlich und sinnlos, darüber zu reden.«

»Richtig. Was geschehen ist, ist geschehen. Lassen wir den Schaden von den Anwälten beziffern und Schwamm drüber.«

»Trotz Ihres Sarkasmus ist es im Moment das einzige, was wir tun können.«

»Sie sollten sich lieber einmal fragen, was Ihrer Frau widerfahren ist, bevor es mit ihr soweit gekommen ist.«

»Auch Ihr Mann saß in dem Wagen. Und diese Spielchen da haben sie zu zweit betrieben«, entgegnete Michele eisig. »Also tun Sie nicht so überlegen, als hätten Sie mit alldem nichts zu tun: Ich denke, daß auch Sie sich ein paar Fragen stellen sollten.«

»Antonio war zehn Jahre jünger als ...«

»Glauben Sie wirklich an das Märchen vom unschuldigen

Jüngling, der von einer schönen, reifen Frau verhext wird? Bitte sehr, wenn es Ihnen dann bessergeht.«

»Ihre Frau war ein anständiger Mensch, und es tut mir nur leid für sie.«

Michele sah sie verwirrt an. »Ja, aber was ...«

»Sie war eine zutiefst unglückliche und einsame Frau«, fuhr sie fort, ohne auf ihn einzugehen. »Antonio hat sie vor einem Jahr durch Zufall kennengelernt: Er kam gerade von der Arbeit, als er eine Frau am Straßenrand stehen sah, die eine Autopanne hatte. Er hielt an, um ihr zu helfen, und war sehr überrascht, als er merkte, daß sie verzweifelt schluchzte. Zuerst dachte er, daß ein Unglück passiert und vielleicht jemand zu Schaden gekommen sei ...«

Ihre Stimme versagte kurz. »Wir waren erst drei Monate verheiratet, und diese Begegnung war der Anfang vom Ende unserer Ehe. Antonio wurde von etwas überwältigt, das größer war als er, einem Mitgefühl, das mit jedem Tag wuchs und zu einer Besessenheit wurde. Er sehnte sich danach, sie zu sehen, sie zu trösten. Und jedesmal bat er mich um Verzeihung, als wäre es seine Pflicht, sich um Anna zu kümmern ... In Wirklichkeit gab sie ihm nur das Gefühl, unentbehrlich und wichtig zu sein: Und irgendwann hat er sich wirklich in sie verliebt. Zwei Tage vor dem verfluchten Unfall bat er mich zum hundertstenmal, ihn zu verlassen ... Und ich antwortete ihm zum hundertstenmal, daß ich das erst tun würde, wenn er mich dazu zwänge. Doch er war zu schwach, und er haßte mich dafür, daß ich es nicht an seiner Stelle tun wollte. Ich konnte ihn nicht verlassen.«

»Warum nicht?« fragte Michele unwillkürlich.

»Liebe, Verantwortungsgefühl, Beschützerinstinkt ... Aber Sie wissen wohl gar nicht, was das ist.«

»Das ist eine Unterstellung. Sie kennen mich nicht und dürfen nicht einfach ...«

»Ich kenne die Tatsachen. Wollen Sie leugnen, daß Sie Ihre Frau auf ein entlegenes Weingut, zu einer abscheulichen Schwiegermutter geschleppt haben, um sie mit den Kindern dort allein zu lassen und sich fröhlich aus dem Staub zu machen?«

»Das sind Dinge, die Sie nichts angehen«, protestierte Michele heftig, »und ich verbiete Ihnen, in diesem Ton mit mir zu reden.«

»Dann sage ich Ihnen jetzt ganz höflich und nett, daß Sie ein Idiot sind: Wir reden von Dingen, die mein Leben zerstört haben. Und das meines Mannes. Wie können Sie da behaupten, daß sie mich nichts angehen?«

Michele sprang auf. »Ich habe meinen Anwalt gebeten, mit Ihrem Anwalt eine angemessene Entschädigung auszuhandeln. Ich denke, ich habe Ihnen nichts mehr zu sagen.«

Auch sie stand auf. »Ich schon. Behalten Sie Ihr Geld.«

Einen Tag später berichtete ihm Renato Sarli, sein Freund und Anwalt, von seinem Treffen mit Vasiles Vertreter. Er bestätigte Michele, daß Viola Federici auf die Entschädigung verzichtete.

»Bleiben noch die Eltern. Der Vater ist behindert, und der Junge rundete ihm seine Rente mit einer monatlichen Zuwendung von vierhunderttausend Lire auf. Aber es sind keine habgierigen Leute. Laut Anwalt ist ihnen allein der Gedanke, aus dem Unglück einen wirtschaftlichen Vorteil zu ziehen, zuwider: Ich denke, wir können eine Entschädigung um die fünfzig Millionen aushandeln.«

Erleichtert, mit einer Summe davonzukommen, die weit unter dem lag, was er befürchtet hatte, ermächtigte Michele ihn, die weiteren Schritte einzuleiten.

»Diese Viola Federici ... die Witwe, hat die ein eigenes Einkommen?« fragte er aus Neugier.

»Sie arbeitet in dem kleinen Keramikbetrieb der Familie.

Wenn ich es recht verstanden habe, war sie diejenige in der Partnerschaft, die das Geld nach Hause brachte. Ihr Mann hat das Konservatorium abgeschlossen, unterrichtete Kinder an einer Privatschule im Gitarrespielen und besserte sein Gehalt auf, indem er hier und da mit Freunden in einer kleinen Band spielte.«

Als Michele auflegte, verspürte er zum erstenmal eine leichte Wut auf seine Frau. Wie konnte sie sich in ihrem Alter von einem Rocker den Kopf verdrehen lassen, der vielleicht sogar einen Nasenring trug und einen Drachen auf die Schulter tätowiert hatte? Aber nein, vielleicht irrte er sich.

Es war wahrscheinlicher, daß dieser Antonio spielte, um den kleinen Beethoven zu mimen, das unverstandene Genie, den anständigen und sensiblen Künstler ... Und während er seine Geliebte tröstete und ihr die intimsten Geständnisse entlockte, zerriß sich seine beschützende und besorgte Ehefrau förmlich für ihn. Zornesröte schoß ihm ins Gesicht. Wie konnte diese Viola sich erdreisten, ihn zu beleidigen und ihm die Schuld in die Schuhe zu schieben? Wer von ihnen beiden war denn in Wirklichkeit ein Idiot gewesen?

Jetzt reicht's, sagte er sich. Warum sollte er sich über etwas aufregen, was nunmehr der Vergangenheit angehörte? Er wußte, daß er kein guter Ehemann gewesen war, doch Anna hatte nichts unternommen, um ihm entgegenzukommen. *Liebe, Verantwortungsgefühl, Beschützerinstinkt:* Auch sie war unfähig gewesen, all das zu empfinden. Ihre verfehlte Ehe war vom ersten Tag an unausweichlich auf die Katastrophe zugesteuert, und nun, da alles vorbei war, war es sinnlos, zurückzublicken.

Dieses hysterische Mädchen hatte ihn eine Stunde länger als vorgesehen im Büro festgehalten, und als er auf die Uhr sah, stellte Michele entsetzt fest, daß er schon längst bei seiner Verabredung mit Giovanna und einem Immobilienmakler im Zentrum sein sollte. Die Wohnung in Brera war bereits vermietet, und er und Giovanna waren dabei, andere zu besichtigen. Die Hoffnung, zu den Weihnachtsferien mit einem unterschriebenen Mietvertrag, dem schönsten Geschenk für Marta, nach Broni zurückzukehren, schien in weite Ferne gerückt.

Er verließ das Büro, und während er zum Auto ging, rief er Giovanna auf ihrem Handy an, um ihr zu sagen, daß er sich verspäten würde. Sie war bester Laune: »Vielleicht haben wir gefunden, was wir suchen.«

Sie irrte sich nicht. Es handelte sich um eine geräumige, frisch renovierte Wohnung im obersten Stockwerk eines Hauses auf dem Corso Monforte. Vom Wohnzimmer führte eine Wendeltreppe zu einer hellen Mansarde. Michele unterschrieb den Mietvertrag einen Tag vor Weihnachten, und gleich danach führte Giovanna ihn in die Möbelfabrik eines Freundes.

Die Möbel im Broni sollten an ihrem Platz bleiben: Michele hatte nicht die Absicht, das alte Haus auszuräumen und seine Wurzeln ganz aufzugeben. Vor allem aber wollte er nicht den Zorn seiner Mutter heraufbeschwören. Mit ziemlicher Sicherheit würde sie die Nachricht vom bevorstehenden, kurzfristig beschlossenen Umzug schlecht aufnehmen: Die einzige Möglichkeit, sie zu besänftigen, bestand darin, ihr klarzumachen, daß das Haus in Broni für ihn und die Kinder das eigentliche Zuhause bleiben würde, und daß er die Absicht hätte, oft zum Arbeiten hinzukommen und jedes Wochenende die Kinder mitzubringen.

Davon abgesehen rief seine Mutter ihn ständig an, um sich über Martas langes Gesicht, ihre Launen und ihre Aufsässigkeit zu beschweren: Sie ist einfach unmöglich! Das Mädchen macht mich noch verrückt! Es ist jedesmal ein Kampf, sie in die Schule zu schicken und zum Lernen zu bewegen! Von dieser Last befreit zu werden würde ihre Lebensqualität steigern, und er hoffte, daß sie es als erste bemerken würde.

Während er Giovanna beobachtete, wie sie mit dem befreundeten Möbelverkäufer sprach und spontan auf dieses oder jenes Möbelstück wies, fragte er sich, ob sie seiner Mutter gefallen würde. Wahrscheinlich schon. Er hatte noch nie erlebt, daß Giovanna kalt und angriffslustig reagierte, die Stimme erhob und ihr herzliches und unbeirrbares Lächeln verlor. Er verharrte in der Betrachtung ihres kastanienfarbenen Haares, ihrer Augen von einer undefinierbaren dunklen Farbe und ihrer hochgewachsenen Statur, die jedoch zu mager war, um imposant zu wirken. Selbst ihre Figur, dachte er, besaß eher verborgene Reize. Bei ihrem ersten Treffen hatte er Giovanna völlig unscheinbar gefunden. Sie war nicht der Typ Frau, nach dem sich die Männer auf der Straße umdrehten, vielmehr war sie von einer dezenten Schönheit, die man nach und nach entdeckte.

Ja, er fühlte sich wirklich wohl mit ihr, und in den letzten Wochen hatte er ihre Diskretion besonders zu schätzen gewußt. Obgleich sie wußte, daß die Anwesenheit der Kinder in Mailand ihre Freiheit einschränken würde, hatte sie sich gehütet, sich darüber zu beschweren. Und nun suchte sie die Möbel für die neue Wohnung aus, ohne überhaupt zu fragen, ob darin auch für sie Platz sei.

In einem Anflug von Dankbarkeit war er drauf und dran, sie einzuladen, Weihnachten mit ihnen in Broni zu verbringen, doch er konnte sich noch rechtzeitig zurückhalten. Annas Tod hatte schon zuviel Klatsch heraufbeschworen, und es war nun wirklich nicht angebracht, Öl ins Feuer zu gießen, indem er eine neue Frau ins Haus brachte. Außerdem war er keineswegs sicher, daß seine Mutter sie herzlich aufnehmen würde. Besser nichts überstürzen, vor allem wegen der Kinder.

Er war sehr erleichtert, als Giovanna ihm sagte, daß

sie Weihnachten bei ihren Eltern in Triest verbringen und dann mit einem befreundeten Pärchen in die Berge fahren würde.

Nachdem sie den Möbelladen verlassen hatten, fuhren sie ins Zentrum, und Giovanna half ihm, Weihnachtsgeschenke auszusuchen, die er mit nach Broni nehmen wollte. Michele nutzte einen Besuch bei einem Juwelier, um ihr eine antike Anstecknadel zu kaufen. Sie kostete ein Vermögen, aber das war eine Kleinigkeit, verglichen mit dem, was er ihr verdankte. Es war allein ihr Verdienst, daß er sich endlich wieder geborgen und mit sich selbst im reinen fühlte.

In dieser Hochstimmung fuhr er nach Broni, die Koffer voller bunter Päckchen und mit dem aufrichtigen Wunsch, das erste Weihnachten ohne Mama an der Seite seiner Kinder zu verbringen. Auch die Kinder brauchten Trost, und sie sollten spüren, daß sie nicht allein waren.

Weihnachtsfeiern sind wie Geburten, hatte Anna immer höhnisch behauptet, wenn sie erst einmal vorbei sind, vergißt du, wie schlimm es war, und bist bereit, wieder von vorne zu beginnen. Für Anna war all das ein Alptraum: die Nervosität und die Hektik der Vorbereitungen, die Ansammlung von Verwandten, die sie nicht besonders mochte, das Aufeinanderfolgen üppiger Festgelage, die Verteilung der Geschenke unter dem Weihnachtsbaum, die Atmosphäre künstlicher, erzwungener Fröhlichkeit.

Dieses Jahr fragte Michele sich zum erstenmal, ob sie nicht recht gehabt hatte. Als er nach Hause kam, suchte die eine Tante hektisch nach einer weißen Tischdecke für das Festessen, die andere versuchte seine Mutter zu besänftigen, die sich aufregte, weil sie vergessen hatte, das Bries unter die Füllung für die Gans zu mischen, sein Vater war auf eine Leiter geklettert und schrie vergeblich nach den Girlanden.

Sie grüßten ihn kaum. »Ich müßte die Geschenke aus dem

Wagen holen. Kann mir jemand helfen?« wagte er zu fragen.

»Mach das selbst, wir sind alle beschäftigt«, erwiderte seine Mutter unfreundlich.

»Ich möchte nicht, daß Domenico mich sieht.« Das Kind glaubte noch an den Weihnachtsmann.

»Domenico ist bei einem Freund zum Spielen. Und Marta«, fügte sie hinzu, als hätte sie seine Frage vorausgesehen, »hat sich in ihrem Zimmer eingeschlossen und streikt. Wie die Mutter, so die Tochter.«

Michele mußte seine ganze Selbstbeherrschung aufbringen. Er wollte die Feiertage nicht mit einem Streit beginnen. »Ich gehe zu ihr«, sagte er und kehrte ihr den Rücken.

Seine Tochter lag auf dem Bett, die Hände im Nacken verschränkt, die Stereoanlage war voll aufgedreht. »Du hast gesagt, wir würden wegfahren«, sagte sie grußlos, ohne sich zu rühren.

Michele brauchte einen Moment, um sich daran zu erinnern. »Stimmt. Aber du hast den Vorschlag sofort abgelehnt und behauptet, dir wäre das egal. Hast du das vergessen?«

Marta verzog das Gesicht. »Stimmt, es ist mir auch egal.«

Er setzte sich auf die Bettkante. »Hast du Lust, ein bißchen zu reden?«

»Worüber denn?«

Michele bemühte sich um einen betont geheimnisvollen und heiteren Gesichtsausdruck. »Ich habe eine Überraschung für dich.«

»Wenn das wieder der übliche Pullover ist, dann ...«

»Ich habe eine schöne Wohnung in Mailand gefunden, und sobald die Möbel da sind, werden wir einziehen!«

»Aha.«

»Das wolltest du doch. Freust du dich nicht?«

Marta warf ihm einen mitleidigen Blick zu. *»Freuen?* Du bist albern, Papa.«

»Ich meinte doch nur den Umzug«, erwiderte Michele verlegen. »Ich weiß, daß dich im Moment nichts ...«

»Ich bin so unglücklich ...« Unerwartet begann sie zu schluchzen, und er sah sie wie betäubt an. Er wußte nicht, was er sagen, wie er sie trösten sollte. Vorsichtig streckte er eine Hand nach ihrem Gesicht aus, und Marta sagte bebend: »Mama fehlt mir ... An dem Abend, an dem sie gestorben ist, hatten wir Streit ... Sie wird nie mehr erfahren, wie lieb ich sie hatte ...«

Michele drückte seine Tochter fest an sich. »So etwas darfst du noch nicht einmal denken! Mama wußte es, und sie möchte ganz sicher, daß du jetzt ebenso heiter bist wie sie selbst. Laß sie in Frieden ruhen, mein Kleines.«

Marta löste sich aus seiner Umarmung. »Mama ist hinter einer Steinplatte eingeschlossen, auf der noch nicht einmal ihr Name steht. Niemand hat sie besucht ... Sie ist mutterseelenallein, sie ist die einzige Tote, die keine Kerze, nicht einmal eine Blume hat.« Ihre Stimme kippte. »Wir waren alle gemein zu ihr. Du ganz besonders, Papa.«

Seine Tochter starrte ihn an wie wenige Tage zuvor die Witwe des jungen Mannes. Michele senkte den Kopf und fühlte sich zutiefst unwohl. »Du hast recht. Leider kann man es nicht mehr ändern ...« Er sah sie wieder an. »Aber eines solltest du wissen: Das Gerede der Leute kümmert mich nicht, und ich habe mich nicht eine Sekunde dafür geschämt, wie Mama gestorben ist. Was das Grab angeht, so weiß ich, daß beim Steinmetz eine Grabplatte bestellt ist. Ich verspreche dir, daß von nun an auch Mama Kerzen und Blumen haben wird wie alle anderen Toten.«

»In Ordnung, Papa.«

»Nichts ist in Ordnung, solange du dich hier einschließt und grübelst.«

»Ich weiß nicht, was ich tun soll.«

»Komm, hilf mir erst mal, den Wagen auszuladen, und

dann wird uns schon irgend etwas einfallen. Wir können Domenico bei seinem Freund abholen und dann ins Kino gehen. Oder eine Pizza essen.«

»Heute abend ist doch das Weihnachtsessen!« wandte Marta beinahe entsetzt ein.

Michele schlug sich theatralisch vor die Stirn. »Ich schwöre, das habe ich völlig vergessen.«

»Du Glücklicher.«

IV

Am Vorabend des Dreikönigstages fuhr Michele nach Mailand zurück. Nie zuvor war er bis Neujahr zu Hause geblieben, doch sein Verantwortungsgefühl war größer gewesen als seine zwanghafte Abneigung gegen Festgelage, Tombolaspiele, nicht enden wollende Verwandtenbesuche, leere Gespräche und überheizte Zimmer. Die trostlose Weihnachtsinszenierung, auf der seine Mutter nur wenige Wochen nach der Tragödie mit Anna bestanden hatte, steigerte noch das Unbehagen der Kinder, und er fühlte sich verpflichtet, bei ihnen zu bleiben. Er machte sich große Sorgen um sie: Domenico hatte wieder begonnen, ins Bett zu machen, und provozierte pausenlos, Marta hatte sich erneut in finsteres und gleichgültiges Schweigen geflüchtet.

Er war ein Idiot gewesen, zu glauben, er könnte sie in dem Haus in Broni lassen, und ein noch größerer Idiot, zu glauben, daß seine Mutter seine Entscheidung, sie mit sich nach Mailand zu nehmen, mißbilligen würde. Statt dessen reagierte sie mit offenkundiger Erleichterung. »Du wolltest mir doch wohl nicht die Verantwortung für zwei verwöhnte, schwererziehbare Kinder aufhalsen«, hatte sie gesagt. Die wenigen Worte spiegelten ihren ganzen Egoismus und ihre erschütternde Unverblümtheit wieder.

Michele unterdrückte seinen Zorn. Es war albern, sich mit sechsunddreißig Jahren an Mutter-Sohn-Problemen aufzuhalten, wo doch seine Probleme als Vater sehr viel ernster waren.

Zu allererst mußte er so schnell wie möglich den Umzug nach Mailand organisieren: Ihm war klargeworden, daß es ein Fehler wäre, bis zum Ende des Schuljahres zu warten, wie er ursprünglich geplant hatte. Bis dahin waren es noch Monate, und weder Marta noch Domenico sollten länger als nötig bei einer Großmutter bleiben, für die sie lediglich »zwei verwöhnte und schwererziehbare« Kinder waren, die sie so schnell wie möglich loswerden wollte.

Michele wehrte sich gegen die neuerlich aufsteigende Wut, um sich auf den Umzug zu konzentrieren. Er mußte die Möbellieferung vorantreiben, eine Reinigungsfirma beauftragen, die Wohnung zu putzen, seinen Wohnortwechsel anmelden, Strom- und Wasseranschlüsse beantragen und außerdem eine neue Schule für Marta und einen neuen Kindergarten für Domenico suchen.

Letztendlich war es die übliche Prozedur und lästiger Kleinkram. Das eigentliche Problem war, jemanden zu finden, der sich ganztags um die Wohnung und die Kinder kümmern würde.

Am Abend zuvor hatte er am Telefon mit Giovanna darüber gesprochen und war zu dem Schluß gekommen, daß ihm eine lange Suche mit fraglichem Erfolg bevorstand.

Er wünschte sich eine Frau mit ausgezeichneten Referenzen, die ungebunden war, Erfahrung mit Kindern hatte, in der Lage war, auf sie einzugehen und dennoch, wenn nötig, eigenständig Entscheidungen zu treffen. Daher durfte sie nicht zu jung, aber auch nicht zu alt sein: Marta und Domenico brauchten eine Person, zu der sie eine persönliche Beziehung aufbauen konnten, und aus diesem Grunde schloß er auch eine Ausländerin aus; es sei denn, sie lebte schon lange in Italien und beherrschte die Sprache perfekt.

»Das bedeutet, du suchst das Kindermädchen aus den fünfziger Jahren«, hatte Giovanna scherzhaft bemerkt. »Ich fürchte, so etwas gibt es nur noch im Fernsehen ...«

»Bevor ich aufgebe und mich auf einen Kompromiß einlasse, will ich es zumindest versuchen.«

»Warum wendest du dich nicht an euren Dorfpfarrer? Vielleicht kennt er ja eine Witwe oder eine alleinstehende Frau mittleren Alters, die bereit wäre, dir zu helfen.«

»Angenommen, er wüßte eine: Ich glaube kaum, daß eine Frau, die es gewohnt ist, auf dem Land zu leben, in einer großen Stadt zurechtkommen würde.«

»Ich werde mich nach einer Organisation oder einem religiösen Verein umhören. Bis dahin können wir es auch mit einem Inserat in der Zeitung versuchen.«

Giovanna setzte in die Tat um, was sie mit dem wir gemeint hatte, doch nach vier Wochen waren sie mit ihrer Suche immer noch weit vom Ziel entfernt: Auf das Inserat im *Corriere della Sera,* das detailliert und unmißverständlich die unverzichtbaren Anforderungen aufzählte, meldeten sich acht Frauen, die sich allesamt als ungeeignet erwiesen, sowie ein anonymer Anrufer, der sich über den Rassismus entrüstete, der sich hinter den Worten »keine Ausländerin« verbarg.

Unterdessen lud sich die Situation in Broni derart auf, daß Michele gezwungen war, jeden Abend nach Hause zu fahren, um zu versuchen, die Wogen zu glätten: Zwischen seiner Mutter und Marta herrschte nunmehr offener Krieg, und Domenico war zunehmend eingeschüchtert und verwirrt.

Als er Mitte Februar beschloß, die Kinder endlich nach Mailand zu bringen, nannte Giovanna ihm eine Organisation, die von Laienschwestern und ehrenamtlichen Helfern geführt wurde, und die unter anderem Frauen, die in Schwierigkeiten steckten oder ihre Angehörigen verloren hatten, eine Beschäftigung besorgte. »Meine Cousine hat mir die Adresse gegeben«, sagte sie zu ihm. »Anscheinend vermittelt diese Organisation nur Frauen von einwandfreier Moral und wählt ebenso sorgfältig die Familien aus, bei denen sie sie unterbringt. Es ist zumindest einen Versuch wert: Wer weiß, vielleicht ist ja endlich die Passende dabei!«

Obgleich er sehr skeptisch war (es wäre albern gewesen, auf einen solchen Glücksfall zu hoffen), machte Michele sich sofort auf den Weg. Der Hauptsitz der Organisation befand sich in einer kleinen zweistöckigen, etwas altmodisch wirkenden Villa in der Via Melchiorre Gioia und war von einem kleinen Garten umgeben. Das Tor stand offen. Michele lief über einen Kiesweg, der zur Eingangstür führte, und drückte auf den einzigen Klingelknopf, der unter einer Überwachungskamera angebracht war und neben dem ein Name stand.

Das Türschloß schnappte sofort auf. Er fand sich in einem großen Vorzimmer wieder, in dem es keine Möbel gab, das jedoch voller Pakete war. Eine der Türen öffnete sich, und ein junger Mann fragte: »Sie wünschen?«

Michele räusperte sich. »Ich suche eine Haushaltshilfe, und man hat mir diese ...«

»Da müssen Sie in den ersten Stock«, unterbrach ihn der Mann und wies auf eine Treppe.

Nach zwei Absätzen erreichte er ein Vorzimmer, das mit dem im Erdgeschoß identisch war. Doch dieses hier war wie der Wartesaal eines kleinen Bahnhofes möbliert und voller wartender Personen. Zögernd blickte er in die Runde. »Ich möchte mit jemandem von der Organisation sprechen, wegen einer Haushaltshilfe ...«

Eine Dame um die Sechzig schenkte ihm ein herzliches Lächeln. »Das wollen wir alle, Sie müssen sich setzen und warten, bis Sie an der Reihe sind.« Sie rückte zur Seite, um ihm auf dem kleinen Kunstledersofa Platz zu machen, und fügte hinzu: »Schwester Lucia ist krank, und die ehrenamtliche Helferin, die sie vertritt, ist sehr langsam.«

Michele nickte stumm.

»Haben Sie das Formular ausgefüllt?«

»Nein ... Was für ein Formular?«

»Den Antrag. Sie müssen ihn vor dem Gespräch ausfüllen und Adresse, Referenzen, Beruf des Familienoberhauptes, Anzahl der Familienmitglieder und die gewünschten Eigenschaften der gesuchten Person angeben ... Die nehmen es hier sehr genau.«

Michele nickte erneut. »Das hat man mir gesagt. Wo bekomme ich ein solches Formular?«

»Ich habe noch ein nicht ausgefülltes übrig.« Sie zog es aus ihrer Handtasche und reichte es ihm. »Brauchen Sie auch einen Stift?«

»Danke, einen Stift habe ich.« Michele machte sich übertrieben langsam daran, das Formular auszufüllen: Er hatte überhaupt keine Lust, sich mit der redseligen Dame zu unterhalten. Als er fertig war, nahm er eine alte Zeitschrift von dem Tischchen gegenüber und gab vor, sich in die Lektüre zu vertiefen. Um sechs Uhr wartete er immer noch. Aber es war nur noch eine Frau vor ihm dran, und er rechnete aus, daß er in einer halben, höchstens einer dreiviertel Stunde an der Reihe wäre.

Vielleicht war Giovannas Vertrauen in diese Organisation nicht verkehrt. Er hatte die Gespräche belauscht, und die Erfahrungen der wartenden Leute hatten ihm die tröstende Gewißheit gegeben, daß die Laienschwestern und ehrenamtlichen Helfer nicht nur sehr sorgfältig arbeiteten, sondern auch fast immer eine glückliche Lösung fanden, wenn es galt, einen alten Menschen zu pflegen, einen Haushalt zu führen, Kinder zu versorgen. Letzteres war bei der jungen Frau der

Fall, die darauf wartete, an die Reihe zu kommen: Soweit er mitbekommen hatte, war sie nach der Scheidung gezwungen, wieder zu arbeiten, und suchte eine Tagesmutter für ihre Kinder. Als sie in das Zimmer ging, hoffte er inständig, sie möge ihm nicht die vielleicht einzige Frau in der Kartei, die für seine Zwecke geeignet war, wegnehmen.

Seine Kinder brauchten sie auf jeden Fall dringender. Keiner der Menschen, die an diesem Nachmittag dort gewesen waren, konnte sich in einer derart dramatischen Situation befinden wie er: Er lebte inzwischen in der Angst, Marta könnte eine Dummheit machen und Domenico, der in einer Phantasiewelt lebte und einer traurigen emotionalen Leere ausgeliefert war, könnte nicht wiedergutzumachende psychische Schäden davontragen. Das werde ich der Leiterin erklären, ich werde sie anflehen, mir den Vorzug zu geben, nahm er sich fest vor.

Zum erstenmal dachte er mit einem aufrichtigen Verlustgefühl an den Tod seiner Frau, doch er schämte sich sofort: Nicht sie fehlte ihm, sondern die Person, die ihm in all den Jahren die Sorgen und Probleme eines Vaters abgenommen hatte.

Er hatte sich wie ein netter Onkel verhalten, der am Wochenende mit Plätzchen oder kleinen Geschenken kam, um seine Neffen zu besuchen und der, mit der gespielten Begeisterung Erwachsener, die gefallen wollen, mit ihnen plauderte oder tobte. Er hatte nie wirklich mit ihnen geredet, und Marta war von einem Kind zu einer Jugendlichen geworden, ohne daß er es bemerkt hatte.

»Ich bin fertig, Sie sind dran.« Die Stimme der Geschiedenen, die nach einer Tagesmutter für ihre Kinder suchte.

Michele fuhr hoch. »Danke, ich gehe sofort rein«, sagte er und stand auf.

Die Signora schenkte ihm ein ermutigendes Lächeln. »Sie werden mit einer sehr professionellen und freundlichen Mitarbeiterin reden. Sie werden sehen, daß sie auch für Sie eine Lösung findet.«

Michele bedankte sich nochmals und ging auf das Büro zu. Er wollte gerade an die Tür klopfen, als diese sich öffnete und eine junge Frau mit roten Haaren herauskam und ihn fast umrannte.

»Entschuldigen Sie«, sagte Michele und wich zurück. Dann erstarrte er und blickte sie ungläubig an. Die jähe Feindseligkeit auf ihrem Gesicht bestätigte ihm, daß er sich nicht täuschte: Die Frau war die Witwe von Antonio Vasile, dem Kerl, der mit seiner Frau verunglückt war.

»Was machen Sie denn hier?« fuhr sie ihn an.

Michele hätte sie gerne das gleiche gefragt, doch er zwang sich, ruhig zu bleiben. Das war weder der richtige Ort noch der richtige Augenblick, um einen erneuten schmerzlichen Zusammenstoß zu riskieren. »Ich suche eine Betreuung für meine Kinder und muß mit der zuständigen Person reden«, erklärte er in dem einschmeichelnden Tonfall, in dem man mit Verrückten redet.

»Das bin ich.« Michele starrte sie mit offenem Mund an.

»Sie?«

Die Witwe drehte sich um und ging wieder ins Büro, ohne ihn einer Antwort zu würdigen. Kurz darauf kam sie mit Mantel und Handtasche wieder heraus.

Endlich fand Michele seine Selbstbeherrschung wieder. »Sie können mich nicht einfach so stehenlassen«, protestierte er.

»Wir schließen um sieben.«

»Geben Sie mir nur zwei Minuten. Werfen Sie wenigstens einen Blick auf das Formular.«

»Ich weiß genug über Sie.«

Sie schickte sich an, zu gehen, doch Michele hielt sie am Arm fest. »Ich bitte Sie. Ich suche ein Kindermädchen für meine Kinder, und ich bin ...«

»Ich würde niemals eine anständige Person zu Ihnen schicken«, erwiderte sie und schob ihn schroff beiseite.

»Es ist nicht in Ordnung, daß Sie ihre persönliche Abneigung in ...« Michele unterbrach sich, als er sich der Lächerlichkeit dieser Bürokratensprache bewußt wurde. »Ich bitte Sie, helfen Sie mir.«

»Unsere Unterhaltung ist beendet.«

»Ganz sicher nicht«, machte Michele nun seiner Empörung Luft. »Sagen Sie, wer ist für diese Organisation verantwortlich?«

»Wir sind alle verantwortlich.«

»Haben Sie eine ordnungsgemäße Lizenz, um die Arbeit einer Vermittlungsagentur abzuwickeln?«

»Hört, hört«, verhöhnte ihn die junge Frau. »Wollen wir etwa drohen?«

»Sie haben meine Frage nicht beantwortet.«

»Wenn Sie einen Beweis wollen, daß wir uns an die Gesetze halten, dann kommen Sie morgen während der Bürozeiten vorbei.«

»Ich könnte direkt zur Polizei oder zum Amt für ...«

»Tun Sie sich keinen Zwang an.«

»Wenn das hier eine Organisation ist, die eine professionelle und korrekte Dienstleistung anbietet, habe ich ein Anrecht darauf, angehört zu werden wie alle anderen!«

»Richtig. Sie haben mir gesagt, daß Sie ein Kindermädchen brauchen, und ich habe Ihnen gesagt, daß ich Sie nicht für einen geeigneten Arbeitgeber halte.«

»Für wen halten Sie sich? Für den lieben Gott?«

»Ich bin eine der vielen ehrenamtlichen Mitarbeiterinnen, die damit beauftragt sind, vertrauenswürdige Personen an ebenso vertrauenswürdige Familien zu vermitteln. Diesbezüglich bieten Sie keine Garantien, daher ist, wie ich bereits sagte, das Gespräch beendet.«

»Ich bin weder ein Verbrecher noch ein Sexualtäter. Und

ich bin auf der verzweifelten Suche nach einer anständigen Person, die sich um meine Kinder kümmert.«

In dem eisigen Blick der Frau blitzte Neugier auf. »Leben Ihre Kinder nicht bei Ihren Eltern auf dem Land?«

Michele schüttelte den Kopf. »Ich will sie zu mir nach Mailand nehmen. Sofort. Seit dem Tod ihrer Mutter ...« Er hielt inne, denn er hatte bemerkt, daß er sich auf dünnes Eis begab.

»Fahren Sie fort«, forderte die junge Frau ihn in einem beinahe einschüchternden Ton auf.

»Die Kinder haben eine Menge Probleme und brauchen mich«, sagte er in einem Atemzug. Er sah ihr in Augen und fühlte sich wie ein Verurteilter, der auf Begnadigung hofft. »Helfen Sie mir«, wiederholte er. Er erniedrigte sich erneut, doch sollte das der Preis sein, den die Frau forderte, würde er ihn bezahlen, und wenn er bis zum Letzten gehen mußte. Selbst wenn er vor ihr kriechen, betteln, ihr Mitleid erwecken mußte.

»Hören Sie auf, den verzweifelten Vater zu spielen.«

»Ob Sie es glauben oder nicht, genau das bin ich.« Sie hieß Viola, erinnerte er sich auf einmal. Viola Federici. Er erinnerte sich auch, daß sie in der Keramikfabrik ihrer Familie arbeitete. Aus welchen Gründen auch immer sie in dieser Organisation gelandet war, es war in jedem Fall ein unglücklicher Zufall, ja, Ironie des Schicksals.

»Offen gestanden«, sagte sie und sah ihm in die Augen, »glaube ich, daß Sie nach dem Tod Ihrer Frau wieder jemanden suchen, zu dem Sie Ihre Kinder abschieben können.«

»Ich mag ein schlechter Ehemann gewesen sein, aber das bedeutet nicht, daß ich als Vater ...«

»Sparen Sie sich Ihre Gemeinplätze! Ein schlechter Ehemann ist immer ein schlechter Vater.«

»Wenn Sie das so sehen, ist das doch ein Grund mehr, meinen Kindern zu helfen. Was auch immer für eine Schuld ich trage, es ist nicht fair, daß sie dafür bezahlen müssen.«

Ohne ein weiteres Wort zu verlieren warf die Frau ihm einen verstohlenen Blick zu, und Michele nutzte das kurze Zögern, um ihr das Formular hinzuhalten. »Lesen Sie das, bitte. Sie müssen nicht jetzt entscheiden, ich komme morgen zu den Bürozeiten wieder, wie Sie mich gebeten haben.«

»Sie sind ein großer Schauspieler, aber bei mir können Sie damit nicht landen. Behalten Sie Ihr Formular, und verschwinden Sie.«

»Und Sie sind engstirnig und rachsüchtig. Jetzt verstehe ich, warum Ihr Mann Sie betrogen hat!« brüllte Michele boshaft, während Viola sich entfernte. Wutschnaubend zerriß er das Formular und warf es auf den Boden.

Als er Giovanna von dieser unerwarteten Begegnung berichtete, bebte Michele noch immer vor Wut. »Sie ist eine anmaßende Zicke, die nur auf ihren Prinzipien herumreitet ... Ich begreife einfach nicht, wie man ihr eine derart verantwortungsvolle Aufgabe übertragen konnte!«

Giovanna erkundigte sich bei ihrer Cousine, die ihr die Adresse gegeben hatte, und erfuhr, daß die Organisation drei Jahre zuvor von der Tante dieser Viola Federici gegründet worden war. Nach dem Tod ihres Mannes hatte die alte Dame all ihr Geld und ihre Zeit in die ehrenamtliche Arbeit gesteckt: Die Vermittlung von Haushaltshilfen war nur eine der zahlreichen Aufgaben. Obgleich Viola im Familienbetrieb arbeitete und in Pavia wohnte, half sie ihrer Tante. Doch sie sprang nur hin und wieder und auch nur in Notfällen ein.

Nachdem Giovanna ihm all das berichtet hatte, versuchte sie, ihn dazu zu bewegen, es noch einmal zu versuchen. »Wenn ich es richtig verstanden habe, hat diese Viola die Leiterin vertreten. Wenn du in ein paar Tagen noch mal hingehst, kannst du persönlich mit ihr sprechen.«

»Ich fürchte, ich stehe auf der schwarzen Liste. Und ich

muß gestehen, daß allein der Gedanke daran, wieder dieser Verrückten gegenüberzustehen, mir eisige Schauer über den Rücken jagt.«

»Und deine Kinder? Willst du sie in Broni lassen?«

»Nein, natürlich nicht. Ich werde sie auf jeden Fall nach Mailand holen, und solange ich nicht die richtige Person gefunden habe, kümmere ich mich selbst um sie.«

»Wie willst du das machen mit deinem Job?«

»Dann muß ich eben um vier Uhr nachmittags aufhören, wenn Marta aus der Schule kommt und Domenico aus dem Kindergarten.«

»Denkst du, du weißt, wie man wäscht, bügelt, kocht und putzt?«

»Zum Glück gibt es ja noch Reinigungen und Tiefkühlgerichte. Und was den Haushalt angeht, werde ich eben für ein paar Stunden die Woche eine Putzfrau einstellen.«

Diesmal hütete Giovanna sich, ihm ihre Hilfe anzubieten, aber Michele war darüber seltsamerweise erleichtert. Es wäre sehr peinlich geworden, vor seinen Kindern – vor allem vor Marta – die Gegenwart einer Frau in der neuen Wohnung zu rechtfertigen.

V

Das Klingeln des Telefons unterbrach die Diskussion zwischen Michele und Marta, als sie zu einer unbeherrschten Auseinandersetzung auszuarten drohte. Erleichtert stürzte Michele zum Telefon: Wer auch immer am Apparat sein mochte, er hatte ihn gerade noch rechtzeitig davor bewahrt, seiner Tochter zum erstenmal eine Ohrfeige zu verpassen.

Natürlich schloß das allgemeine »wer auch immer« Viola

Federici aus, die einzige Person, der es – außer Marta in den letzten Tagen – gelungen war, ihn aus der Fassung zu bringen. Als sie ihren Namen sagte, verstummte er, denn er hörte direkt den gereizten Unterton aus ihrer Stimme heraus, der ihm inzwischen vertraut war.

»Was wollen Sie?« fuhr er sie unhöflich an.

»Wenn ich mich nicht irre, wollten Sie etwas von mir.«

»Jetzt nicht mehr.«

»In dem Falle wünsche ich noch einen schönen Tag«, erwiderte die Frau stolz.

»Warten Sie!« platzte Michele heraus, bevor sie auflegte. Sein Leben war dabei, sich in eine Hölle zu verwandeln, und er konnte sich nicht erlauben, die Hilfe dieser Viola abzulehnen, falls sie ihre Meinung geändert haben sollte. »Warum haben Sie mich angerufen?« fragte er so freundlich er konnte.

»Um mit Ihnen über Ihren Antrag zu sprechen, aber wie ich höre, haben Sie das Problem bereits gelöst.« Zuckersüß, provozierend.

Es war klar, daß sie sich über ihn lustig machte, und Michele mußte sich zwingen, nicht aufzulegen. »Ich habe es nicht gelöst«, stieß er zwischen den Zähnen hervor.

»Könnten Sie das wiederholen?«

»Sie haben mich sehr gut verstanden. Ich bin allein und schaffe es nicht, mich um den Haushalt zu kümmern. Meine Kinder sind noch verstörter als je zuvor, und unser Zusammenleben wird langsam zu einem Desaster. Sind Sie nun zufrieden?«

»Ich wollte nur, daß Sie von Ihrem hohen Roß herunterkommen. Ich habe Sie angerufen, weil Sie neben dem ganzen Schwachsinn neulich im Büro auch etwas Wahres gesagt haben: Es ist nicht fair, daß ihre Kinder für alles bezahlen müssen. Ich habe die zwei Teile des Formulars, das Sie so theatralisch zerrissen und auf den Boden geworfen haben, zusammengeklebt und die Dringlichkeit Ihrer Anfrage vermerkt. Ich hoffe, daß wir so schnell wie möglich eine geeignete Person finden.«

»Das hoffe ich auch. Ich weiß wirklich nicht, wie ich Ihnen danken soll ...«

»Sparen Sie sich die Mühe. Warum haben Sie angegeben, daß Sie keine Ausländerin wollen? Die Suche wäre einfacher, und ich versichere Ihnen, daß es auch sehr ehrliche und fähige Ausländerinnen gibt.«

»Ich dachte, daß die Kinder sich vielleicht wegen der Sprache, dem Essen und den Gewohnheiten bei einer Italienerin wohler fühlen würden. Aber mittlerweile ist mir jede Lösung recht. Ich habe eine Frau gefunden, die jeden Morgen für drei Stunden zum Putzen kommt, aber anscheinend beschränkt sie sich darauf, alles zu verstecken, was herumliegt. Wenn wir nach Hause kommen, müssen wir immer erst auf Schatzsuche gehen.«

»Wie geht es den Kindern in der neuen Schule?«

»Der Kleine geht noch in den Kindergarten ... Er macht immer noch ins Bett und kommt mir durch die ganzen Veränderungen sehr verschreckt vor.« Er machte eine kleine Pause, überrascht, daß die Spannung zwischen ihm und dieser Frau nachgelassen hatte und daß sie sich wie selbstverständlich mit ihm unterhielt.

»Und die Große?«

Auch das Interesse, das diese Frau zeigte, war überraschend. »Marta sagt immer nur, die neue Schule sei furchtbar. Der einzige Vorteil ist, daß sie jetzt jemanden hat, der ihr zuhört ...« Er lachte bitter. »Schade nur, daß mir keiner zuhört.«

»Was ist aus Ihrer Geliebten geworden?«

Diese direkte und brutale Frage ließ ihn erstarren. »Wovon reden Sie ...«

»Ich rede von Giovanna. Ihre Frau kannte sogar den Namen dieser Dame.«

Der herzliche Plauderton von eben war verschwunden. »Ich nehme an, daß Sie das wiederum von Ihrem Mann erfahren haben, über das amüsante Stille-Post-Spiel, mit dem ihr euch in eurem Dreierverhältnis die Zeit vertrieben habt«, entgegnete er wütend.

»Ich möchte Ihnen den Spaß an Ihrem *amüsanten* Spruch nicht nehmen.«

Michele hörte das Klicken des Hörers, der aufgelegt wurde, und knallte seinerseits wütend den Hörer auf die Gabel. Als er seine Tochter bemerkte, die wenige Schritte entfernt stand, fuhr er sie an. »Was stehst du hier so rum? Mach, daß du wegkommst!«

Michele stellte den Wecker auf sechs, eine Stunde, bevor er die Kinder wecken mußte. Er stand auf, ließ sich im Bad Zeit, setzte sich in die noch stille Küche und trank seinen Kaffee: Diese Stunde, die einzige am Tag, die er ganz für sich allein hatte, war das angenehmste Ritual seines aus den Fugen geratenen Lebens. Um sieben weckte er die Kinder, und während sie sich wuschen und anzogen, machte er ihnen Frühstück: Tee mit Zitrone und Zwieback für Marta, Kakao und Nutellabrote für Domenico.

Ein weiteres, entschieden nervtötenderes Ritual waren die Diskussionen mit den Kindern: Domenico wollte unbedingt schmutzige Klamotten und abgelatschte Turnschuhe anziehen, während Marta vergeblich nach dem ein oder anderen Kleidungsstück suchte, das die Haushälterin versteckt hatte, oder sich beklagte, sie hätte nichts zum Anziehen.

Wenn er um halb neun das Haus verließ, um Domenico zum Kindergarten und Marta zur Schule zu bringen, war Michele schon vollkommen erledigt. Kurz vor neun kam er im Büro an. Nach anfänglichem Widerstreben hatte sein Vater die Pläne, das Mailänder Büro und den Vertrieb auszubauen, gutgeheißen und ihm gestattet, auch eine Sekretärin einzustellen. Doch der Erleichterung, nicht mehr jeden Tag zwischen Broni und Mailand hin- und herpendeln zu müssen, standen Dauerstreß und ein anstrengender, hektischer Arbeitsrhythmus gegenüber.

Bis Ende April sollte das gesamte Vertriebsnetz ausgebaut und optimiert werden, doch es hatte sich herausgestellt, daß es alles andere als leicht war, Exklusivvertreter zu finden: So solide und produktiv der Weinbetrieb Barni auch war, hatte er natürlich nicht das gleiche Renommee wie die großen nationalen Marken und konnte sich keine massiven Werbekampagnen leisten.

In drei Wochen hatte Michele lediglich zwei der fünfzehn benötigten Mitarbeiter gefunden, obwohl er ungefähr zehn Bewerbungsgespräche pro Tag führte. Zwischendurch mußte er einen Bericht schreiben, den sein Vater angefordert hatte, Telefonate entgegennehmen, die Geschäftsführer der wichtigsten Großhandelsketten kontaktieren und den Druck des ersten Firmenkataloges überwachen.

Um vier unterbrach er, ganz gleich, womit er gerade beschäftigt war, seine Arbeit und holte die Kinder von Kindergarten und Schule ab. Völlig zerschlagen und die Nerven blank, wechselte er in die Rolle des Vaters und nahm die anstrengendsten Stunden des Tages in Angriff. Es war die reinste Hölle. Ein kurzer Halt am Supermarkt, dann begann der Nahkampf mit den Kindern: Domenico jammerte ständig »ich langweile mich, ich weiß nicht, was ich machen soll« und Marta fand immer einen Vorwand, sich zu beschweren und bissige Bemerkungen zu machen, und drückte sich davor, ihm zu helfen. Beim Abendessen ging die Litanei weiter: »Schon wieder Ravioli, ich kann kein Huhn mehr sehen, du weißt doch, daß ich keinen Fisch mag, puh, schon wieder Tiefkühlpizza ...«

Um zehn, wenn die Kinder endlich in ihren Betten lagen und die Spülmaschine lief, setzte Michele sich vor den Fernseher. Er war derart müde, daß er fast immer in einen tiefen Schlaf fiel. Als der Frust seinen Höhepunkt erreichte, hoffte er, daß Annas Mutter anbieten würde, ihm unter die Arme zu greifen, doch offenbar war die Genugtuung darüber, ihn in Schwierigkeiten zu wissen, größer als ihre Liebe zu den Enkelkindern. Und er hegte den Verdacht, daß die seltenen Anrufe der Schwiegermutter nur ein Ziel verfolgten: festzustellen, daß bei ihm weiterhin alles schieflief.

Nachdem Giovanna ihm geholfen hatte, die neue Wohnung einzurichten und die kleine Wohnung auszuräumen, die ihnen als Liebesnest gedient hatte, war sie auf die Malediven geflogen: Sie hatte noch zwei Wochen Resturlaub aus dem vergangenen Jahr und nutzte ihn, um dem nicht enden wollenden, deprimierenden Winter zu entkommen. In zehn Tagen hatte sie ihn dreimal angerufen und sich im Gegensatz zu seiner Schwiegermutter sehr besorgt gezeigt.

Aber ihm war klar, daß er auch nach ihrem Urlaub nicht mehr von ihr verlangen und erwarten konnte. Die Gegenwart der Kinder stellte ihre Beziehung auf eine harte Probe. So, wie die Dinge jetzt standen, konnte er es sich nicht einmal erlauben, sie zum Essen in ein Restaurant einzuladen.

War auch Annas Leben so eingeschränkt gewesen? Wohl kaum, beantwortete er sich seine Frage selbst, als er an ihren Tod dachte. Obgleich sie es gehaßt hatte, neben der Schwiegermutter und den alten Tanten leben zu müssen, hatte sie dank ihrer kommen und gehen können, wann immer es ihr beliebte. Es war immer jemand dagewesen, dem sie die Kinder anvertrauen konnte: die Frau des Gutsverwalters, eine Arbeiterin, die Mutter eines Schulkameraden …

Micheles Gedanken wanderten von Anna zu seiner Tochter. Nach drei Wochen fühlte Marta sich in der neuen Schule immer noch fremd. Ihrer Meinung nach wurde sie von den Kameradinnen ausgeschlossen. »Die blöden Angeberinnen behandeln mich wie ein Landei …«

Sie beschwerte sich auch über die Lehrer (»Die ignorieren mich«), über die Mensa (»Da gibt's nur aufgewärmte, ungenießbare Brühe«), über die Disziplin (»Es geht zu wie bei den Nazis!«). Immer mehr stach Michele die unglaubliche, nicht nur äußerliche Ähnlichkeit zwischen Anna und Marta ins Auge.

Vor seiner Tochter konnte er jedoch nicht weglaufen und so tun, als gäbe es keine Probleme, wie er es damals bei seiner Frau getan hatte. Er zweifelte nicht daran, daß Marta von ihren Kameradinnen ausgeschlossen wurde, aber konnte man es ihnen verübeln? Ihr finsteres Gesicht und ihre verschlossene Art machten sie nicht gerade zu einem angenehmen Zeitgenossen.

Ihm gegenüber verhielt sie sich manchmal geradezu abscheulich, fast als bereitete es ihr Vergnügen, ihn zu provozieren, bis er seine Beherrschung verlor. Und wenn es ihr gelungen war, rannte sie in ihr Zimmer, schloß sich ein, und ließ ihn mit unerträglichen Schuldgefühlen allein.

»Willst du nach Broni zurück?« fragte er sie eines Abends ohne Hintergedanken.

»Ich weiß, daß du dich freuen würdest, wenn du uns los wärst, aber ich denke gar nicht daran«, lautete die giftige Antwort.

Ende Februar teilte die Haushaltshilfe mit, daß sie eine feste Stelle in einer Reinigung gefunden habe, und kam von einem Tag auf den anderen einfach nicht mehr. Auf einmal wurde Michele bewußt, daß er sowohl die Hilfe dieser Frau, so schlampig und unorganisiert sie auch war, wie auch das Arbeitspensum, das sie erledigte, während er im Büro war, unterschätzt hatte. Wenn er nun nach Hause kam, waren die Betten nicht gemacht, Bad und Küche schmutzig, das Wohnzimmer unordentlich. Und unterdessen füllten sich die Wäschekörbe mit Kleidungsstücken, die gewaschen, aufgehängt und gebügelt werden mußten ...

In dieser Ausnahmesituation zeigte Marta sich unerwartet kooperativ. Ohne daß er sie darum gebeten hätte, begann sie die Betten zu machen, die Böden zu wischen, die Zimmer aufzuräumen. Eines Abends traf er sie in der Küche an, als sie gerade dabei war, ein Hemd zu bügeln. Bei diesem Anblick zog sich sein Herz zusammen.

»Das ist zuviel. Du kannst doch in deinem Alter nicht soviel arbeiten«, sagte er und zog den Stecker des Bügeleisens aus der Steckdose.

»Das macht mir überhaupt nichts aus. Wirklich nicht, Papa.«

»Wir müssen eine Lösung finden, Kleines. Das Leben, das ihr bei mir führt, ist unmöglich.«

»Willst du damit sagen, daß du uns nach Broni zurückschickst?« fragte Marta mit Panik in der Stimme.

»Auf gar keinen Fall. Aber so kann es nicht weitergehen.«

»Was hast du vor?«

»Zunächst einmal für ein paar Stunden täglich eine neue Haushälterin suchen.«

Als er am nächsten Morgen ins Büro kam, las er aufmerksam alle Arbeitsgesuche, die im Anzeigenteil des *Corriere della Sera* veröffentlicht waren, und mittags hatte er bereits mit drei Frauen, die ihm geeignet schienen, einen Termin vereinbart.

Er einigte sich gleich mit der ersten, denn er war überzeugt, daß die anderen nicht besser sein konnten. Sie hieß Gina, war fünfundvierzig Jahre alt und mußte sich eine Arbeit suchen, nachdem ihr Mann sie verlassen hatte. Auch sie hatte zwei Kinder, die jedoch wesentlich älter waren als seine: Der Sohn arbeitete als Elektriker und wollte in Kürze heiraten; seine jüngere Schwester war achtzehn und machte gerade ihre Abschlußprüfung als Sekretärin.

Micheles erstem Eindruck nach war Gina eine vertrauenswürdige Person mit gesundem Menschenverstand. Doch auch ihre Flexibilität überzeugte ihn: Gerade weil ihre Kinder nunmehr erwachsen waren, wäre es für sie kein Problem, bis eins zu bleiben oder auch mal abends zu kommen und auf Marta und Domenico aufzupassen.

»Wann können Sie anfangen?« fragte er am Ende des Gespräches.

»Von mir aus schon morgen, wenn Sie möchten.«

Als Michele wieder allein war, war er aufgeregt und euphorisch wie ein Kind vor der Bescherung. Er rief Giovanna an, um ihr die unglaubliche Neuigkeit mitzuteilen, doch man sagte ihm, sie sei in einer Besprechung. Das trübte für einen Augenblick seine gute Laune, und auf einmal fühlte er sich traurig und einsam. Doch der Gedanke, endlich seine Probleme gelöst zu haben, heiterte ihn wieder auf. Das unbändige Verlangen, jemandem sein Glück mitzuteilen, trieb ihn zu einer sonderbaren und unüberlegten Geste, die er sich anschließend nicht erklären konnte: Er rief Viola Federici an.

»Ah, Sie sind's.«

Der gleichgültige Tonfall erweckte in ihm den Wunsch, ihr eine Lektion zu erteilen. »Genau, ich bin's. Ich habe Sie angerufen, um Ihnen mitzuteilen, daß Sie sich meinetwegen nicht mehr überanstrengen oder schuldig fühlen müssen.«

»Da bin ich ja unendlich erleichtert.«

»Wollen Sie nicht wissen, warum?« fragte er, ohne auf ihren Sarkasmus einzugehen.

»Lassen Sie mich überlegen: Sind Sie Ihre Kinder losgeworden? Ein neuer befreiender Todesfall?«

Die Grausamkeit der Frau war wie ein Schlag ins Gesicht.

»Sie ... Sie können nicht ...« Unfähig, etwas zu erwidern, legte er auf. Seine Kehle war trocken, und er spürte nichts als lähmende Betäubung.

Wenige Minuten später klingelte das Telefon. Wer auch immer das sein mochte, er hatte keine Lust, dranzugehen. Eine kurze Pause, dann wieder dieses Klingeln. Beim vierten

Klingeln überfiel ihn die Angst, daß einem der Kinder etwas zugestoßen sein könnte und man versuchte, ihn zu erreichen. Hastig griff er zum Telefon und nahm den Hörer ab. »Wer ist da?« fragte er, einen Kloß im Hals.

»Ich bin's, Viola Federici. Ich muß mich bei Ihnen entschuldigen für ...«

»Lassen Sie nur«, unterbrach er sie, erleichtert und unangenehm überrascht zugleich.

»Legen Sie nicht auf, ich bitte Sie! Meine unverschämte Bemerkung ist mir sehr peinlich. So kenne ich mich gar nicht, aber Ihnen gelingt es immer wieder, meine schlimmsten Seiten zum Vorschein zu bringen.«

»Dann machen Sie einen großen Bogen um mich.«

»Ich muß unbedingt mit Ihnen reden, Signor Barni. Es gibt viele Dinge, die ...«

»Nein«, sagte er schroff. »Ich habe Ihnen nichts zu sagen und will auch nichts mehr hören.«

VI

Gina entpuppte sich als Geschenk des Himmels. Morgens ließen Michele und die Kinder die Wohnung im Chaos zurück, und wenn sie spätnachmittags zurückkehrten, war sie sauber und aufgeräumt, und alles war wieder an seinem Platz. »Die unsichtbare Fee«, hatte Marta sie getauft. Michele kommunizierte über Zettel mit ihr, die er auf den Küchentisch legte und auf denen er sie mal an etwas erinnerte, mal bat, einen Botengang zu erledigen oder Brot, Milch oder Fleisch zu kaufen. Eines Tages hinterließ Gina ihm eine Nachricht. *Wenn Sie wollen, kann ich alle Einkäufe machen und das Abendessen vorbereiten.* Michele schrieb ihr ein riesiges *DANKE* und legte ihr gut sichtbar zwei Hunderttausendlirescheine hin.

Gina erwies sich als ebenso fähige wie intelligente Köchin: Sie dachte mit und kochte lediglich Gerichte, die man auf dem Herd oder im Backofen aufwärmen konnte, ohne daß sie an Geschmack und Frische verloren. Domenico war begeistert von ihren Kalbsrouladen mit Zitrone und ihrem Kartoffelgratin (»Schreib ihr, daß sie das noch mal machen soll!«), und selbst Marta setzte sich neuerdings mit Appetit an den Tisch.

Begeistert darüber, sich den Kopf nicht mehr über frustrierende Hausarbeiten und Fertig- oder Tiefkühlgerichte zerbrechen zu müssen, lebte Michele ein paar Wochen in einem Zustand der Euphorie. Doch schon bald wurde ihm bewußt, daß er lediglich die vordergründigen Probleme gelöst hatte. Er konnte nicht ewig am Nachmittag das Büro verlassen, um die Kinder abzuholen und sich bis zum Abend mit ihnen zu beschäftigen.

Bei der Arbeit häuften sich verschobene Termine, abgebrochene Gespräche, Berichte, die er mittendrin liegenlassen mußte, wo doch eigentlich völlige Konzentration vonnöten gewesen wäre. Sein Vater hatte eine riesige Summe investiert, um die Firma zu vergrößern, und er erwartete, daß sein Sohn ihm erste Resultate vorlegte.

Was sein Privatleben anging, so stellte es, auch wenn es inzwischen so gut wie nicht mehr vorhanden war, das kleinste seiner Probleme dar: Doch früher oder später würde Giovanna es zu einem großen Problem machen. Es konnte also nicht mehr lange so weitergehen. Mit sechsunddreißig Jahren stand ihm das unantastbare Recht zu, sich Zeit für sich selbst zu nehmen, eine Beziehung zu führen und ein paar Abende freizuhaben, um ins Restaurant oder Kino gehen zu können.

Die Stunden, die er gezwungenermaßen mit den Kindern verbrachte, wurden immer anstrengender: Domenico langweilte sich, und Michele wußte nicht mehr, was er sich noch ausdenken sollte, um ihn zu unterhalten, Marta schloß sich in ihrem Zimmer ein, um ihre Hausaufgaben zu machen, und kam mit finsterem Gesicht zum Abendessen wieder heraus. Auch sie konnten nicht so weitermachen, ohne eine Frau im Haus, die sich mit ihnen beschäftigte und ihnen zuhörte.

Und so traf er eine Entscheidung. Eines Morgens, nachdem er die Kinder weggebracht hatte, kehrte er nach Hause zurück, um mit Gina zu sprechen. Als er reinkam, stand sie auf einer Leiter und putzte eifrig die Fenster in der Küche.

Sie schien sehr überrascht, ihn zu sehen, doch er beruhigte sie schnell. »Ich möchte mit Ihnen reden, Gina.«

Sein ernster Tonfall erzielte das Gegenteil des gewünschten Effekts. »Stimmt etwas nicht? Sind Sie nicht zufrieden mit mir?« fragte die Frau ängstlich und stieg von der Leiter.

»Im Gegenteil, ich bin sehr zufrieden. Und nun möchte ich Sie um noch viel mehr bitten, als um das hier ...« Seine Hand beschrieb einen Halbkreis, als er auf die Fenster, die Leiter und die Putzmittel deutete. »Saubere Zimmer und anständige Mahlzeiten mögen ja wichtig sein, aber das ist für meine Kinder nicht genug. Sie brauchen jemanden, der dieser Wohnung Leben verleiht, die beiden von der Schule abholt und den Nachmittag mit ihnen verbringt.«

»Sie haben mir etwas von vier oder fünf Stunden pro Tag gesagt«, verteidigte sich Gina. »Ich habe auch Familie, und mein Sohn wird bald heiraten ... Sie können sich nicht vorstellen, was ich alles zu erledigen habe.«

»Erledigen Sie das vormittags. Ich bitte Sie nicht um mehr Stunden, sondern nur um eine Änderung der Arbeitszeiten. Sie können um drei Uhr nachmittags kommen und um acht gehen. Und zwei Abende die Woche schlafen Sie hier.«

Ehe Gina etwas entgegnen konnte, kam wie aus der Pistole geschossen das entscheidende Argument. »Ich biete Ihnen drei Millionen Lire im Monat und eine Zulage für die Nächte. Das ist mehr als das Doppelte von dem, was Sie jetzt verdienen: Wollen Sie nicht noch einmal darüber nachdenken?«

»Na gut ... Ich werde mich irgendwie arrangieren.«

Michele war nicht sicher, ob er enttäuscht oder zufrieden sein sollte, daß sie sofort nachgegeben hatte. Es war offensichtlich, daß sie vor allem deshalb angenommen hatte, weil der unerwartet hohe Lohn sie lockte, doch das Zögern in ihrer Stimme ließ ihn annehmen, daß sie nicht nur auf das Geld aus war.

Dennoch plagte ihn eine seltsame Unruhe, als er ins Büro ging. Um halb vier kehrte er wie vereinbart nach Hause zurück, um mit Gina zu Domenicos Kindergarten und Martas Schule zu fahren. Vom nächsten Tag an sollte sie die Kinder abholen. Die Kinder schienen nicht gerade begeistert, und die ganze Fahrt über unternahm Gina nichts, um dieses Unbehagen zu zerstreuen.

Michele drängte sich der Verdacht auf, zwar eine ausgezeichnete Putzfrau gefunden zu haben, nicht aber die Ersatzmutter, die zu finden er gehofft hatte. Und dieser Verdacht wurde zur Gewißheit, als Gina aus dem Wagen stieg und kopfschüttelnd murrte: »Zu den beiden Einrichtungen und wieder zurück sind es mehr als zwei Kilometer. Ich hatte eine Meniskusoperation, ich kann nicht so weit laufen«.

An jenem Nachmittag vereinbarte Michele mit einem Taxiunternehmen, daß sie jeden Nachmittag um halb vier von einem Fahrer abgeholt wurde. Dann rief er Giovanna an. »Ich bin auf eine fordernde und erpresserische Haushälterin reingefallen«, beklagte er sich bei ihr.

Mit großer Erleichterung bemerkte er nach einer Woche, daß die Lage weitaus weniger kritisch war, als er anfangs befürchtet hatte. Und er mußte, was Gina anging, seine Meinung revidieren: Nach den anfänglichen Schwierigkeiten und der Angst, überfordert zu sein, gewöhnte sie sich allmählich an die neuen Arbeitszeiten und begann, sich in ihre neue Rolle einzufinden.

Die Wohnung blitzte zwar nun weniger, doch dafür schienen Marta und Domenico ihm ausgeglichener und fröhlicher. Wenn Michele abends aus dem Büro kam, erkundigte er sich betont beiläufig nach ihrem Verhältnis zu Gina, und ihren Erzählungen entnahm er, daß sie sich mit ihnen unterhielt, sie beschäftigte und mit ihnen spielte.

Beruhigt genehmigte er sich seinen ersten freien Abend mit Giovanna: Sie gingen ins Kino, dann in ein Restaurant und schließlich zu ihr nach Hause. Als er um vier Uhr morgens auf Zehenspitzen in die Wohnung schlich, schliefen seine Kinder friedlich.

Um acht klopfte Gina diskret an seine Schlafzimmertür. »Marta und Domenico sind fertig, wenn Sie wollen, bringe ich sie zur Schule.«

»Danke«, murmelte er schläfrig.

»Gestern abend, kurz nachdem Sie gegangen sind, war eine junge Frau hier. Sie wollte dringend mit Ihnen sprechen.«

»Eine junge Frau?«

Gina hielt ihm einen Zettel hin. »Sie hat ihren Namen und ihre Telefonnummer hinterlassen. Sie sagte, sie sei es leid, auf den Anrufbeantworter zu sprechen, und wenn Sie nicht sofort zurückrufen, würde sie heute abend persönlich wiederkommen. Ich glaube, sie war sehr wütend.«

Noch bevor er einen Blick auf den Zettel warf, war Michele sicher, daß es sich um Viola Federici handelte. In der Tat hatte sie schon mehrfach versucht, ihn im Büro zu erreichen, aber er hatte sich immer verleugnen lassen, in der Hoffnung, daß sie aufhören würde, ihn zu belästigen. Doch statt dessen hatte sie es nun auch noch gewagt, bis zu ihm nach Hause vorzudringen, und war offenbar bereit, so oft wiederzukommen, bis er sich entschließen würde, sie anzuhören.

Nun blieb ihm nichts anderes mehr übrig, als sie irgendwie loszuwerden. Er rief sie an, sobald er im Büro war, und nahm sich fest vor, ruhig zu bleiben. Doch kaum daß er ihre Stimme hörte, lösten sich alle guten Vorsätze in Luft auf. »Darf man erfahren, was Sie von mir wollen?«

»Nur mit Ihnen reden. Ich werde noch verrückt.«

»Dann wenden Sie sich an einen Psychiater.«

»Hören Sie, ich habe keine Lust, zu streiten. Wo kann ich Sie treffen?«

»Nirgendwo. Was auch immer Sie mir zu sagen haben, es interessiert mich nicht. Ich will noch deutlicher werden: Ich möchte, daß Sie mich in Ruhe lassen. Die Tatsache, daß meine Frau und Ihr Mann ein Liebespaar waren, macht uns weder zu Vertrauten noch zu Freunden. Abgesehen von den schrecklichen Erinnerungen, die Sie in mir wecken, könnten wir es nie sein, denn Sie sind in meinen Augen eine unerträgliche, aggressive und taktlose Person.«

Endlich hatte er es ausgesprochen. Er atmete auf, als hätte er sich von einer schweren Last befreit. Dann fügte er großherzig hinzu: »Und nun schießen Sie los: Erklären Sie mir, warum Sie versucht haben, mich zu erreichen, und dann vergessen Sie bitte, daß es mich gibt.«

»Ihre Frau war in der achten Woche schwanger. Wußten Sie das?«

Vor Micheles Augen drehte sich alles. »Wovon reden Sie? Was erlauben Sie sich?« brüllte er.

»Nein, Sie wußten es nicht«, sagte Viola, als spräche sie zu sich selbst. Auf einmal schwang wieder Feindseligkeit in ihrer Stimme mit. »Anscheinend waren Ihr Vater und Ihr Freund, der Polizeimeister, so barmherzig, Ihnen die Ergebnisse der Obduktion zu verschweigen.«

»Was erlauben Sie sich?« wiederholte er zornig. »Anna

war meine Frau, und dieses Kind war mein Kind!« log er schnell. In seinen Schläfen pochte es schmerzhaft, und er hatte nur noch das dringende Bedürfnis, dieses Telefongespräch zu beenden.

»Ich hoffe, Sie sind sich da sicher«, erwiderte Viola. »Es ist für mich sehr wichtig, die Wahrheit zu erfahren. Und das sollte es auch für Sie sein.«

Michele knallte den Hörer auf. *Anna schwanger.* Das letzte Mal, daß sie sich geliebt hatten, war zu Beginn des Sommers gewesen. An einem Samstag im Juli hatte er sich vorgenommen, seine eheliche Pflicht zu erfüllen, doch sie war zunächst ausgewichen. »Ich nehme die Pille nicht mehr«, hatte sie in vorwurfsvollem Ton gesagt, als wollte sie ihr nicht vorhandenes Sexualleben hervorheben, »es wäre Wahnsinn, wenn ich jetzt schwanger würde.«

Zwei Monate später hatte sie sich offenbar im Liebestaumel von ihrem Beethoven schwängern lassen. Und ihre Wollust muß so unerschöpflich gewesen sein, daß sie sie nicht einmal nachts auf der Autobahn unter Kontrolle bringen konnten.

Zum erstenmal hielt er sich an den Einzelheiten der Tragödie auf. Die schwangere Anna, die mit hochgeschobenem Rock am Steuer saß, die obszönen Fingerspielchen, die ungeduldige Erwartung des Orgasmus. Verbitterung stieg in ihm hoch. *Nutte,* sagte er, zitternd vor Übelkeit und Haß. Gott hat dich bestraft. Er dachte an ihre letzten Augenblicke und wünschte sich, daß sie noch Zeit gehabt hatte, Schrecken, Angst, körperlichen Schmerz zu empfinden.

Doch als er sich seine Frau im Moment des tragischen Zusammenstoßes vorstellte, schämte er sich seiner Grausamkeit. Ich bin ein Monster, dachte er. Die Wut auf Anna hatte sich aufgelöst, doch er zitterte immer noch, überwältigt von einem Haß, der, einmal freigesetzt, im Raum schwebte und nur darauf wartete, sich zu entladen.

Viola. Diese Frau war an allem schuld. Warum hatte sie

nicht einfach geschwiegen? Warum hatte sie ihn in ihre nunmehr sinnlose Suche nach der »Wahrheit« hineinziehen wollen, wenn nicht aus krankhaftem Sadismus? Das einzige, was sie erreicht hatte, als sie ihm von der Schwangerschaft seiner Frau erzählte, war, daß er die Beherrschung verloren hatte. Doch vielleicht war es gerade das, was sie wollte: ihn provozieren, demütigen, und ihm das Gefühl geben, ein schwaches Männlein zu sein, das man *barmherzig* geschont hatte.

Er spürte, wie ihm Röte ins Gesicht stieg. Und augenblicklich verwandelte sich sein Groll gegen Viola in Groll gegen seinen Vater und Polizeimeister Fargione. In Gedanken ließ er noch einmal die Tage nach dem Unfall Revue passieren, und nun wurde ihm alles klar: ihre Verlegenheit, ihr plötzliches Verstummen, wenn er eintrat, ihr häufiges Verschwinden, die Aufdringlichkeit, mit der sie ihm die Erledigung einiger Formalitäten abnahmen. Offenbar hatte sich der befreundete Polizeimeister, nachdem er schon in den ersten Stunden erfahren hatte, daß Anna schwanger gewesen war, mit seinem Vater verbündet, damit Michele niemals etwas davon erführe.

Sie hatten ihn wie einen kleinen Jungen behandelt. Sie und nicht Viola hatten ihn gedemütigt. Wie hatten sie das nur tun können?

Er fuhr von seinem Stuhl hoch und verließ das Büro. »Ich muß nach Broni, verschieben Sie alle Termine von heute«, sagte er zu seiner Sekretärin.

An der Autobahnauffahrt fiel sein Zorn plötzlich von ihm ab, übrig blieben nur Leere und bleierne Müdigkeit. Er fuhr an der ersten Ausfahrt raus und kehrte um. Er hatte nicht die geringste Lust, mit seinem Vater zu sprechen, schon gar nicht über ein derart schlüpfriges Thema. Anna und ihr Liebhaber waren tot: Wozu sollte man erneut Verbitterung, Unbehagen, Ärger wachrufen?

Es wunderte ihn, daß die Witwe des toten Mannes das nicht verstehen konnte. Nachdem seine Wut verflogen war, wurde ihm bewußt, daß er Mitleid mit ihr empfand. Vielleicht war sie keine Sadistin, sondern einfach nur unfähig, Frieden zu finden. Herrgott, was für Gewißheiten suchte sie noch, außer der, ein Jahr lang betrogen und zurückgewiesen worden zu sein?

Sie können das nicht verstehen, hatte sie in einer ihrer heftigen Auseinandersetzungen zu ihm gesagt. Das stimmte. Er konnte nicht verstehen, weil er nie eine große Liebe erlebt hatte. Er kannte weder die Abgründe des Unglücks noch die Gipfel der Ekstase. Und es war ihm ein leichtes gewesen, Frieden zu finden, weil seit einiger Zeit selbst die schwachen Gefühle, die ihn mit Anna verbunden hatten, erloschen waren.

Es ist für mich sehr wichtig, die Wahrheit zu erfahren. Wieder hörte er Violas Stimme, und zum erstenmal nahm er das Flehen darin wahr. Tagelang hatte sie versucht, ihn zu erreichen, hatte ihn mit Nachrichten überhäuft: Die Entdeckung, daß Anna ein Kind erwartet hatte, mußte sie in noch tiefere Verzweiflung gestürzt haben. Wenn das Liebe ist, dachte er schulterzuckend, bin ich froh, daß ich sie nicht kennengelernt habe. Er sah auf die Uhr: zehn nach elf. Wenn er sich ein bißchen beeilen würde, wäre er noch rechtzeitig in der Druckerei und könnte sich vor der Mittagspause die letzten Entwürfe für den Katalog ansehen.

Sie können das nicht verstehen. Nein, antwortete er ihr in Gedanken. Ich habe eine anständige Haushälterin gefunden, die meine Kinder sorgfältig versorgt und betreut, gestern abend habe ich mit meiner Freundin geschlafen, und jetzt werde ich mich um die Firma kümmern. Mein Leben kehrt wieder in die geregelten Bahnen zurück, und ich lege Ihnen ans Herz, es ebenso zu machen, liebes Kind.

Ich will mit Ihnen reden. Für mich ist das sehr wichtig.

Zum Teufel noch mal, um endgültig mit der Vergangenheit abzuschließen, mußte er sich mit dem letzten Problem auseinandersetzen, und das war Viola. Solange er sie nicht anhören würde, würde sie als tickende Zeitbombe Bestandteil seines Lebens bleiben.

Von seinem Handy aus rief er die Sekretärin an und bat sie, auf seinem Schreibtisch Ginas Notiz mit der Telefonnummer Viola Federicis zu suchen.

Die Sekretärin fand sie gleich. Michele schrieb die Nummer auf und wählte, bevor er seine Meinung wieder ändern konnte.

Nach dem vierten Klingeln hob Viola ab und erkannte ihn sofort. »Danke, daß Sie mich zurückgerufen haben.«

»Wo können wir uns treffen?« fragte Michele kurz angebunden.

»Ich bin zu Hause, in Pavia. Geben Sie mir Zeit, zu Ihnen zu kommen ... wo immer Sie wollen.«

»Ab zwei bin ich im Büro. Den Weg kennen Sie ja.«

Viola überging seinen Sarkasmus und bedankte sich noch einmal.

VII

Viola kam um drei. Michele bat die Sekretärin, sie in den Meetingraum zu führen und keine Gespräche zu ihm durchzustellen. Dann wartete er noch ein paar Minuten in seinem Büro, ehe er zu ihr ging: Er war nervös und fühlte sich unwohl, und nun erschien ihm dieses Treffen völlig sinnlos. Was hatten sie einander schon zu sagen? Welche »Wahrheiten« erwartete sie von ihm?

Viola stand am Fenster, und als sie sich umdrehte, wuchs

Micheles Unbehagen noch. »Bitte, nehmen Sie Platz«, sagte er mit der Förmlichkeit eines Hotelportiers und wies auf die beiden Sessel in einer Ecke des Zimmers.

Beherrscht folgte sie der Einladung, und er setzte sich in den Sessel gegenüber. Einen Moment lang blickten sie einander schweigend an.

Dann räusperte Michele sich. »Das Kind, das Anna erwartet hat, war nicht von mir«, sagte er in einem Atemzug. »Ich habe Sie heute morgen angelogen. Es tut mir leid.«

Viola bedeutete ihm mit einer Geste, daß sie ihm verzieh. »Sind Sie sicher?«

»Bei uns lief seit Monaten nichts mehr.«

»Hat sie nie gesagt, daß sie noch ein Kind wollte?«

Michele schüttelte entschieden den Kopf. »Um Gottes willen, nein! Ihre Schwangerschaften waren sehr schwierig ... Und unsere Ehe inzwischen kaum noch vorhanden.« Er legte eine kurze Pause ein und sah ihr geradewegs in die Augen. »Soweit ich weiß, erschreckte sie die Vorstellung, ein drittes Mal schwanger zu werden.«

Viola erwiderte den Blick. »Aber es ist offensichtlich, daß sie keinerlei Verhütungsmaßnahmen traf, obgleich sie eine sehr intensive sexuelle Beziehung zu meinem Mann hatte.«

»Stimmt schon, das ist offensichtlich«, stimmte Michele ihr zu, erleichtert, daß sie sich bereits lebhaft unterhielten, statt erst einmal mühsam Höflichkeitsfloskeln auszutauschen.

»Auch Antonio erschreckte der Gedanke, daß ich schwanger werden könnte. Ich wünschte mir ein Kind, doch er sagte immer wieder, daß er sich noch nicht bereit dazu fühle.« Sie senkte den Kopf und fügte leise hinzu: »Obwohl ich die Pille nahm, traf auch er Vorkehrungen. Sein Mißtrauen beleidigte und verletzte mich ... Und als wir aufhörten, miteinander zu schlafen, war ich beinahe erleichtert.«

Mit einem Seufzen schüttelte Michele den Kopf. »Ich verstehe nicht, worauf Sie hinauswollen.«

»Dieses Kind *haben sie beide gewollt.* Sie verhüteten nicht mehr, weil ihre Angst nicht mehr existierte. Sie waren bereit, ein ...«

»Aber das wußten Sie doch schon«, unterbrach er sie. »Sie selbst haben mir gesagt, daß Antonio sehr verliebt war in meine Frau und daß er darauf bestand, sich scheiden zu lassen.«

»Aber ich wußte nichts von dem Kind. Und das ändert alles.«

»Ich verstehe nicht, wer so grausam und unsensibel sein konnte, es Ihnen zu sagen«, bemerkte Michele ernst.

»Mein Anwalt. Es wurde eine Obduktion vorgenommen, und ich habe darauf bestanden, über die Ergebnisse in Kenntnis gesetzt zu werden. Im Gegensatz zu Ihnen, Signor Barni, habe ich keine Angst vor der Wahrheit.« Ihre Stimme war plötzlich hart geworden.

»Und fühlen Sie sich jetzt besser?«

»Nein. Aber ich weiß jetzt, daß es in meiner Ehe nichts mehr zu retten gab, und ich kann mich endlich meiner Trauer hingeben, statt mich weiterhin von meinen Zweifeln quälen zu lassen.« Sie schickte sich an, aufzustehen. »Ich danke Ihnen, daß Sie mich empfangen haben.«

»Warten Sie! Sie müssen aufhören, zu trauern.«

»Haben Sie vielleicht ein Rezept gegen den Schmerz entdeckt?« fragte sie ihn herausfordernd. Sie hatte sich wieder gesetzt, und er suchte behutsam nach einer Antwort, während er ungewollt feststellte, daß sie die für echte Rothaarige typischen goldgrünen Augen, ein feines Gesicht und eine kleine, mit Sommersprossen übersäte Nase besaß.

»Also?« riß sie ihn aus seinen Gedanken.

»Nein, ich habe kein Wundermittel. Aber in Ihrem Fall denke ich, daß Leid Grenzen haben sollte und daß Sie diese bereits in dem Jahr, in dem Sie jegliche Art der Demütigung und Beleidigung über sich haben ergehen lassen, längst überschritten haben. Was für Zweifel haben Sie noch? Was für Hoffnungen? Ihr Mann liebte eine andere Frau, sie erwarteten gemeinsam ein Kind, und Sie hatten ihn schon längst verloren. Nun bleibt Ihnen nichts anderes mehr übrig, als die arme kleine, ausgelöschte Familie zu begraben.«

»Sie sind ein Ungeheuer«, zischte Viola. Ihre anfängliche Herzlichkeit war mit einem Schlag wie weggeblasen.

Michele blieb ungerührt. »Ich war erst dreiundzwanzig, als ich mit einer Zwangsehe mein Leben begraben habe.«

»Aber schon bald sind Sie wie Lazarus auferstanden, auf wundersame Weise geheilt durch ihren Zynismus und ihre Gefühllosigkeit. Auf das Kommando ›Lazarus, komm heraus‹ sind Sie gesund und munter aus Ihrem Grab gestiegen, um einem neuen Leben entgegenzugehen.«

»Nicht jeder fühlt sich wie Sie zur Märtyrerin berufen. Schließlich gibt es ja auch noch so was wie einen gesunden Selbsterhaltungstrieb.«

»Und an Ihre Frau haben Sie nicht gedacht? Vielleicht hätte auch Anna sich gern selbst erhalten.«

»Wohin ich auch mit ihr gegangen wäre, Anna hätte ihren Masochismus genauso hinter sich hergeschleift wie ihr zwanghaftes Bedürfnis, mich ebenso unglücklich zu machen wie sich selbst.«

»Ist das Ihr Alibi? Mit meinem Mann war sie glücklich, sie hatten viele Pläne und ...«

»Natürlich, weil sie endlich das ideale Opfer gefunden hatte: einen unverstandenen Masochisten mit dem hingebungsvollen Hang zu leiden. Ihr Tod war der Höhepunkt, die absolute Erfüllung.«

»Ich fasse es nicht. Sie sind *wirklich* ein Ungeheuer.«

»Viola, ein normaler junger Mann hätte niemals eine Frau wie Sie verlassen, um sich Hals über Kopf in das Inferno dieser Beziehung zu stürzen.«

»Sie kannten Antonio nicht!«

»Und Sie kannten Anna nicht.«

»Sie war eine verzweifelte Frau. Und das ist Ihre Schuld.«

»Meine Frau hat sich erfolgreich in der Rolle verwirklicht, die ihr am ehesten lag: in der Rolle des Opfers. Und ich nehme an, daß sie ihre Verzweiflung als unfehlbare Waffe benutzt hat, um Ihren Antonio zu verführen.«

Viola sprang auf, und diesmal hielt er sie nicht zurück. »Das war eine sehr aufschlußreiche Begegnung, Signor Barni. Sie können sich gar nicht vorstellen, wie sehr Sie mir mit Ihren niederträchtigen Worten geholfen haben.«

»Mehr kann ich nicht für Sie tun, und deshalb hoffe ich, daß Sie sich in Zukunft allein an Ihrem Schmerz ergötzen und aus meinem Leben verschwinden.«

»Sie tun mir leid.«

»Sie mir auch, liebes Kind.«

Als Viola ihm brüsk den Rücken kehrte und hinausstürzte, ging Michele zum Fenster und machte es weit auf. Im Zimmer hing eine unerträgliche, beißende Wolke des Parfüms, das Viola benutzte.

Trotz der Aggressivität, die sie ihm gegenüber an den Tag gelegt hatte, empfand er aufrichtiges Mitleid mit ihr und bedauerte, nicht wenigstens dieses Mal seine Selbstbeherrschung bewahrt zu haben.

Am nächsten Tag war der bittere Nachgeschmack, den die Begegnung mit Viola in Michele hinterlassen hatte, verschwunden. So war er eben: Sein bodenständiger Charakter gebot ihm instinktiv, nicht gegen Ereignisse anzukämpfen, die man nicht ändern konnte, und sich gefühlsmäßig von Situationen oder Personen fernzuhalten, die einem unnötig den Seelenfrieden rauben könnten.

Es gab Probleme ohne Lösungen, Fragen ohne Antworten, Zufälle, denen man nicht entrinnen, Fehler, die man nicht rückgängig machen konnte. Im Gegensatz zu den meisten anderen Menschen war er sich dieser grundlegenden Wahrheit bewußt. Er hatte gelernt, damit zu leben, und akzeptierte, daß es unmöglich war, etwas zu ändern. Er betrachtete das nicht als Manko oder als feiges und passives Verhalten, sondern vielmehr als persönliche Stärke.

Aus diesem Grund kehrte er, nachdem er eilig die unangenehme Erinnerung an Viola aus seinem Kopf verbannt hatte, zu dem weisen Vorsatz zurück, sein normales Leben wiederaufzunehmen. In den folgenden Tagen führte er die letzten Gespräche mit den Bewerbern für den Vertrieb, traf geschäftlich zweimal seinen Vater, ging mit den Kindern in den Zirkus, unterhielt sich mit Martas Lehrern und verbrachte wieder mal einen Abend mit Giovanna.

Auch Domenicos Mandelentzündung und Martas schlechte Laune schienen ihm Zeichen der Normalität.

Eines Sonntags lud seine Schwiegermutter ihn und die Kinder zum Mittagessen ein. Er besiegte den Impuls, mit einem trockenen »nein, danke« zu antworten, und nahm mit größtmöglicher Freundlichkeit an. Er konnte seinen Kindern die Zuneigung ihrer Großmutter nicht vorenthalten, es konnte ja immerhin sein, daß Annas Mutter einen Sinneswandel vollzogen hatte oder von positiven Gefühlen überwältigt worden war.

Doch er merkte sofort, daß er sich getäuscht hatte. Nach dem Essen zog Carla ihn beiseite und kam ohne Umschweife gleich zum Thema: Die Luft in Mailand bekam ihr nicht mehr, und sie hatte die Absicht, nach Albenga zu ziehen und ihr Anrecht auf die Nutzung des Hauses, das auf den Namen ihrer armen Tochter lief, geltend zu machen.

Michele hatte die drei Sommer, die sie in diesem Haus verbracht hatten – Marta war noch klein gewesen –, als Alptraum in Erinnerung. Dennoch war er beleidigt darüber, daß die Schwiegermutter wie selbstverständlich solche Forderungen stellte und sie aus purem Eigennutz zum Mittagessen eingeladen hatte. Nein, Carla hatte sich weder geändert, noch hatten sie irgendwelche Skrupel heimgesucht.

Und so ließ er es sich nicht nehmen, zum Gegenschlag auszuholen. »Du kannst umziehen, wann immer du willst. Aber ich denke, du dürftest Schwierigkeiten haben, das Haus wieder bewohnbar zu machen: Die Heizungsanlage funktioniert nicht mehr, ein Teil des Daches muß neu gedeckt werden, und die Außenmauer an der Küche ist etwas abgesunken.«

»Ich bin nur die Nutzerin!« protestierte Carla wutschnaubend. »Die Kosten für außerplanmäßige Reparaturarbeiten sind vom Eigentümer zu tragen ... Ich werde mich an meinen Anwalt wenden!«

Michele schenkte ihr ein zuckersüßes Lächeln. »Mach das ruhig. Aber ich glaube kaum, daß das Gesetz mittellose Erben zwingen kann, sich zu verschulden, um eine Immobilie zu renovieren oder instand zu halten, die sie selbst nicht zu nutzen beabsichtigen.«

»Aber du hattest die Mittel dazu ... du hast sie!«

»Ich möchte dich daran erinnern, daß ich als Angestellter in der Firma meines Vaters arbeite. Außerdem wird das Haus einzig und allein deinen Enkeln gehören, sobald sie volljährig sind. Wenn du also nach Albenga ziehen willst, bleibt dir wohl nichts anderes übrig, als an deine Ersparnisse zu gehen und eine Baufirma anzurufen.«

Carla war so wütend, daß sie sich nicht einmal von den Kindern verabschiedete. »Was für ein gräßliches Weib«, bemerkte Marta gleichgültig, als sie in den Wagen stiegen, um nach Hause zu fahren.

»Sie sieht aus wie eine Hexe mit ihren zusammengekniffenen, rot angemalten Lippen«, unterstützte Domenico seine Schwester.

Michele lachte. Das Wortgefecht mit seiner Schwiegermutter hatte ihn nicht im mindesten berührt. Gewissermaßen war auch diese neuerliche Demonstration von Egoismus und Gefühlskälte Teil der Normalität. Carla hatte nur ihre Tochter geliebt, und sogar diese Liebe war schwächer geworden, als er sie ihr weggenommen und ihrem Einfluß entzogen hatte.

Mitte April verkündete Gina, daß ihr Sohn nun heiraten würde. Die Hochzeit sollte in Nuoro stattfinden, der Heimatstadt der Braut, in der ihre Eltern noch lebten. Michele lauschte der Nachricht und den Einzelheiten und heuchelte ein Interesse, das er bei weitem nicht empfand. Doch er begann, sich aufrichtig für die Sache zu interessieren, als Gina ihm sagte, daß sie eine ganze Woche fortbleiben würde.

Wie der Zufall es wollte, handelte es sich ausgerechnet um die Woche, in der er die meisten Verpflichtungen hatte: Nachdem das neue Vertriebsnetz genau umrissen war, hatte er im Einvernehmen mit seinem Vater ein Hotel in Salice Terme reserviert, um alle Vertreter zu versammeln, den Katalog vorzustellen, die Produktpalette zu erläutern und die Teilnehmer anschließend zur Besichtigung durch den Weinbetrieb zu führen. Wieder einmal hatte er sich vorgenommen, Gina eine beträchtliche Zulage anzubieten, damit sie ein paar Nächte mehr bei ihnen schlief: Doch wie es aussah, konnte er sich nicht einmal auf sie verlassen, wenn es um die regulären Stunden und Tage ging.

Es dauerte nur wenige Augenblicke, bis ihm die einzig mögliche Lösung einfiel: Er mußte Marta und Domenico nach Broni bringen und sie ein paar Tage seiner Mutter anvertrauen.

Er hatte mit Protest gerechnet, aber sicher nicht mit der heftigen Reaktion, mit der seine Tochter den Vorschlag aufnahm: »Da kriegst du mich nur mit Gewalt hin! Und glaub ja nicht, daß ich dableibe, ich haue ab, und wenn ich per Anhalter fahren muß! Und dann verschwinde ich für immer! Du kennst mich nicht, aber du kannst mir glauben, daß das nicht nur leere Drohungen sind!«

Doch er kannte sie gut genug, um zu wissen, daß sie es ernst meinte. Verzweifelt und besorgt schüttete Michele Giovanna sein Herz aus. Sie überraschte ihn mit ihrer Hilfsbereitschaft: Sie würde eine Woche Urlaub nehmen und zu ihm ziehen, um sich um die Kinder zu kümmern.

Michele nahm ihren Vorschlag an und überhäufte sie förmlich mit Dank. Doch in die anfängliche Erleichterung mischten sich Zweifel: Würde Giovanna der Konfrontation mit der störrischen Marta, mit Domenicos Launen, dem unbekannten Haushalt, den sie führen sollte, den tausend Aufgaben, die sie erwarteten, gewachsen sein? Und wie würden die Kinder auf eine Fremde reagieren? Wie und als wen sollte er sie ihnen vorstellen? Und wenn Marta spüren würde, was ihn und Giovanna wirklich verband?

Das waren leider Fragen, auf die er keine Antwort wußte, und Michele tat, was er in solchen Situationen immer tat: Er verdrängte sie. Da er keine Alternativen hatte, mußte er das Risiko eingehen und einfach darauf hoffen, daß alles gut lief.

Nach der Unterhaltung mit Giovanna teilte er den Kindern mit, daß er beschlossen habe, ihnen entgegenzukommen, und der Aufenthalt in Broni nun nicht mehr nötig sei. »Eine alte Freundin von mir wird während meiner Abwesenheit hierherkommen und sich um euch kümmern. Ich hoffe, ihr benehmt euch anständig und helft ihr.«

»Wer ist sie? Kennen wir sie?« fragte Marta mißtrauisch.

»Nein. Ich werde sie zum Abendessen einladen, bevor ich wegfahre, dann könnt ihr einander kennenlernen.« Die Idee war ihm gerade in dem Moment gekommen, und sie schien ihm ausgezeichnet. Er fügte hinzu: »Sie heißt Giovanna und leitet die Einkaufsabteilung der Supermärkte ...«

»Es hat dich niemand um eine Erklärung gebeten«, unterbrach Marta ihn jäh.

»Ich wollte euch nur schon einmal darauf aufmerksam machen, daß sie kein Dienstmädchen für euch ist, sondern jemand, der sich liebenswürdigerweise ...«

»Ich weiß, wer sie ist«, unterbrach Marta ihn erneut. »Jetzt, wo du Witwer bist, kannst du sie ja auch heiraten.«

»Was fällt dir ein?« platzte er heraus.

Marta zuckte die Achseln. »Ist mir eh egal.«

Michele verlor die Geduld. »Ich verbiete dir, in diesem Ton mit mir zu reden! Und wenn du das mit dieser netten Frau machst, schwöre ich dir, daß ich dich mit einem Tritt in den Hintern nach Broni befördere! Und zwar für immer!«

Die Befürchtung, daß seine Tochter ihn nicht ernst nehmen würde oder daß ihr widerspenstiges Wesen stärker war als ihre Angst vor der erpresserischen Drohung, erwies sich glücklicherweise als unbegründet. Als Giovanna am nächsten Abend mit einer Riesentorte in den Händen vor ihnen stand und ihre Verlegenheit hinter einem strahlenden Lächeln verbarg, empfing Marta sie wie eine heißgeliebte Verwandte, die von einer langen Reise zurückkehrte.

Sie half ihr aus dem Mantel, führte sie in die Küche, wobei sie sie vor den beiden Stufen warnte, stellte die Torte in den Kühlschrank und zeigte auf den Tisch, den sie eigenhändig mit Sorgfalt gedeckt hatte. »Wir essen gern in der Küche«, sagte sie in vertraulichem Ton, »ich hoffe, daß auch Sie das gemütlicher finden.«

Giovanna entspannte sich und erwies sich als reizender Gast. Sie scherzte mit Domenico, sprach mit Marta über die Schule, verriet ihr eine »Zaubersalbe« gegen erste Pickel. Auch Michele entspannte sich. Anschließend führte er sie durch alle Zimmer, und Marta ließ es sich nicht nehmen, sie zu begleiten. Mit lobenswertem Taktgefühl hütete Giovanna sich, auszuplaudern, daß sie die Wohnung bereits sehr gut kannte, immerhin hatte sie sie gefunden und Michele empfohlen.

Um zehn bestand sie darauf, daß Marta aufbleiben und den Film, der gerade lief, bis zum Ende ansehen durfte. Dann brachte sie den protestierenden Domenico, der es seiner Schwester gleichtun wollte, zu Bett und blieb eine Weile bei ihm, um ihm eine Geschichte zu erzählen.

»Du hast zwei wunderbare Kinder«, sagte sie zu Michele, als der Abend sich seinem Ende zuneigte.

»Du warst wunderbar«, entgegnete er. Und das war aufrichtig gemeint. Insgeheim fühlte er sich ein bißchen schuldig, Giovannas Fähigkeiten unterschätzt zu haben. Sie war nicht nur im Beruf erfolgreich, sondern hatte sich an diesem Abend als reife und sensible Frau erwiesen. Zum erstenmal zog er die Möglichkeit in Betracht, sie zu heiraten. Seine Kinder brauchten ebenso wie er eine richtige Familie, und keine Frau schien ihm geeigneter.

Mit diesem Gedanken, der sich in seinem Kopf eingenistet hatte und von Stunde zu Stunde mehr Form annahm, fuhr er zur Versammlung in Salice Terme. Dreimal am Tag rief er zu Hause an, um nach Neuigkeiten zu fragen, aber alles schien gut zu klappen.

Hatte das Glück sich endlich wieder an ihn erinnert?

VIII

Zum erstenmal seit fünfzehn Jahren hörte Michele Lob von seinem Vater, und auf einmal wurde ihm bewußt, daß er den Beruf liebte, den er ursprünglich aus der Notwendigkeit heraus und voller Frust ergriffen hatte. Am letzten Abend der Konferenz hatte Luigi Barni die Vertreter und Verkäufer zum Essen eingeladen.

Irgendwann ergriff der Vater das Wort, und als er mit seinen Danksagungen und Zukunftswünschen fertig war, zeigte er auf Michele. »Ein besonderes Lob möchte ich meinem Sohn für seine Mitarbeit aussprechen. Es ist vor allem sein Verdienst, wenn ein kleiner Familienbetrieb heute in der Lage ist, sich dem nationalen Markt zu stellen. Die Neustrukturierung der Firma ist mit einer sehr schmerzhaften Periode in seinem Privatleben zusammengefallen, und gerade deshalb verdient sein Engagement besondere Anerkennung.«

In dieser Nacht blieb Michele in Broni und saß noch lange mit seinem Vater in der großen Küche, um sich mit ihm zu unterhalten. Auch das hatte es noch nie gegeben. Michele war in der Überzeugung aufgewachsen, für seinen Vater eine große Enttäuschung zu sein. Doch er kam gegen seine Natur nicht an – nur um ihm zu gefallen, konnte er weder Interessen vortäuschen noch Entscheidungen treffen, hinter denen er nicht stand. Es verbitterte ihn zutiefst, daß sein Vater ihn nicht so akzeptieren konnte, wie er war, und sein Tun nicht zu schätzen vermochte, nur weil er andere Ziele verfolgte als den Familienbetrieb.

Als er etwa zwanzig war, wurde die väterliche Geringschätzung so unerträglich für ihn, daß er paradoxerweise begann, diese zu provozieren. In Wirklichkeit – das verstand er nun – verbarg sich eine Logik hinter diesem quälenden psychischen Mechanismus: Indem er seinem Vater wirkliche Gründe lieferte, sein Tun zu mißbilligen, hörte er auf, sich als Opfer seiner Ungerechtigkeit zu fühlen. Statt dessen wurde er zu dem schuldigen Sohn, der so ganz anders war als der, den sein Vater sich ersehnt hatte.

Das hatte damals das Ende jeder Kommunikation bedeutet. Statt mit Wutausbrüchen und Anschuldigungen zu reagieren, hatte sein Vater sich in gleichgültiges Schweigen zurückgezogen.

Und Michele war zu dem Schluß gekommen, ihn überschätzt zu haben: Von dem Moment an, in dem er seine

Fähigkeiten unter Beweis stellte, hatte sein Vater sich als Mann ohne Mut und Persönlichkeit erwiesen.

Nun wunderte Michele sich, daß es ihm gelang, ganz natürlich und ohne Verlegenheit über all das zu sprechen. Und noch mehr wunderte er sich darüber, daß sein Vater ihm aufmerksam zuhörte und ihm von Zeit zu Zeit einen verständnisvollen und zärtlichen Blick zuwarf.

»Danke für das, was du heute abend gesagt hast«, sagte Michele am Ende. »Zu entdecken, daß du mich schätzt, war, als würde ich hoch oben auf einem Berggipfel stehen ...«

Der Vater nickte. »Ich habe dich *immer* geschätzt, aber ich konnte deine Ziele und deine Entscheidungen nicht teilen, weil sie nichts anderes waren als zum Scheitern verurteilte Fluchtpläne ... Verstehst du das nicht? Du hast dein ganzes Leben damit verbracht, davonzulaufen, erst vor deiner Mutter und dann vor deiner verfehlten Ehe. Und wer davonläuft, fliegt nie hoch, mein Junge.«

Michele hatte nicht gewußt, daß sein Vater ein so genauer Beobachter war. »Warum haben wir nie geredet?« brach es aus ihm hervor.

Der Mann lächelte. »Die Entdeckung, daß der grobschlächtige Bauer dich versteht und Partei für dich ergreift, hätte dich umgehauen.«

»Ich bin froh, daß ich in deiner Firma arbeite, Papa. Du darfst nicht denken, daß ich unzufrieden bin ... Oder schlimmer noch, daß ich mich damit abgefunden habe, tief zu fliegen.«

»Das habe ich nie gedacht. Nicht einmal, als du davon geträumt hast, nach Amerika zu gehen.« Luigi Barni lächelte erneut.

Meine Ehe hat mich hier festgehalten, wollte Michele beinahe sagen. Doch er hielt sich noch rechtzeitig zurück. Über Anna zu sprechen hätte schmerzhafte Wunden aufgerissen, vor allem für seinen Vater, der glaubte, ein obszönes Geheimnis zu hüten. Es war sinnlos, ihn zu fragen, warum er die Ergebnisse der Obduktion vor ihm geheimgehalten hatte: Nun kannte er die Wahrheit besser denn je. Da sein Vater geahnt hatte, daß das Kind nicht von ihm war, hatte er ihm die Demütigung und weitere Schuldgefühle ersparen wollen.

Er stand langsam auf. »Es ist fast drei, Papa, in wenigen Stunden muß ich zurückfahren.«

»Gib den Kindern einen Kuß von mir. Sie fehlen mir sehr.« Nun erhob auch er sich.

»Ich werde demnächst einmal sonntags mit ihnen vorbeikommen.«

»Nur keine Eile. Sie haben schlechte Erinnerungen an Broni.«

Giovanna rief ihn auf seinem Handy an, als er gerade die Autobahn erreicht hatte. »Ich habe eben die Kinder weggebracht und bin jetzt im Büro. Es ist alles in Ordnung. Gina ist früher aus Sardinien zurückgekommen und wird morgen früh wieder ihren Dienst antreten. Heute nachmittag kann ich mich um die Kinder kümmern, und wenn du möchtest, kann ich bleiben und noch ein letztes Mal für euch kochen.«

»Habe ich das richtig verstanden? Hast du immer noch nicht genug von meinen kleinen Teufeln?«

»Du hast zwei wunderbare Kinder, und diese Tage mit ihnen waren eine angenehme Abwechslung.«

»Wenn du das so siehst, kannst du gern mehr davon haben. Das mit dem Essen heute abend geht in Ordnung, aber glaub ja nicht, daß es das letzte Essen sein wird!« drohte er.

Hinter diesem scherzhaften Ton verbarg sich eine ernsthafte Absicht: Er wollte Giovanna zu einem festen Bestandteil in seinem und in dem Leben seiner Kinder machen. Doch er fühlte sich noch nicht zu einer Heirat bereit und wollte nichts überstürzen.

Was Giovanna anging, so vermutete er, daß sie zu sehr an

ihre Freiräume gewöhnt war, als daß sie sich ganz ohne weiteres auch nur auf ein Zusammenleben einlassen würde. Sie alle mußten noch vertrauter miteinander werden und ganz allmählich, Tag für Tag, Gewohnheiten und gemeinsame Rituale entwickeln.

Um das zu erreichen, hatte Michele sich die optimale Taktik ausgedacht: Er würde Giovanna die mit der Wohnung verbundene Mansarde mit eigenem Badezimmer und eigenem Eingang zur Verfügung stellen. Sie könnte ein paar Kleidungsstücke dorthin bringen und über Nacht bleiben, wann immer sie wollte – immer öfter natürlich, hoffte Michele, bis zu dem Tag, an dem sie sich als Teil der Familie und des Haushaltes fühlen würde.

Ehe er ins Büro ging, blieb Michele vor einem Blumenladen stehen und ließ ihr einen riesigen Strauß roter Rosen schicken. *Bis heute abend. Ich habe einen phantastischen Plan für uns,* schrieb er auf ein Kärtchen.

Doch um halb vier rief Giovanna ihn betrübt an: »Der Marketingleiter hat uns zu einer Versammlung bestellt, die sicher ewig dauern wird. Leider kann ich die Kinder nicht abholen, und ich werde es auch nicht schaffen, euch das Abendessen zu machen.«

Michele fühlte sich verpflichtet, sie zu trösten. »Komm einfach, wann du kannst: Du wirst ein prunkvolles Bankett mit den besten Tiefkühlleckereien vorfinden.«

»Ich denke, es ist besser, wenn wir es auf morgen verschieben. Ach übrigens, beinahe hätte ich vergessen, dir für die Blumen zu danken. Ich habe einen grauenhaften Vormittag hinter mir, und nun stehen mir noch ein paar höllische Stunden bevor.«

»Das Paradies kann warten. Und mein phantastischer Plan auch«, scherzte Michele, um seine Enttäuschung zu verbergen.

»Es tut mir leid, wirklich.«

»Mach dir keine Sorgen. Ich mache jetzt Schluß, es ist fast vier, und ich muß los, um Marta und Domenico abzuholen.«

»Ich rufe dich morgen früh an.« Seine leichte Verstimmung verschwand, als er seine Kinder sah. Sie waren fröhlich, nett angezogen und begrüßten ihn begeistert: ein eindeutiger Beweis, daß Giovanna sie während seiner Abwesenheit mütterlich umsorgt hatte.

In der Wohnung hingegen herrschte das reinste Chaos: Domenicos Spielsachen waren im ganzen Wohnzimmer verstreut, die Bäder unordentlich, die Betten ungemacht, und in der Küche türmte sich schmutziges Geschirr in der Spüle. Glücklicherweise würde Gina bald kommen, um aufzuräumen und zu putzen. Beim Abendessen erzählten die Kinder begeistert von Giovanna. Michele schloß daraus, daß sie die Kinder hatte machen lassen, was sie wollten, ohne je mit ihnen zu schimpfen oder ihnen zu widersprechen. Doch er konnte sich nicht darüber beschweren. Er hatte die Kinder mit einer Fremden allein gelassen, und Giovanna hatte offenbar auf die Rolle der Erzieherin verzichtet, um sie ruhigzustellen und ihre Sympathie zu gewinnen.

»Kommt sie mal wieder zu uns?« fragte Domenico auf einmal.

Michele griff die Frage auf, um die Lage zu sondieren. »Natürlich! Wir können die Mansarde als Gästezimmer nutzen und sie einladen, ab und zu bei uns zu schlafen. Natürlich nur, wenn es euch recht ist.«

»Giovanna ist prima«, befand Marta.

Um elf, als die Kinder schon eine Weile schliefen und er selbst gerade ins Bett wollte, klingelte das Telefon. Es war Giovanna. »Alles in Ordnung?« fragte sie ohne Einleitung.

»Alles wunderbar. Wenn ich mich nicht irre, warst du diejenige, die eine Verabredung mit der Hölle hatte.«

»Ich schmore immer noch im Fegefeuer«, lachte sie. »Die

Versammlung ist seit zwei Stunden vorbei, aber ich bin noch im Büro.«

»Stimmt etwas nicht?« fragte Michele. Giovannas Fröhlichkeit war offensichtlich erzwungen.

»Ich versuche, ein Kündigungsschreiben aufzusetzen. In dem Meeting wurden Dinge gesagt und entschieden, die mich zutiefst beleidigt haben.«

»Du hängst an deiner Arbeit, Giovanna, willst du nicht erst einmal in Ruhe darüber nachdenken, bevor du ...«

»Nein. Ich kann unmöglich in einer Firma bleiben, in der meine Position und meine Eigenständigkeit beschnitten und meine Entscheidungen in Frage gestellt werden. Aber mach dir keine Sorgen: Letzten Monat hat mich eine andere Supermarktkette angesprochen, und ich weiß, daß das Angebot noch gilt. Aber laß uns jetzt das Thema wechseln, bitte. Auf deinem Kärtchen stand etwas von einem *phantastischen Plan:* Gilt auch der noch für mich?«

»Das ist nicht der richtige Zeitpunkt, um darüber zu reden«, sagte er trocken, mit dem unguten Gefühl, daß der richtige Zeitpunkt vielleicht niemals kommen würde. Eine karrierebewußte und kämpferische Frau war nicht das, was er und seine Kinder brauchten. Wütender auf sich selbst als auf sie fügte er hinzu: »In Wirklichkeit habe ich dir nichts *Phantastisches* vorzuschlagen.«

Giovanna schwieg einen Moment, und er glaubte sie vor sich zu sehen, wie sie, die Augenbrauen zusammengezogen und die Oberlippe zwischen den Zähnen, nachdachte. »Ich schon«, sagte sie plötzlich.

»Was hast du vorzuschlagen?«

»Nimmst du mich ein paar Tage bei dir zu Hause auf?«

Sein verblüfftes Schweigen als Unsicherheit deutend, fügte sie schnell hinzu: »Ich denke, daß es deinen Kinder Freude machen würde, und für mich wäre es wie Urlaub. Du kannst dir nicht vorstellen, wieviel Spaß ...«

»Abgemacht«, unterbrach Michele sie. Er brach in ein befreiendes Lachen aus. »Ob du es glaubst oder nicht, genau das war der Plan, den ich für uns gemacht hatte!«

Am nächsten Morgen, nachdem er die Kinder weggebracht hatte, fuhr Michele noch einmal nach Hause zurück, in der Hoffnung, Gina dort anzutreffen. Sie war bereits bei der Arbeit.

Nachdem er geduldig ihren Bericht über den Aufenthalt auf Sardinien, die Hochzeitsfeier und die schreckliche Rückreise über ein unruhiges Meer angehört hatte, nutzte er die erste Sprechpause, um das Wort zu ergreifen. »Sie müssen alles andere zurückstellen und erst einmal die Mansarde gründlich putzen, Gina.«

»Hier muß alles geputzt werden!« platzte sie heraus und verzog das Gesicht.

»Fangen Sie bitte mit der Mansarde an. Heute nachmittag kommt eine alte Freundin der Familie, und wir werden sie ein paar Tage hier beherbergen. Ich möchte, daß sie alles sauber vorfindet.«

»In Ordnung.«

Er war ihr dankbar, daß sie keine Fragen stellte.

Am frühen Nachmittag, als er zu Giovanna fuhr, um sie abzuholen, stellte er angenehm überrascht fest, daß sie zwei riesige Koffer gepackt hatte. Die Furcht, daß sie in letzter Sekunde ihre Meinung ändern oder ihren Aufenthalt auf einen Kurzbesuch beschränken könnte, erwies sich als unbegründet. Sie wollte tatsächlich ein paar Tage mit ihm und mit seinen Kindern verbringen.

Nun verwandelte sich Micheles Erleichterung in unbändigen Optimismus: Der erste Schritt war getan, und er war sicher, daß er Giovanna im Laufe der nächsten Wochen helfen würde, nach und nach weitere Koffer und andere Dinge zu holen, bis sie endgültig umzog.

Gina hatte sich selbst übertroffen: Das Parkett in der Mansarde war blank poliert, das kleine Bad blitzte, und die Scheiben der Dachluken waren kristallklar. Ein angenehmer Geruch nach Sauberkeit und Bohnerwachs schwebte in dem sonnendurchfluteten Zimmer. Giovanna sah sich selig um, und mit Ginas Hilfe begann sie, die Koffer auszupacken und ihre Sachen in die Kommode und in den Wandschrank zu räumen.

Michele ließ sie allein und ging – in der üblichen Reihenfolge – die Kinder abholen: erst Domenico vom Kindergarten, dann Marta von der Schule. Er wartete gerade vor dem Wagen auf Marta, als er ihre Italienischlehrerin erkannte. Auch sie erkannte ihn, und nach kurzem Zögern kam sie auf ihn zu.

Die zufällige kurze Begegnung hinterließ einen bitteren Nachgeschmack. Diese Woche hatte Marta zwei Fünfen und außerdem einen Eintrag ins Klassenbuch bekommen, weil sie ohne Hausaufgaben in die Schule gekommen war. »Ich kenne die Probleme Ihrer Tochter«, sagte die Lehrerin freundlich, »aber ich glaube, daß es noch schlimmer wird, wenn man zu nachsichtig mit ihr ist.«

Er nahm sich vor, Marta nicht darauf anzusprechen. In wenigen Minuten würde sie zu Hause Giovanna begegnen, und auch wenn sie sich an sie gewöhnt hatte, so handelte es sich dennoch um einen bedeutenden Wendepunkt und sehr heiklen Augenblick in ihrem jungen Leben. Und er wollte nicht, daß die Begegnung durch eine Strafpredigt getrübt würde. Außerdem hatte Marta weit ernstere Probleme als ein paar schlechte Noten und Einträge ins Klassenbuch, und er zählte auf Giovannas Hilfe, um sie zu lösen.

Die Freude seiner Kinder bei Giovannas Anblick ließ sein Herz höher schlagen und gab ihm den Optimismus wieder, den er noch eine Stunde zuvor empfunden hatte. Alles würde gut werden. Endlich war eine ideenreiche und starke Frau im Haus, die hier alles genauso erfolgreich organisieren und anpacken würde wie in ihrem Job.

Um sieben kam Gina zu ihnen ins Wohnzimmer. »Die Wohnung ist aufgeräumt, und das Abendessen ist fertig. Ich gehe«, verkündete sie.

Als sie allein waren, zwinkerte Giovanna den Kindern zu: »Wollt ihr nicht lieber eine Pizza essen gehen?«

In jener Nacht kam Michele zu Giovanna in die Mansarde, und sie liebten sich mit ungekannter Leidenschaft. Anschließend unterhielten sie sich noch bis zum Morgengrauen. Sie wurden von Domenico geweckt, der – barfuß und im Schlafanzug – seinen Vater an den Schultern rüttelte: »Bringst du mich nicht zum Kindergarten?«

Michele setzte sich ruckartig im Bett auf und sah fluchend auf die Uhr. Es war halb zehn. »Wo ist Marta?« fragte er.

»Sie schläft auch noch.«

Giovanna öffnete die Augen einen Spalt und räkelte sich. »Was ist los?«

»Ich habe vergessen, den Wecker zu stellen, und ich hätte die Kinder schon vor einer Stunde wegbringen müssen.«

»Dann machen wir heute eben Urlaub«, lautete Giovannas fröhliche Antwort.

Kurz vor eins rief sie ihn im Büro an. »Es ist ein wunderbarer Tag, ich bin gerade mit deinen Kindern im Parco Adda. Sie haben mächtig Spaß!«

IX

»Besser einen Spatz in der Hand als eine Taube auf dem Dach«, sagte Giovanna feierlich und fuhr fort, sich ihre Beine zu rasieren.

»Wirst du wohl endlich diesen verfluchten Apparat ausschalten?« schrie Michele.

Das Summen verstummte augenblicklich.

»Ich habe eine wichtige Verabredung und bin zu spät dran.«

»Auch meine Tochter ist wichtig!«

Giovanna kniff die Augen zusammen. »Wie kommst du darauf, daß sie es nicht auch für mich ist?«

»Ihre Leistungen in der Schule. Im letzten Monat hat sie nur eine einzige Drei bekommen, und ihr Zeugnis ist eine Katastrophe. Aber das interessiert dich ja nicht.«

»So ist es. Es läuft vielleicht schlecht in der Schule, aber dafür lacht sie, sie redet, hört Musik, pflegt sich, gefällt sich ... Findest du nicht, daß das ein ausgezeichnetes Resultat ist?«

»Wir sprechen von einer Teenagerin, die erzogen werden muß, und nicht von einer Barbiepuppe zum Anziehen und Verhätscheln.«

»Wenn du es so siehst, ist meine Aufgabe hier zu Ende. Nimm dir deine Barbie und mach mit ihr, was du willst. Und jetzt zieh Leine, bitte.« Das Summen des elektrischen Rasierers unterstrich, daß die Unterhaltung für sie beendet war.

Wütend verließ Michele die Mansarde. Der Anblick seiner Tochter am Fuße der Treppe steigerte seinen Zorn noch. »Was machst du hier? Hol sofort deinen Bruder, und dann fahren wir zur Schule!«

»Ich habe alles gehört, Papa. Giovanna kann nichts dafür, wenn ...«

»Von nun an wirst du dich mit mir auseinandersetzen müssen! Bei der nächsten Fünf schwöre ich dir, daß ich dich in deinem Zimmer einschließe ... Oder noch besser, ich sperre dich in ein Internat, bis du mit der Schule fertig bist!«

»Dann könntest du endlich deinen Traum verwirklichen und mich loswerden.«

Michele mußte sich zwingen, ihr keine Ohrfeige zu verpassen. »Verschwinde«, befahl er mit erstickter Stimme. Dann schob er sie unsanft beiseite und ging ins Wohnzimmer. Domenico saß auf dem Boden und puzzelte.

»Bist du noch nicht fertig?«

»Siehst du das nicht? Ich habe doch schon meine Jacke an und warte auf dich«, protestierte der Kleine.

Nun ließ er seinen Ärger auch an ihm aus. »Ich sehe andere Dinge, die mir gar nicht gefallen!« Er zeigte auf die Spielsachen, die überall herumlagen. »Wie oft habe ich dir gesagt, daß du deine Sachen wegräumen und nicht auf den Teppich und die Sofas krümeln sollst?«

»Ihr schreit alle immer nur rum, auch Gina!« beschwerte sich Domenico.

Michele diktierte der Sekretärin zwei Briefe, las die eingegangene Post, unterschrieb ein paar Rechnungen, überprüfte den letzten Kontoauszug, blätterte in dem Katalog einer apulischen Firma, die eine besondere Art von Zementfässern herstellte, rief seinen Vater an, kontrollierte im Computer den letzten Verkaufsstand ...

Es funktioniert nicht. Dieser Gedanke, den er den ganzen Morgen vergeblich zu verdrängen versuchte, hatte sich in seinem Kopf festgesetzt, machte sich darin breit und ließ Michele schließlich hochschnellen. *Es funktioniert nicht.*

Ganz langsam und vorsichtig begann er, sich mit dieser beängstigenden Realität auseinanderzusetzen. Nur nichts dramatisieren, bleib ganz ruhig, Giovanna ist ein guter Mensch, es ist nur eine kleine Krise, wir sind einfach in manchen Dingen unterschiedlicher Auffassung ...

Ihr schreit alle immer nur rum, auch Gina. Er meinte, die anklagende Stimme seines Sohnes zu hören.

Nein, es funktionierte nicht. Und das hatte er unbewußt schon in den ersten Wochen gespürt, als Giovanna Unbeschwertheit, Bewegung, Freude in ihr Haus gebracht zu haben schien. Sie spielte mit Domenico, plauderte mit Marta, überhäufte sie mit Geschenken. Und fast jeden Abend, wenn er aus dem Büro kam, schleppte sie die Kinder ins Restaurant oder ins Kino.

Keine Regeln, keine Zeitpläne, keine Disziplin. Es war, als lebten sie in einem nie enden wollenden Urlaub. Oft saßen die Kinder noch um Mitternacht vor dem Fernseher. Michele hatte den Eindruck, als hätte Giovanna sich einzig zu ihrer eigenen Unterhaltung auf den Umzug eingelassen: Und das beunruhigte ihn.

Nach einem Monat bat Giovannas Geschäftsführer sie zum Gespräch und holte sie mit einer Gehaltserhöhung, einer Beförderung und tausend Entschuldigungen wieder an ihren alten Arbeitsplatz zurück. Michele war darüber zunächst erleichtert. Jetzt, wo sie wieder arbeiten ging, würde alles seinen alten Gang gehen, hoffte er. Endlich war der Urlaub zu Ende, und Giovanna würde sich neu organisieren und sich selbst und der Familie Regeln auferlegen müssen.

Doch die Illusion zerschlug sich schnell: Ihre Arbeit nahm sie völlig in Beschlag, sie trachtete nach Anerkennung und Rache an demjenigen, der versucht hatte, sie vom Thron zu stoßen. Abends kehrte sie ausgelaugt aus dem Büro zurück und hatte keine Kraft mehr, mit den Kindern zu spielen, mit ihnen zu schimpfen oder sie zum Lernen und Aufräumen zu bewegen.

Die Wohnung betrachtete sie als eine Art Hotel, und Gina gab sich keine Mühe, ihren Unmut darüber zu verbergen: Sie haßte es, die Mansarde mit überall herumfliegenden Kleidern und einem unter Wasser stehenden Badezimmer vorzufinden. Außerdem mißbilligte sie es, daß Giovanna die schmutzigen Teller vom Vorabend auf dem Küchentisch stehenließ. Und sie konnte es nicht ertragen, daß sie ihre Kochkunst kritisierte und sie ständig aufforderte, weniger Öl und Butter zu verwenden.

Selbst die Beziehung zwischen Giovanna und Michele funktionierte nicht mehr. Wenn Michele abends zu ihr hinaufging, saß sie häufig über Dokumente gebeugt da, blätterte in einer Akte oder machte sich Notizen. »Ich bin todmüde«, sagte sie, um ihm gleich den Wind aus den Segeln zu nehmen, noch bevor er einen Annäherungsversuch startete.

Manchmal machte sie ihm auch zwischen den Papieren Platz und sie schliefen miteinander, doch Michele erkannte in ihrer Hingabe mehr Höflichkeit denn Leidenschaft, und alles war nach wenigen Minuten vorbei, da er fürchtete, ihre Fügsamkeit zu sehr auszunutzen. Kurz darauf kehrte er in sein Zimmer zurück und wälzte sich unruhig im Bett.

Es funktioniert nicht, sagte Michele sich im stillen. Als ihm diese Tatsache voll bewußt wurde, hörte sie auf, ihm angst zu machen. Giovanna war eine gute Liebhaberin gewesen, doch für eine feste Bindung war sie ungeeignet. Die Wochen, in denen sie zusammengelebt hatten, waren der Beweis gewesen, daß sie weder den Wunsch noch den Willen besaß, eine Familie zu gründen. Mit jedem Tag rückte das Ende ihrer Affäre näher.

Übrig blieb eine Wohngemeinschaft, deren Unhaltbarkeit Giovanna nur deshalb nicht bemerkte, weil sie sich zu sehr auf ihre Arbeit konzentrierte. Sie kam und ging und betrachtete die Mansarde weiterhin als eine Art Hotelzimmer, da sie zu beschäftigt war, um ihre Koffer zu packen und in ihre eigene bequemere Wohnung zurückzukehren.

Ich werde mit ihr reden, nahm er sich vor. Doch ihm war nicht ganz wohl bei diesem Gedanken. Er kannte Giovanna gut genug, um zu wissen, daß sie unfähig war, eine Niederlage hinzunehmen und zu akzeptieren, daß andere für sie entschieden. Wie würde sie auf eine Aussprache reagieren? Und wie sollte er ihr schonend beibringen, daß sie gehen sollte? Allein der Gedanke an einen Streit ließ ihn erschaudern.

In den sechsunddreißig Jahren seines Lebens war er sorgsam jeder Auseinandersetzung aus dem Weg gegangen und hatte es vermieden, für etwas zu kämpfen, wenn es einen Kompromiß oder einen schmerzlosen Ausweg gab.

Diesmal aber gab es leider keinen Ausweg. Und es blieb ihm nichts anderes übrig als abzuwarten, in der Hoffnung, daß Giovanna ihm zuvorkommen und ihm die Entscheidung abnehmen würde.

Doch als er an jenem Nachmittag mit den Kindern nach Hause kam, begriff er, daß er mit dem Rücken zur Wand stand.

Gina zog ihn beiseite und drückte ihm die Wohnungsschlüssel in die Hand. »Die gebe ich Ihnen zurück. Von morgen an komme ich nicht mehr«, sagte sie schroff. »Behalten Sie ruhig das Geld für die sieben Tage Kündigungsfrist.«

»Das können Sie mir nicht antun ... Wenn Sie ein Problem haben, können wir doch darüber reden.«

»Sie haben ein Problem, lösen Sie es selbst!« Sie holte tief Luft. »Diese Wohnung wird mir zuviel. Ich schufte wie verrückt, und zum Dank werde ich auch noch kritisiert.«

»Ich biete Ihnen fünf Millionen im Monat«, platzte Michele heraus, auf dem besten Wege, wahnsinnig zu werden.

Gina schüttelte den Kopf. »Ich würde nicht mal für sechs Millionen bleiben.«

Diese hartnäckige Weigerung stürzte ihn in Panik. »Signora Giovanna wird ausziehen. Ich garantiere Ihnen, daß in Zukunft wieder alles so sein wird wie vorher und daß Sie niemand mehr kritisieren wird. Die Kinder hängen an Ihnen, und ich habe größtes Vertrauen in Sie ...«

Gina zögerte einen Moment. »In Ordnung. Rufen Sie mich an, wenn diese Signora weg ist, dann komme ich wieder.«

Um sieben rief Giovanna ihn an, um ihm mitzuteilen, daß sie ein Geschäftsessen habe und sehr spät nach Hause kommen würde. Michele nutzte die Gelegenheit, mit den Kindern zu sprechen, um zu sehen, ob und in welchem Maße Giovanna ihnen fehlen würde.

Er begann ganz allgemein und meilenweit vom Kern der Sache entfernt, doch Marta begriff sofort. »Hat sie sich entschlossen, wegzugehen?« fragte sie. Ohne auf eine Antwort zu warten, fuhr sie fort: »Sie ist zwar eine Riesenchaotin, aber sehr nett. Nur jetzt, wo sie arbeitet, sehen wir sie sowieso kaum noch, und ob sie hier oder zu Hause schläft macht keinen großen Unterschied.«

Ihr Zynismus verwirrte Michele. »Ich dachte, du hättest sie liebgewonnen«, wandte er ein, »und daß es dich schmerzen würde ...«

»Ich kenne sie erst seit ein paar Monaten, und sie hat ganz sicher nicht den Platz meiner Mutter eingenommen«, unterbrach Marta ihn mit finsterer Stimme.

»Das wollte ich damit auch nicht sagen.« Er wandte sich an Domenico. »Und du, was sagst du dazu?«

Das Kind verzog das Gesicht: »Mama konnte viel besser puzzeln. Giovanna hat immer nur so getan als ob, und sie mochte es überhaupt nicht.«

Michele blieb auf, um auf Giovannas Rückkehr zu warten. Nachdem das Unbehagen, die Anspannung und die Angst sich gelegt hatten, konnte er es kaum abwarten, die Beziehung mit ihr zu beenden. Die gleichgültige Reaktion seiner Kinder hatte ihn beruhigt, aber auch ein wenig traurig gemacht. Giovanna war in ihr Leben getreten und verließ es nun wieder, ohne auch nur eine Spur von Gefühlen, Erinnerungen oder Bedauern zu hinterlassen. Sie war eine Frau, die nichts vermitteln konnte, weil in ihrem Inneren nur Leere herrschte.

Du bist ungerecht, warf er sich vor und dachte an die Tage zurück, die auf das Unglück gefolgt waren. Giovanna hatte sich diskret zurückgezogen und sich erst wieder gemeldet, als er sie brauchte. Sie war es gewesen, die ihm die Wohnung gesucht, ihn zum Möbelhändler gebracht, für ihn das Problem mit der Haushälterin gelöst hatte.

Er dachte an die Begeisterung, mit der sie zu ihnen gezogen, die Spontaneität, mit der sie auf die Kinder zugegangen war, die Heiterkeit, mit der sie sie aufgemuntert und mitgerissen hatte. Auch wenn das Wunder der Liebe nicht eingetreten war, so hatte Giovanna sich doch großzügig und menschlich gezeigt. Und vielleicht hatte sie eine weitere Chance verdient.

Doch als sie um kurz nach eins nach Hause kam, sah er ein, daß es sinnlos war.

»Ich hatte dir doch gesagt, daß es spät wird«, sagte sie in einem Ton, der mehr einer Anklage als einer Rechtfertigung glich.

»Ich habe mir noch einen Film angesehen«, log er. »Und außerdem wollte ich mit dir reden ...«

»Nicht jetzt, ich bitte dich. Ich bin völlig fertig und ...«

»In Ordnung, laß uns morgen darüber reden«, erwiderte Michele schnell, fast ein bißchen erleichtert.

»Morgen muß ich weg.«

»Ah.« Er sah sie schweigend an.

»Man hat mir angeboten, die neue Zentrum-Süd-Kette zu leiten ... Beruflich wäre das eine sehr interessante Erfahrung, aber ich müßte nach Rom ziehen, und ich zögere noch«, fügte sie beinahe widerwillig hinzu.

»Unseretwegen?« wagte er zu fragen und fürchtete eine Antwort, die ihm Schuldgefühle bereiten würde.

Giovanna schüttelte den Kopf. »Was?«

Er formulierte seine Frage anders: »Warum zögerst du?«

»Meine jetzige Stelle würde jemand anders übernehmen, und ich habe Angst, alle Brücken hinter mir abzubrechen.«

»Das ist alles?«

»Natürlich nicht! Das Gehalt ist dem Engagement, das sie fordern, nicht angemessen, und außerdem bieten sie mir einen lächerlichen Zuschuß zu den Umzugskosten.«

»Da bin ja froh, daß meine Kinder und ich die letzten sind, an die du einen Gedanken verschwendest«, zischte Michele. Und obwohl er verblüfft und wütend zugleich war, war er wirklich froh. Alles endete kurz und schmerzlos.

Giovanna sah ihn seufzend an. »Das ist mein Leben. Außerdem hast du immer gewußt, daß ich nicht für eine Familie geschaffen bin. Ich habe mich sehr wohl bei euch gefühlt, aber in den nächsten Tagen wäre ich auf jeden Fall wieder nach Hause zurückgekehrt. Ich brauche meine eigenen vier Wände, ich muß mich konzentrieren können ... Das verstehst du doch, oder?«

»Natürlich. Gleich morgen kann ich dir helfen, die Mansarde auszuräumen und deine Sachen zu dir zu bringen.«

Sie sah ihn beleidigt an. »Morgen fahre ich nach Rom, habe ich dir das nicht gesagt? Ich werde jemanden schicken. Oder ich komme selbst vorbei, um mich von den Kindern zu verabschieden. Und jetzt möchte ich ins Bett, wenn es dir nichts ausmacht.« Auf dem Weg zur Treppe blieb sie noch einmal stehen. »Du hast gesagt, daß du mit mir sprechen wolltest ... Ist es in Ordnung, wenn wir das machen, wenn ich wieder zurück bin?«

Ich habe dir nichts mehr zu sagen, war er versucht zu antworten. Doch er beschränkte sich darauf, beschwichtigend abzuwinken.

Nein, es gab nichts mehr zu sagen und zu erklären. Und er hatte sich wirklich nicht getäuscht, als er Giovanna als eine gefühlskalte Frau eingeschätzt hatte. Ihr Universum drehte sich nur um sie selbst, und ihre Liebenswürdigkeit, ihre Großzügigkeit, ihr Elan waren nichts anderes als eine narzißtische Selbstdarstellung, die allein dem Zweck diente, ihre Wirkung unter Beweis zu stellen. Sie bekam immer, was sie wollte, sowohl was das Zwischenmenschliche anging als auch ihre berufliche Karriere. Für eine kurze Zeit hatte sie sich darauf konzentriert, seine Familie für sich zu gewinnen, doch als sie am Ziel war, hatte sie sich wieder auf die Herausforderungen ihrer Arbeit besonnen.

Michele ging ins Bad, nahm zwei Aspirin und legte sich ins Bett. In seinem Kopf drehte sich alles, und ihm war übel.

X

Im letzten Monat vor den Ferien beschloß Marta endlich, gewissenhaft zu lernen. Ermutigt von den Lehrern und unter der Aufsicht ihres Vaters, der sie zwang, ihm jeden Abend zu berichten, was sie tagsüber gelernt hatte, erzielte sie unverhoffte Erfolge. Dieser Beweis ihres guten Willens sowie die Probleme, die der tragische Verlust der Mutter und der damit verbundene Wohnorts- und Schulwechsel mit sich gebracht hatten, bewogen den Schulrat, sie zu versetzen.

Michele versprach dem Direktor, dafür Sorge zu tragen, daß sie den Sommer über lernen würde, um sämtliche Lücken zu schließen, damit sie zu Beginn des neuen Schuljahres auf demselben Stand war wie ihre Klassenkameraden.

Anfang Juli fand er eine Studentin, die Marta jeden Tag zwei Stunden Nachhilfe gab. Eines Abends nahm Gina ihn beiseite und fuhr ihn grob an: »Sehen Sie denn nicht, daß Ihre Tochter völlig erschöpft ist? Wie lange soll denn diese Tortur noch weitergehen?«

Michele stammelte irgend etwas, um sie abzuwimmeln, und damit war das Thema für ihn erledigt.

Doch als er das Mädchen später näher ansah, fiel ihm auf, daß sie Augenränder hatte, ihr Gesicht eingefallen und ihre Haut fahl war. Wieso hatte er das nicht früher bemerkt? Seit wie vielen Wochen zwang er sie schon, sich zu Hause einzuschließen und zu lernen? Kein Spaziergang, kein Kino, keine sonstige Ablenkung. Auch Domenico sah ungesund aus, wie ein Kind, das sich nie bewegt und nie an die frische Luft kommt: Wer kümmerte sich nach dem Kindergarten um ihn? Während seine Schwester über ihren Büchern saß, teilte er notgedrungen ihre Abgeschlossenheit und spielte ganz allein oder hockte passiv vor dem Fernseher.

Michele saß in seinem komfortablen Büro mit Klimaanlage, vertieft in seine Arbeit, und hatte nicht einmal gemerkt, daß draußen eine schwüle Hitze herrschte und der August vor der Türe stand. Er mußte mit den Kindern in Urlaub fahren, und zwar sofort. Außer seinen drückenden Schuldgefühlen quälte ihn nun auch noch die Frage: Wohin? Früher hatte stets Anna entschieden, ob sie ans Meer oder in die Berge fuhren, und rechtzeitig reserviert. Im letzten Sommer, erinnerte er sich, hatten sie auf Forte dei Marmi verzichten müssen, weil schon im Mai alles ausgebucht war.

Als er seiner Sekretärin von seinem Problem erzählte, gab die ihm einen wertvollen Tip. »Wir haben einen Vertreter in Savona und einen in Bologna: Das sind Leute, die viel herumkommen und sich in ihren Regionen gut auskennen, warum fragen Sie die nicht einfach?«

Michele bat sie, das für ihn zu erledigen. »Ob es die Riviera oder die Adria ist, ist mir gleich: Hauptsache, wir finden ein gutes Hotel, und keinen abgelegenen Bunker, der kilometerweit vom Strand entfernt ist.«

Kaum eine halbe Stunde später teilte die Sekretärin ihm zögernd mit, daß die Schwiegereltern des Vertreters aus Bologna gerade ein kleines Hotel in den Marken, zwei Kilometer von San Benedetto del Tronto, eröffnet und noch ein paar

Zimmer frei hätten. »Wenn Ihnen das zu weit weg ist, oder Sie ein Hotel wollen, das ...«

»Reservieren Sie sofort«, unterbrach Michele sie. »Das ist ausgezeichnet.«

Die Sekretärin legte ihm die Hotelbeschreibung vor: eigener Garten, Swimmingpool, Klimaanlage, ausgezeichnete Küche, ruhiges Ambiente ...

Einen Kilometer vor San Benedetto staute sich der Verkehr in beiden Richtungen. Hinter der Strandpromenade, auf der es zuging wie auf einem Jahrmarkt, reihte sich Badeanstalt an Badeanstalt. Michele brauchte über eine Stunde, bevor er am Ziel war. Die Umschreibung »ruhig«, die ihm noch vor zwei Tagen wie ein bedrohliches Synonym für Luxusghetto vorgekommen war, schien ihm nun die bedeutendste, jedoch unwahrscheinlichste Eigenschaft.

Allmählich jedoch lichtete sich der Verkehr. »Das Meer!« rief Domenico freudig aus. Durch die immer größer werdenden Lücken zwischen den Badeanstalten und den blühenden Oleanderbüschen konnte man endlich leuchtendblaue Zipfel erkennen.

Das Hotel befand sich am südlichen Stadtrand von San Benedetto. Man erreichte es über eine lange Allee mit Palmen, die sich mit blühenden Blumenbeeten abwechselten, und fand sich plötzlich inmitten eines kleinen Parks wieder. Das Hotel selbst war in einer dreistöckigen Jugendstilvilla untergebracht, die ursprünglich ein privater Wohnsitz gewesen sein mußte.

»Das ist ja das reinste Leichenschauhaus«, bemerkte Marta trübsinnig, als sie aus dem Wagen stiegen.

»Da hinten ist ein Swimmingpool«, sagte Domenico unsicher. Obgleich es erst fünf Uhr nachmittags war, waren die Sonnenschirme geschlossen und die Liegestühle leer.

Ein Gepäckträger kam diensteifrig angelaufen, um beim

Ausladen der Koffer behilflich zu sein, und die Chefin, wohl wissend, daß Michele der Arbeitgeber ihres Schwiegersohns war, begrüßte sie mit übertriebener Herzlichkeit. »Die Umbauarbeiten sind noch nicht abgeschlossen«, erklärte sie, »aber ich habe Ihnen zwei Zimmer im renovierten Flügel reserviert.«

»Kann man den Swimmingpool benutzen?« fragte Domenico.

»Natürlich. Aber es gibt auch eine Unterführung, die direkt zum Privatstrand führt. Da wirst du mehr Spaß haben, denn dort gibt es Schaukeln, Rutschbahnen und viele andere Spielgeräte für Kinder.«

»Sind noch andere Kinder da?« fragte Domenico hoffnungsvoll.

»Es müßten vor Mitte August noch welche kommen.« Die Chefin wandte sich an Michele: »Wir haben erst im März beschlossen, das Hotel in dieser Saison zu öffnen. In fünf Tagen wird in San Benedetto ein wichtiger Kunsthandwerkermarkt eröffnet, und fast alle Zimmer sind von Ausstellern und Besuchern reserviert worden. Wenn Sie ein paar Stunden später angerufen hätten, wäre nichts mehr frei gewesen.«

»Das wäre ja furchtbar gewesen«, sagte Marta mit einem Lachen, dessen Sarkasmus die freundliche Frau – wie Michele hoffte – nicht bemerkte.

Als sie kurz darauf in ihren Zimmern waren, wies er seine Tochter verärgert zurecht. »Ich habe nicht die Absicht, mich drei Wochen lang mit deiner schlechten Erziehung und deiner miesen Laune herumzuärgern. Das ist das einzige Hotel, in dem noch was frei war, aber niemand zwingt uns, den ganzen Tag am Pool oder am Privatstrand zu verbringen. Wir haben ein Auto und können fahren, wohin wir wollen.«

»Ich will nirgendwohin und habe dich um nichts gebeten.«

Am Tag darauf schlug er den Kindern vor, einen Ausflug

in die Umgebung zu machen, doch Marta lehnte mit gespielter Höflichkeit ab. Michele fuhr mit Domenico allein, doch nach ein paar Kilometern jammerte das Kind, weil ihm im Wagen schlecht wurde, und so blieben sie in einer überfüllten Badeanstalt. Er fand nur noch einen Sonnenschirm in der letzten Reihe, wo die Hitze erbarmungslos, das Meer nicht zu sehen und der Lärm der nahe gelegenen Bar unerträglich waren.

Vergeblich versuchte Michele seinen Sohn zu überreden, sich einer Gruppe von Kindern anzuschließen, die Fußball spielten: »Ich kann das nicht!« protestierte Domenico fast aggressiv. Als eines der Kinder auf sie zukam, um ihn selbst einzuladen, lehnte er verschämt ab.

Michele entdeckte bei seinem kleinen Sohn eine ungekannte Schüchternheit, und zum erstenmal wurde ihm bewußt, daß weder er noch seine Schwester sich seit ihrem Umzug nach Mailand neue Freunde gesucht hatten. Keiner der beiden war je zum Rausgehen, Spielen oder Lernen aufgefordert worden, und sie selbst hatten keine Freunde eingeladen. Normalerweise kümmern Mütter sich um solche Dinge, dachte er, und ich habe leider keine Zeit, auch noch die sozialen Kontakte meiner Kinder zu organisieren. Dennoch verdarb ihm der Gedanke an ihre Isolation den Tag, und zu der zermürbenden Hitze und der Hektik dieser lärmenden Menschenmassen gesellte sich ein schlechtes Gewissen.

Um vier Uhr nachmittags kehrten sie ins Hotel zurück, und er war geradezu erleichtert, als die Kinder am Abend ablehnten, eine Pizza essen zu gehen und danach über die Strandpromenade von San Benedetto zu bummeln. Am nächsten Tag sagte Marta, die immer noch ein langes Gesicht zog, daß sie dableiben und sich am Pool sonnen wolle.

Michele ging mit Domenico zum nahe gelegenen Spielplatz. Und der Kleine schien – zu seiner großen Erleichterung – aus der Apathie des vorangegangenen Tages zu erwachen. Nachdem er ihn auf die Schaukel gezwungen und ihm über eine Hängebrücke geholfen hatte, setzte er sich im Schatten einer Palme auf eine Bank, um Zeitung zu lesen, und sah von Zeit zu Zeit auf, um seinen Sohn beim Spielen zu überwachen.

Um zwölf gingen sie eine Runde schwimmen, und um eins kehrten sie zum Essen ins Hotel zurück. Marta gesellte sich zu ihnen und aß lustlos einen Salat und zwei Scheiben Schinken. Jeder Versuch, ein Gespräch anzufangen, scheiterte kläglich. »Domenico hatte viel Spaß«, sagte Michele irgendwann, da er nicht wußte, an welches Thema er sich sonst hätte klammern können.

Marta warf dem Bruder einen Blick zu. »Er ist krebsrot. Wie's aussieht, hast du vergessen, ihn einzucremen«, bemerkte sie verächtlich.

»Morgen werde ich daran denken, welche zu kaufen.«

»Mama hat für ihn immer die mit dem höchsten Lichtschutzfaktor genommen. Du wirst es nicht wissen, aber Domenico hat sehr empfindliche Haut.«

»Gut, daß du mir das sagst«, erwiderte Michele ruhig. Marta suchte nach einem Vorwand, um mit ihm zu streiten, aber er hatte nicht die Absicht, sich provozieren zu lassen. Daher gab er nach, als sie sich weigerte, das Hotel zu verlassen, und verzichtete selbst darauf, nach Alternativen zu dem nahe gelegenen Privatstrand zu suchen. Einen Teil des Vormittags verbrachte er – mit Zeitungen bewaffnet – mit Domenico auf dem Spielplatz, las und sah dem Kleinen beim Spielen zu. Gegen Mittag gingen sie schwimmen und blieben dann bis zum Essen unter dem Sonnenschirm.

Die längsten Stunden waren die vom Nachmittag bis zum Abendessen. Michele wußte nicht, was er unternehmen sollte, um seinen Sohn bei Laune zu halten: Beim Minigolf langweilte er sich, Fahrradfahren konnte er ohne Stützräder nicht, Karussells machten ihm keinen Spaß, und wenn er ins

Auto stieg, wurde ihm schlecht. Am vierten Tag beschloß Michele, im Hotelgarten zu bleiben. Er kaufte drei Puzzles, und wie am Vormittag las er, während der Kleine spielte.

Marta sonderte sich weiterhin ab und schleppte sich mit langem Gesicht zwischen ihrem Zimmer und dem Swimmingpool hin und her. Michele war so verzweifelt, daß er sie ignorierte, um nicht die Beherrschung zu verlieren. Hin und wieder, wenn er keine Lust mehr hatte, allein zu sein, gesellte sich Domenico zu seiner Schwester, um mit ihr in den Pool zu springen.

Eines Nachmittags kam er nicht mehr zurück, und besorgt machte Michele sich auf den Weg zum Pool. Er entdeckte ihn schon von weitem, wie er zwischen Marta und einem anderen Mädchen saß. Während er sich ihnen näherte, war er überrascht, ihn fröhlich lachen zu hören. Auf einmal blieb er wie vom Donner gerührt stehen: Das Mädchen bei seinen Kindern war Viola Federici. Wie hatte sie es wagen können, ihm zu folgen? Was wollte sie noch von ihm? Allein der Gedanke, daß sie möglicherweise vorhatte, sich zu wer weiß welchem Zweck Martas und Domenicos zu bedienen, machte ihn wütend.

Er erreichte den Pool, und als hätte er Viola nicht einmal bemerkt, sagte er streng zu seinen Kindern: »Geht sofort auf eure Zimmer.«

»Aber Papa«, protestierte Marta, »es ist erst fünf Uhr!«

»Das ist ein Befehl.«

»Wir machen gerade ein Spiel mit ihr«, unterstützte Domenico seine Schwester und zeigte auf Viola.

»Muß ich dir erst eine Ohrfeige geben?«

Erst als die Kinder weg waren, sah er Viola ins Gesicht. »Was haben Sie in diesem Hotel zu suchen?« fuhr er sie an. »Und was wollen Sie von meinen Kindern?«

»Sie sind verrückt.«

»Sie sind hier die Verrückte, wenn Sie mich sogar schon

bis hierher verfolgen. Aber ich warne Sie, halten Sie sich von meinen Kindern fern, sonst …« Zorn erstickte seine Stimme, und um nicht die Beherrschung zu verlieren, eilte er davon.

An jenem Abend ging er mit Marta und Domenico Pizza essen und anschließend in eine Spielhalle, um das Risiko zu vermeiden, Viola zu begegnen. Als er sich später vergewissert hatte, daß die beiden schliefen, ging er in die Hotelhalle hinunter, um der Besitzerin mitzuteilen, daß er am nächsten Morgen aufgrund plötzlicher Verpflichtungen nach Mailand zurückkehren müsse.

Der Portier sagte ihm, daß die Signora noch nicht zurückgekehrt sei, und Michele beschloß, in der Bar nebenan auf sie zu warten.

Kaum daß er Platz genommen hatte, tauchte Viola Federici vor ihm auf. Ehe er etwas sagen konnte, stieß sie in einem Atemzug hervor: »Ich bin wegen des Kunsthandwerkermarkts nach San Benedetto gekommen, und wenn ich gewußt hätte, daß ich Sie hier treffe, hätte ich lieber am Strand geschlafen als in diesem Hotel. Was Ihre Wahnvorstellungen von heute nachmittag angeht, ich wußte nicht, daß die beiden Kinder am Pool Ihre Kinder sind. Aber nun möchte ich Sie mal etwas fragen: Wie kommen Sie darauf, daß ich Ihnen folge, oder vielmehr, Sie *verfolge*? Wer von uns beiden ist hier verrückt?«

»Verzeihen Sie mir«, entfuhr es Michele automatisch, während er angestrengt nach einer Antwort suchte, die ausdrückte, was er empfand: Ungläubigkeit, Wut, Scham, Reue? »Ich glaube Ihnen«, fügte er hinzu, wobei er das einzige Gefühl zum Ausdruck brachte, dessen er sich sicher war, nämlich, daß Viola die Wahrheit sagte.

»Ich bin entzückt über Ihren Vertrauensbeweis, und nun möchte ich mich von Ihnen verabschieden und wünsche Ihnen noch einen schönen Urlaub.«

Michele sah ihr nach, während sie davonging und sich an einen nahe gelegenen Tisch zu einem jungen Mann um die Dreißig setzte, der ihr vertraulich etwas zuflüsterte. Er wünschte ihr, sie möge nach ihrer masochistischen Leidenschaft endlich einen würdigen Partner gefunden haben. Dieser Gedanke führte ihm die Lächerlichkeit der Szene vor Augen, die er ihr am Pool gemacht hatte. Es war albern, anmaßend und dumm gewesen, zu glauben, daß Viola ihm folgte. Oder schlimmer noch, daß sie es sich zum Lebensziel gemacht hätte, ihn zu *verfolgen.*

Der Kellner kam, um ihn zu fragen, was er wünschte. Er bestellte einen Whiskey. Wenige Minuten später kam die Hotelbesitzerin. »Wie ich höre, haben Sie nach mir gesucht«, sagte sie freundlich. »Kann ich irgend etwas für Sie tun?«

»Das war nicht so wichtig …«, erwiderte er verlegen. »Es hat sich schon erledigt …«

Am nächsten Morgen erfuhr er durch Zufall, daß Viola auf dem Kunsthandwerkermarkt einen Stand hatte. Er hörte, wie jemand die wunderbaren Keramiken lobte, die an ihrem Stand gezeigt wurden, und jetzt erst erinnerte er sich, daß die Familie Federici einen Keramikbetrieb besaß, in dem Viola arbeitete.

Sie ist wirtschaftlich gesehen der stärkere Teil in der Partnerschaft, hatte sein Freund, der Anwalt, in etwa gesagt, als er sich um die Entschädigung im Fall Vasile gekümmert hatte. Er hoffte für Viola, daß sich in ihrer neuen Beziehung die Rollen nicht nur in finanzieller Hinsicht umgekehrt hatten.

XI

Die Ankunft eines jungen Paares mit einem stillen Kind von fünf Jahren erlöste Michele von der aufreibenden Aufgabe, seinem Sohn die Langeweile zu vertreiben. Die beiden Jungen waren einander auf Anhieb sympathisch, und die Eltern von Sergio – so hieß der neue kleine Freund – fragten Michele, ob er etwas dagegen hätte, wenn Domenico den Tag mit ihnen am Strand verbrächte.

Nachdem er sich vergewissert hatte, daß es sie auch keineswegs störte (»Im Gegenteil!«) und daß er seinen Sohn in die Obhut eines vertrauenswürdigen und verantwortungsbewußten Paares gab, nahm er den Vorschlag an und gestand, daß sie ihm damit einen großen Gefallen erwiesen.

Marta dagegen verbrachte ihre Tage weiterhin in Einsamkeit und Lethargie. Doch die langen Stunden, die sie mit Schwimmen und Sonnenbaden zubrachte, schienen ihr zumindest körperlich zu bekommen. Die gelbliche Hautfarbe und die Augenränder waren verschwunden, statt dessen hatte sie nun das gebräunte Gesicht und den kraftvollen Körper einer gesunden Dreizehnjährigen. Was blieb, war Micheles Verbitterung darüber, nicht mit ihr reden zu können.

Eines Nachmittags nahm er sich vor, einen neuen Versuch zu wagen, und folgte ihr in den Garten, in den er sie kurz zuvor hatte gehen sehen.

Doch sie war nicht allein. Auf der Schaukel neben ihr saß Viola, und sie unterhielten sich angeregt wie zwei gute Freundinnen. Als sie ihren Vater erblickte, sprang Marta auf und ging ihm entgegen. »Ich habe mich zu ihr gesetzt, also erspare ihr bitte eine peinliche Szene wie die neulich.«

»Ich habe nicht die geringste Absicht …«

»Bevor du es mir befiehlst, gehe ich lieber von allein«, sagte sie und kehrte ihm den Rücken.

Verlegen näherte Michele sich Viola. »Ich versichere Ihnen, daß ich nur gekommen bin, um mich mit meiner Tochter zu unterhalten, und bestimmt nicht, um Ihnen noch einmal eine Szene zu machen …«

Da die Frau ihn ansah, als hätte sie keinerlei Lust, sich zu unterhalten oder ihm zu antworten, fühlte er sich verpflichtet, hinzuzufügen: »Es stört mich überhaupt nicht, Sie zusammen mit meiner Tochter zu sehen. Ich habe mich neulich wirklich schlecht be…«

»Sie haben sich bereits entschuldigt«, unterbrach sie ihn gelassen.

»Nicht ausreichend. Als ich Sie in diesem Hotel gesehen habe, und dann noch bei meinen Kindern, habe ich mir wer weiß was eingebildet. Ich hatte einfach Wahnvorstellungen …«

»Wären Sie nicht so sehr damit beschäftigt gewesen, sie vor mir in Sicherheit zu bringen, wäre Ihnen aufgefallen, daß ich mindestens so verblüfft war wie Sie. Aber da wir das Mißverständnis nun geklärt haben, können wir die Unterhaltung auch beenden.«

»Eine Sache möchte ich noch loswerden. Nicht, um meine paranoide Reaktion zu rechtfertigen, sondern um zu versuchen, sie zu erklären. Sie waren sozusagen mein schlechtes Gewissen … Wochenlang haben Sie mir nachgestellt, mich beschuldigt und mir, ohne ein Blatt vor den Mund zu nehmen, Ihre Geringschätzung zu verstehen gegeben …«

»Sie haben mich doch genauso angegriffen.« Seufzend schüttelte sie den Kopf und sah ihm geradewegs in die Augen. »Das ist nur eine Ausrede. Die Wahrheit ist, daß ich wegen Antonios Tod verzweifelt war und es mir nicht gelang, mich damit abzufinden. Deshalb habe ich Ihnen die Schuld in die Schuhe geschoben, habe Sie zum Monster gemacht, zum Sündenbock. Ich möchte Sie nicht freisprechen, damit das klar ist. Aber irgendwann habe ich verstanden, daß auf Sie wütend zu sein ungefähr so ist, als wollte man einem Blinden die Schuld dafür geben, daß er nicht sehen, oder einem Lahmen, daß er nicht laufen kann.«

»Ich habe meine Frau nicht geliebt, falls Sie dieses Handikap meinen.«

»Sie haben sie aus Bequemlichkeit geheiratet, und aus Gleichgültigkeit sind Sie bei ihr geblieben. Sie sind unfähig, Leidenschaft, Leid, Haß zu empfinden ... Das ist Ihr Handikap, Signor Barni. Eine Liebesbeziehung zu führen ist für Sie ebenso unmöglich wie für ein Grundschulkind, eine algebraische Gleichung zu lösen. Vor ein paar Monaten habe ich Ihnen das voller Haß vorgeworfen. Nun sage ich es Ihnen voller Bedauern. Trotz alledem glaube ich, daß Sie ein anständiger Mensch sind.«

Seltsamerweise war Michele nicht beleidigt: Obgleich dieses Urteil unbarmherzig war, schwang in Violas Stimme keine Abneigung mit. Zum erstenmal kehrten seine Gedanken zu Giovanna zurück, und voller Widerwillen verscheuchte er sie sofort wieder. Diese nunmehr in Vergessenheit geratene Beziehung bestätigte indirekt Violas Einschätzung: Er hatte Anna nur ein einziges Mal betrogen, und das ohne Leidenschaft empfunden zu haben, indem er sich eine Frau ausgesucht hatte, die gefühlsmäßig eine Analphabetin war wie er.

»Ich liebe meine Kinder«, sagte er auf einmal, ohne offenkundigen Zusammenhang und fast, als wollte er sein Gewissen beruhigen.

»Reden Sie mit ihnen? Sehen Sie ihnen in die Augen? Ist Ihnen klar, daß sie zwei todtraurige Geschöpfe sind, gefangen in einer schrecklichen Einsamkeit?« ereiferte sich Viola.

»Ob Sie es glauben oder nicht, ich bin ihretwegen schier verzweifelt.«

»Sie sind verzweifelt wegen der Verantwortung, die seit dem Tod Ihrer Frau auf Ihren Schultern lastet, und wegen der Probleme, die Ihre Kinder Ihnen machen.«

»Es gelingt mir nicht, sie aufzuheitern und zu trösten: Das ist das einzige Problem, das sie mir machen.« Er hielt kurz inne und stellte einen Stuhl neben die Schaukel. »Ich habe gehofft, daß diese paar Wochen Urlaub mir helfen würden, sie kennenzulernen, ihnen näherzukommen ...«

Viola sah ihn beinahe mitleidig an: »Und dann bringen Sie sie in dieses abgelegene Hotel? Sie hätten ein Feriendorf wählen sollen oder eine fröhliche Familienpension, ein Hotel mit einem Strand voller Kinder und Jugendlicher. Das wäre der richtige Urlaub für Ihre Kinder gewesen. Statt dessen haben Sie Ihr Problem gelöst, nicht das Ihrer Kinder – ähnlich wie ein Künstler oder Wissenschaftler, der Abgeschiedenheit und Einsamkeit sucht, um sich auf seine Arbeit konzentrieren zu können. Marta und Domenico sind doch kein Forschungsobjekt oder ein Roman, der beendet werden muß.«

Diesmal begehrte Michele auf. »Leider haben Sie wie alle Laienpsychologen, die zwanghaft ihr tiefgründiges analytisches Verständnis unter Beweis stellen müssen, das Offensichtliche übersehen: Dieses Hotel war das einzige, in dem ich Anfang August noch zwei Zimmer gefunden habe. Sonst hat Anna immer reserviert. Na los, sagen Sie schon, daß die Kinder trotz allem eine aufmerksame, unersetzbare, absolut vollkommene Mutter verloren haben!«

Viola lächelte bitter. »Nein, das war sie wirklich nicht. Anna war zu sehr mit ihren eigenen Problemen beschäftigt, um die der Kinder wahrzunehmen. Ihr Verantwortungsgefühl beschränkte sich darauf, deren primäre Bedürfnisse zu erfüllen.«

»Ist das wieder eine Ihrer spontanen Analysen oder eine

der vielen Vertraulichkeiten Ihres ach so betrauerten und redseligen Mannes?«

Viola ging nicht auf seinen Sarkasmus ein. »Das ist eine einfache Schlußfolgerung. Man braucht sich Ihre Kinder nur anzusehen, um zu verstehen, daß ihre Probleme bis weit vor die Tragödie zurückreichen. Sie sollten sich vor allem um Marta kümmern, Signor Barni. Ich habe den Eindruck, daß sie sich selbst bestrafen will, weil sie ihre Mutter nicht genug geliebt hat und ihr nicht nachtrauert.«

»Was soll ich bloß tun?« entfuhr es Michele, der nun aufrichtig besorgt war.

»Ich weiß es wirklich nicht ... Aber lassen Sie sie nicht allein. Versuchen Sie, sie aus diesem verfluchten Swimmingpool herauszukriegen und sie für irgend etwas zu begeistern. San Benedetto ist ein zauberhafter Ort voller Attraktionen: Es gibt jede Menge Kinos, Open-air-Aufführungen, Konzerte, Märkte, Geschäfte. Und einen wunderbaren Park.«

»Meinen Sie wirklich?«

»Wenn Sie mal aus diesem Ghetto herauskommen, können Sie sich selbst davon überzeugen.« Sie stand langsam auf. »Auch wenn es Ihnen schwerfällt, mir zu glauben, ich wollte Sie weder beschuldigen, noch wollte ich Ihnen mit dem, was ich gesagt habe, weh tun.«

»Sie haben mich nur in Panik versetzt«, erwiderte er verbittert.

Am nächsten Morgen um neun klopfte Marta an seine Zimmertür. »Viola hat mir gerade vorgeschlagen, den Tag mit ihr an ihrem Stand auf dem Kunsthandwerkermarkt zu verbringen. Sie wartet im Foyer, sie will wissen, ob du es erlaubst.«

»Wo ist Domenico?« fragte Michele, um Zeit zu gewinnen und seine Überraschung zu verbergen.

»Ich habe ihm geholfen, sich anzuziehen. Er geht mit Sergios Eltern zum Meer. Also, darf ich gehen?«

»Wenn es dir Spaß macht, habe ich nichts dagegen.«

Das Mädchen sah ihn neugierig und mißtrauisch an.

»Vor ein paar Tagen hast du uns von Viola fortgeschickt, als wäre sie eine Kinderschänderin oder eine …«

»Ich habe mich geirrt. Ich mißtraue Fremden immer.«

»Und jetzt seid ihr Freunde geworden?« fragte sie ironisch.

Michele verlor die Geduld. »Du wolltest die Erlaubnis, mit ihr zu gehen: Die hast du nun. Ich verstehe nicht, was die Stichelei jetzt soll!«

»Das war doch nur eine Frage.«

»Und ich habe dir geantwortet.«

»Also ciao, wir sehen uns heute abend.«

Michele nutzte die Abwesenheit der Kinder, um ein paar geschäftliche Telefonate zu führen und sich mit seiner Sekretärin in Verbindung zu setzen, bevor sie in Urlaub fuhr. Er war überstürzt von einem Tag auf den anderen nach San Benedetto aufgebrochen und hatte im Büro alles stehen- und liegenlassen: Es mußten noch Termine überprüft, Rechnungen kontrolliert und Briefe gelesen werden. Er ließ sich einige Kopien ins Hotel faxen, die er wenige Stunden später mit entsprechenden Vermerken ins Büro zurückschickte.

Domenico kehrte am Nachmittag braungebrannt und gut gelaunt vom Strand zurück und verkündete, daß sein Freund ihn eingeladen hatte, mit ihm in einem Park in San Benedetto zu spielen, wo es »echte Ponys«, Karussells und jede Menge anderer Spiele gab.

Michele, der fürchtete, die Höflichkeit von Sergios Eltern überstrapaziert zu haben, bot sich an, die Kinder zu begleiten. Doch sie entgegneten, daß es überhaupt keine Mühe sei, sich um Domenico zu kümmern, und erklärten, daß es sich um den Park handelte, in dem der Kunsthandwerkermarkt stattfand, den sie ohnehin besuchen wollten. Natürlich könne er sich – wenn er wolle – zu ihnen gesellen.

Michele nahm vor allem deshalb an, weil er neugierig darauf war, Violas Keramiken zu sehen. Während der Autofahrt erzählte er dem Paar davon und erklärte, daß seine Tochter bei Viola am Stand sei.

Es stellte sich heraus, daß Sergios Mutter eine gutinformierte und kontaktfreudige Frau war. »Neulich abend haben wir uns im Hotelgarten mit dieser Viola unterhalten. Sie ist eine reizende junge Frau. Sie stellt Teller und Vasen aus, die ihr Urgroßvater mütterlicherseits entworfen hat, ein berühmter französischer Keramiker, der mit Braque und Picasso befreundet war. Nachdem er um die halbe Welt gereist war, hat er sich in ein italienisches Mädchen verliebt, einen Keramikladen in Albisola eröffnet, sechs Kinder in die Welt gesetzt und ein glückliches Leben geführt, bis er mit neunzig verstarb.«

»Das ist ja wirklich eine tolle Geschichte«, bemerkte Michele.

Sie mußten ziemlich lange suchen, ehe sie einen Parkplatz fanden, und ein ganzes Stück bis zum Park laufen. Die Kinder rannten sofort zum Spielplatz, und Michele ging das Herz über, als er sah, wie sein Sohn tobte, lachte und mit den anderen Kindern plauderte, während er wartete, bis er an der Reihe war, auf den kleinen Zug oder auf das Pony zu steigen.

Noch nie hatte er ihn so unbefangen und glücklich gesehen.

Es war fast sieben, als es ihnen endlich gelang, Sergio und Domenico vom Spielplatz wegzulocken, um den Markt zu besuchen.

Violas Stand befand sich in der Mitte des Parks, hinter der ersten Kurve. Marta sah sie zuerst und machte auf sich aufmerksam. »Viola und Carlo sind einen Kaffee trinken gegangen und haben mich allein gelassen!« verkündete sie stolz. »Ich habe gerade ein Kaffeeservice verkauft, ich kenne mich schon aus, ich weiß sogar die Preise!«

Diese unbändige Begeisterung war eine weitere angenehme Überraschung für Michele. Marta zeigte Sergios Mutter die ältesten Stücke und erklärte ihr, daß sie unverkäuflich seien. »Aber es gibt originalgetreue Reproduktionen.« Mit der Routine einer echten Verkäuferin zeigte sie ihr auch diese, und schließlich hielt sie ihr einen Katalog hin. »Da sind Fotos der interessantesten Stücke mit den dazugehörigen Preisen drin. Man kann auch per Post bestellen.«

Sie wandte sich an ihren Vater und zeigte ihm eine dreistöckige Obstetagere. »Die hat Viola entworfen. Ist sie nicht wunderschön? Die ganze moderne Produktion ist ihr Werk.«

»Wenn sie dir gefällt, schenke ich sie dir.«

»Sie hat sie mir schon geschenkt. Da sind ja Viola und Carlo!«

Michele erkannte sofort den jungen Mann wieder, der wenige Abende zuvor mit Viola in der Hotelbar gesessen hatte. »Ist das ihr Verlobter?« fragte er seine Tochter.

»Carlo arbeitet mit ihr zusammen. Er ist ihr Cousin, aber sie lieben sich wie Bruder und Schwester.«

Viola stellte sie einander vor, und Carlo gratulierte Michele zu seiner tüchtigen Tochter. »Wir haben eine hervorragende Mitarbeiterin gefunden!«

»Papa«, mischte Marta sich ein, »darf ich morgen wieder herkommen?«

»Wie's aussieht, bist du unentbehrlich«, willigte er scherzend ein.

»Das ist sie wirklich«, sagte Viola lächelnd. »Mein Cousin und ich brauchten ohnehin eine tüchtige Aushilfe.«

Michele schloß sich Sergios Eltern an, die sich auch die anderen Stände ansehen wollten, und um neun kamen sie zurück, um Marta zum Abendessen abzuholen. Doch das Mädchen bestand darauf, bei seinen neuen Freunden zu bleiben: Der Markt schloß um Mitternacht, und sie würde mit ihnen eine Pizza essen.

Auch diesmal willigte Michele gern ein. Er hätte ihr alles erlaubt, um das Glück dieses Augenblicks nicht zu trüben.

Der Aufenthalt in San Benedetto, der so enttäuschend begonnen hatte, wurde nach jenem Abend zum angenehmsten Urlaub, an den Michele sich erinnern konnte. Morgens ging Marta zum Markt, und Michele unternahm etwas mit Domenico, dessen kleinem Freund und seinen Eltern. Sie hatten eine kleine, mitten im Grünen gelegene Badeanstalt entdeckt, mit einem oleandergesäumten, zum Meer herabführenden Pfad, an dessen Seiten Sonnenschirme aufgebaut waren.

Michele spielte mit den Kindern Fußball, schwamm mit ihnen, baute Sandburgen und war ganz überrascht, wie unterhaltsam und angenehm das war. Um eins stießen Marta und Viola zu ihnen, und nach einem letzten gemeinsamen Bad im Meer aßen sie alle zusammen unter der Pergola des Restaurants zu Mittag.

Auch der Spielplatz im Park wurde zu einem festen Bestandteil dieser erholsamen Tage: Jeden Nachmittag begleitete Michele die Kinder dorthin und ließ sie ein paar Stunden laufen und sich austoben. Er setzte sich auf eine Bank und erfreute sich am Anblick des glücklichen Domenico.

Eines Nachmittags gesellte sich unerwartet Viola zu ihm. »Als Vaterlehrling machst du Riesenfortschritte«, sagte sie und setzte sich zu ihm. Dieses gleichfalls unerwartete *»du«* überraschte ihn ebenso wie ihr herzlicher Tonfall.

»Das ist dein Verdienst. Du hast mir viele Dinge klargemacht«, gestand er aufrichtig.

Sie schwiegen eine Weile. Schließlich brach sie das Schweigen. »Du solltest Marta in einer anderen Schule anmelden«, sagte sie. »Sie ist jetzt soweit, Kontakte zu knüpfen und sich neue Freunde zu suchen, aber das ist in einer Klasse, in der sie bereits als Außenseiterin und mittelmäßige Schülerin abgestempelt ist, nicht möglich.«

»Hat sie dir das gesagt?«

»Sie hat mir nur gesagt, daß allein der Gedanke, dorthin zurückkehren zu müssen, für sie ein Alptraum sei. Nicht weit von euch gibt es ein hervorragendes Institut, das von Schwestern geleitet wird. Du könntest auch Domenico dort anmelden.«

»Haben die auch einen Kindergarten?«

Viola riß die Augen auf. *»Kindergarten?* Kommt Domenico nicht in die Schule?«

»Mein Gott ...« Michele merkte, wie ihm Röte ins Gesicht stieg. »Als Vaterlehrling habe ich noch einige erschreckende Lücken«, versuchte er sich zu rechtfertigen.

»Du hättest ihn schon vor Monaten anmelden müssen!« bemerkte Viola.

Er war ihr dankbar, daß sie ihm keine Vorwürfe machte. »Und was soll ich nun tun?«

»Meine Tante ist mit der Schulleiterin befreundet. Ich werde versuchen, das Problem zu lösen. Und wenn du einverstanden bist, kann ich mich auch um Martas Schulwechsel kümmern.«

»Ich wäre dir sehr dankbar.«

»Von einer geisteskranken Verfolgerin zur mildtätigen Fee: Du mußt zugeben, daß auch ich in der letzten Woche beachtliche Fortschritte gemacht habe.«

Michele errötete erneut. »Ich weiß nicht, wie ich mich entschuldigen soll ...«

»Laß nur. Jedesmal, wenn mich jemand um Entschuldigung bittet, fühle ich mich selbst irgendwie schuldig.« Diesmal klang sie sehr ernst.

ZWEITER TEIL

Viola

XII

Der Keramikbetrieb der Familie Federici ging auf den alten Laden des französischen Urgroßvaters zurück. Nur dank des Unternehmergeists und des Talents dreier außergewöhnlicher Frauengenerationen hatte der Laden zwei Weltkriege und eine schwere Wirtschaftskrise überdauert. Henri Cassel hatte mit seiner jungen italienischen Frau Paola fünf Söhne und eine Tochter gehabt. Aus Liebe zu ihrem Mann und aus Respekt vor seinem Talent hatte Paola alle Probleme und die Alltagssorgen von ihm ferngehalten und sowohl die Erziehung der Kinder als auch die Führung des Ladens auf sich genommen.

Henri entwarf, und sie stellte aus, verkaufte, verhandelte mit den Kunsthändlern und den Banken, wobei sie zugleich ihrer Mutterrolle gerecht wurde.

Lediglich ihre Tochter – die Großmutter, nach der Viola benannt wurde – schien das künstlerische Gespür ihres Vaters geerbt zu haben. Von Kind an verbrachte sie Stunden im elterlichen Geschäft, wo sie die Farben und Formen der auf Tischen und Regalen ausgestellten Keramikwaren bewunderte. Ihre Mutter Paola hatte diesen naturgegebenen Sinn für Schönheit unterstützt, ihr zugleich jedoch den praktischen Geschäftssinn vermittelt. Als sie an Brustkrebs starb, hatten die Söhne bereits andere Wege eingeschlagen, und Viola war die einzige, die die nötigen Voraussetzungen hatte und sich berufen fühlte, ihre Mutter bei der Führung des Geschäftes zu ersetzen und wie sie die kreative Abgeschiedenheit ihres Vaters ehrfürchtig zu verteidigen.

Mit dreißig Jahren hatte sie eine ebenso kurze wie stürmische Affäre mit einem Kunsthändler. Sechs Monate nach ihrer Trennung brachte sie eine Tochter zur Welt, die der Vater nie gesehen noch jemals anerkannt hat. Die kleine Anna Cassel wich nicht von der Seite ihrer Mutter und verbrachte, wie diese in ihrer Kindheit, viele Stunden im Keramikgeschäft. Von ihren Zeichnungen, ihrem Gespür für Farben und ihrer Phantasie entzückt, sah Viola Cassel in der kleinen Anna die wahre Erbin des Großvaters Henri.

In Wirklichkeit hatte sie das allen Kindern eigene künstlerische Gespür mit echtem Talent verwechselt. Am Ende ihrer Kindheit entpuppte sich Anna als normales junges Mädchen, das nur deshalb ein Kunstwerk zu bewundern wußte, weil seine Mutter sein ästhetisches Empfinden geschärft hatte und es von schönen Dingen umgeben aufgewachsen war.

Mit fünfundzwanzig Jahren hatte Anna Cassel sich in Gianni Federici, einen acht Jahre älteren Wirtschaftsberater, verliebt und verließ nach der Heirat Albisola, um nach Pavia zu gehen, wo ihr Mann arbeitete. Die kleine Viola war drei Jahre alt, als die nunmehr betagte und erschöpfte Großmutter, deren Namen sie geerbt hatte, beschloß, das Geschäft aufzugeben und einen Teil der Kunstwerke ihres Vaters Henri abzustoßen, um die Schulden bei der Bank zu begleichen und sich einen sorgenfreien Lebensabend zu sichern.

Annas Liebe zu ihrer Mutter und der Geschäftssinn ihres Mannes verhinderten schließlich, daß ein Familienerbe voller Tradition, Kultur und Mühsal auf so schmerzliche Weise zerschlagen wurde. Gianni Federici sicherte seiner Schwiegermutter eine Rente auf Lebenszeit zu, zahlte die Banken aus, schloß den Laden und schuf mit seinem Bruder die Firma Henri-Cassel-Keramik, eine kleine Fabrik für Kunstkeramik, die das Markenzeichen des großartigen Künstlers – die miteinander verschlungenen, azurblauen Lettern H und C – weiterführte.

Diese Geschichte vom Urgroßvater und seiner Familie, die spannend war wie ein Roman, erzählte Viola den Kindern am letzten Abend des Kunsthandwerkermarktes.

Sie aßen in einem Strandrestaurant zu Abend, Domenico saß auf ihrem Schoß, Marta hatte einen Arm um sie gelegt.

»Und wann führte dich das Schicksal in den Schoß der Familie Cassel zurück?« fragte Michele, der genauso gespannt zuhörte wie die Kinder.

Viola lachte. »Meine Mutter behauptet, in mir wiederhole sich das Schicksal meiner gleichnamigen Großmutter. Mit fünf Jahren brachte ich meine ganze Freizeit mit Zeichnen zu, statt mit Puppen zu spielen. Ich war kaum zehn, als ich mich daranmachte, Tonmasse zu kneten und Formen und Muster zu entwerfen. Als Nonna Viola starb, begriff ich, daß dies meine Berufung war. Seit sechs Jahren läuft die Firma auf mich und meinen Cousin Carlo, doch unsere Eltern kümmern sich weiterhin um alle verwaltungstechnischen und wirtschaftlichen Angelegenheiten.«

»Ich würde gern nach Pavia kommen, um zu sehen, wie die Stücke entstehen«, rief Marta aus.

»Ich auch!« fiel Domenico ein.

»In Pavia sitzen nur die Verwaltung und die Designer. Ich werde euch dafür nach Albisola mitnehmen: Dort könnt ihr sehen, wie Rohstoffe wie Kaolin, Ton oder Lehm geknetet, bearbeitet und modelliert werden, bis daraus Kunstwerke entstehen.« Sie wandte sich an Michele: »Mein Vater hat die alte Fabrik mit den Öfen, in denen mein Großvater seine

Kunstwerke gebrannt hat, instand gesetzt und modernisiert. Wir haben ausgezeichnete Kunsthandwerker. Der älteste von ihnen hat bei meiner Großmutter angefangen.«

Die Gegenwart der Kinder hinderte Michele daran, laut auszusprechen, was er sich gefragt hatte, während Viola erzählte: Wie war es ihr gelungen, ihr Privatleben mit dem Beruf in Einklang zu bringen, die Leidenschaft für die Arbeit mit der für ihren Mann?

Doch ihm wurde bewußt, daß er ihr eine solche Frage nicht würde stellen können: Obwohl ihre Beziehung in den vergangenen Tagen geradezu freundschaftlich geworden war, handelte es sich um ein allzu vertrauliches und vor allem verfängliches Thema. Allein der Gedanke, er könnte Violas Aggressivität wieder wecken, war ihm unerträglich.

Am nächsten Vormittag jedoch lieferte sie ihm unerwartet selbst den Vorwand zu einem solchen Gespräch. Sie saßen unter dem Sonnenschirm am hoteleigenen Strand, Marta und Domenico badeten im Meer.

»Ein Kind ist das einzige, was mir in meinem Leben fehlt«, sagte Viola plötzlich mit einem Seufzer, während sie den beiden zusah.

»In deinem Alter hast du alle Zeit der Welt ...«

»Nächsten Monat werde ich siebenundzwanzig. Mein Mann war zwei Jahre jünger«, erläuterte sie, als sie das leichte Staunen in seinem Blick bemerkte.

»Vielleicht warst du deswegen so ...?« Er hielt inne, um nach der passenden Umschreibung zu suchen, ohne sie zu verletzen.

»Beschützend? Mütterlich? Immer um ihn besorgt?« kam Viola ihm zur Hilfe. »Erst nach seinem Tod habe ich angefangen, mich das zu fragen. Wir waren so viele Jahre zusammen, doch ich hatte nie das Gefühl, reifer oder stärker zu sein als er ... In manchen Dingen war es sogar umgekehrt.«

»Was für ein Mann war Antonio?« fragte Michele impulsiv und hielt aus Angst vor einem Wutausbruch den Atem an.

Da Viola schwieg, warf er ihr einen ängstlichen und flehenden Blick zu. »Entschuldige …« stammelte er.

Viola nahm ihn nicht einmal wahr. Den Blick ins Leere gerichtet, sagte sie selbstvergessen: »Ich habe ihn für seine Aufrichtigkeit geliebt, seine Einfühlsamkeit, die Ausdauer, mit der er seine Träume verfolgte. Ich war sicher, daß er ein großer Musiker werden würde, und hinter der Leidenschaft für meine Arbeit steckte der Wille, ihm zu beweisen, daß auch ich etwas wert war … die Angst, daß die Gipfel, die er erklimmen könnte, zu hoch für mich wären …«

Sie überlegte kurz und sah ihm mit ihren goldschimmernden Augen gerade ins Gesicht. »Du hast mich gefragt, was für ein Mann Antonio war: Ich weiß es nicht mehr. Der Mann, der mit seiner Geliebten ein Kind erwartete, der Mann, der mich mitleidslos betrogen hat, der Mann, der auf solch obszöne Weise ums Leben gekommen ist, ähnelt nicht meinem Mann. Es ist, als hätte ich das letzte Jahr neben einem Fremden gelebt. Wer war der echte Antonio? Ich habe wieder zu leben begonnen, seit ich aufgehört habe, mich das zu fragen.«

Michele senkte den Kopf. »Du hast mir vorgeworfen, unfähig zu sein, Gefühle zu empfinden … Nach der Tragödie habe ich eines entdeckt, und zwar das Verständnis. Ich glaube, daß Anna und Antonio zum erstenmal die Leidenschaft entdeckt hatten. Dein Mann war wahrscheinlich der wunderbare Mensch, für den du ihn hieltest, doch plötzlich hat er die Kontrolle über sich selbst und über sein eigenes Leben verloren.«

Viola kniff die Augen zusammen. »Die Leidenschaft für eine andere Frau kann einen *wunderbaren* Ehemann nicht in einen Mann verwandeln, der fähig ist, zu verletzen, zu demütigen, zu quälen und zynisch die Vergangenheit hinter sich zu lassen. Mir graust es bei dem Gedanken, was ich zu ertragen bereit war. Inzwischen stelle ich mir lieber vor, daß ich einen Mann geliebt und idealisiert habe, den es gar nicht gab, als mich als Masochistin ohne Selbstwertgefühl zu sehen ...«

Michele ergriff instinktiv ihre Hand. »Der größte Trost für den, der zurückbleibt, ist, daß er sich aussuchen kann, woran er sich erinnern will und woran nicht.«

Viola sah ihn mißbilligend an, ohne jedoch die Hand zurückzuziehen. »Die Wahrheit zurechtzurücken und die Erinnerungen zu manipulieren ist für mich kein Trost. Ich habe mich damit gequält, Antonio zu verstehen, und ich habe aufgehört, um ihn zu trauern, als ich die Gewißheit hatte, daß er es nicht wert war. Ich habe einen Mann verloren, der mich nicht liebte und der mir nicht gehörte.«

Domenico tauchte auf und unterbrach das Gespräch. Viola schien erleichtert, und jegliche Traurigkeit verschwand aus ihrem Gesicht. Sie stand auf und wickelte den Jungen in einen Bademantel. »Jetzt warst du aber lang genug im Wasser.«

»Und was ist mit Marta?«

»Sie ist älter als du.«

»Aber mir ist langweilig hier unter dem Schirm, ohne Sergio und ohne was zu tun!«

Sein Freund war vor drei Tagen abgereist, doch es war das erste Mal, daß er sich über seine Abwesenheit beschwerte.

Viola zerzauste ihm liebevoll das Haar. »Wer hat denn gesagt, daß wir ohne Sergio nichts unternehmen können?« Sie sah sich um und gab ihm zu verstehen, er solle warten. »Vertrau mir, du wirst schon sehen!«

Fünf Minuten später kam sie wieder, an jeder Hand ein Kind. »Sie heißen Matteo und Lorenzo. Und das ist Domenico.«

Nach dieser Begrüßung zeigte Viola auf einen schattigen Fleck unter einer Palme: »Los, laßt uns eine tolle Sandburg bauen.«

Michele blickte ihr hinterher, als sie sich mit den Kindern plaudernd entfernte, und er bemerkte, daß viele Männer sich nach ihr umsahen. Von ihrer flammendroten Mähne abgesehen, gab es nichts Auffälliges an Viola: Sie war schlank, nicht viel größer als der Durchschnitt, und sie trug einen züchtigen Badeanzug. Und doch verkörperte sie das gewisse Etwas, das nicht unbemerkt blieb, und eine besondere Schönheit, die auf Harmonie, Anmut und Eleganz beruhte.

Michele wandte schnell den Blick von ihr ab, denn er fühlte sich plötzlich, als würde er sie durch ein Schlüsselloch bespitzeln. Es war sonderbar, daß ihm diese so augenscheinliche körperliche Faszination bisher entgangen war. Was ihn jedoch am meisten überraschte und demütigte, war die mitleidslose Art, mit der er Viola verurteilt hatte, indem er ihre moralische Strenge für Fanatismus, ihren untröstlichen Schmerz für Sehnsucht nach Qual, ihre Vorwürfe für engherzigen Groll, ihr ungestümes Temperament für Hysterie gehalten hatte.

In den letzten Tagen hatte er jedoch feststellen können, daß sie auch eine heitere, mütterliche und warmherzige Seite hatte. Er bedauerte Antonio dafür, daß er das unermeßliche Glück nicht erkannt hatte, von einem so außergewöhnlichen Menschen geliebt zu werden, und er fragte sich, wie sein eigenes Leben verlaufen wäre, wenn er dieses Glück gehabt hätte.

Es war jedoch eine absurde Theorie: Viola könnte sich niemals in einen Mann verlieben, den sie für durchschnittlich und gefühllos hielt. Traurig vertrieb er diesen Gedanken.

Marta hatte eine Gruppe Jugendlicher in ihrem Alter kennengelernt, und am letzten Ferientag erbettelte sie von ihrem Vater die Erlaubnis, mit ihnen in eine Disko gehen zu dürfen. Viola zerstreute Micheles letzte Bedenken, indem sie ihm einen Kompromiß vorschlug. An das Lokal angeschlossen war eine kleine Pizzeria: Sie könnten mit Domenico dort zu Abend essen. Irgendwann würde er den Jungen zu Bett bringen, und sie würde in die Diskothek gehen, um Marta im Auge zu behalten (»Von weitem! Du wirst nicht einmal merken, daß ich da bin!«).

Um halb neun jedoch, als sie gerade gehen wollten, fiel Viola auf, daß das Gesicht des Kleinen glühte und seine Augen glänzten. Sie maß Fieber: fast neununddreißig. Marta konnte ihre Enttäuschung nicht verbergen. »Muß er ausgerechnet heute abend krank werden?« protestierte sie mit weinerlicher Stimme und ging aus dem Zimmer.

Michele wollte sie zurechtweisen, doch Viola hielt ihn gerade noch zurück. »Für sie ist dieser Abend sehr wichtig. Wir können ihn ihr nicht vermiesen«, sagte sie, als sie allein waren.

»Wir können sie auch nicht nachts mit fremden Jungs durch die Gegend laufen lassen!«

»Es sind auch Mädchen dabei. Und ich gehe davon aus, daß du nicht der einzige verantwortungsbewußte Vater bist. Darf ich mich um dieses Problem kümmern?«

Sie löste es binnen einer halben Stunde: Marta konnte sich erinnern, daß ein Mädchen aus der Gruppe mit Nachnamen genauso hieß wie eine ihrer Klassenkameradinnen und daß es im Hotel Adriatico untergebracht war. Viola rief dieses Mädchen an und bat es, mit seinem Vater oder seiner Mutter sprechen zu dürfen.

»Du kannst beruhigt sein«, verkündete sie Michele anschließend. »Ich habe mit der Mutter gesprochen, einer sehr netten Frau, die sich angeboten hat, Marta abzuholen und sie wieder zurückzubringen. Sie hat mir versichert, daß sie sowohl die Jugendlichen als auch das Lokal gut kennt. Es gibt also wirklich keinen Grund, Marta heute abend den Spaß zu verderben. Ich habe auch einen Notarzt aufgetan, der bald vorbeikommen wird, um sich Domenico anzusehen. Momentan liegen viele Kinder mit Windpocken im Bett: Es sieht so aus, als würden sie umgehen.«

Nach einer gründlichen Untersuchung bestätigte der Arzt, daß es sich tatsächlich um Windpocken handelte. Er verschrieb ein juckreizstillendes Medikament und empfahl, die Abreise um mindestens einen Tag zu verschieben.

»Du bleibst bei mir, nicht wahr, Viola?« fragte Domenico flehend.

»Nur, wenn du lieb bist.«

Als Michele von der Apotheke zurückkam, saß Viola an Domenicos Bett. Sie erzählte ihm die Geschichte von einem Mann, der nach dem Zauber suchte, die Sonne festzuhalten …

Ich liebe diese Frau, dachte Michele. Er blieb in der Tür stehen, unfähig sich zu rühren. Nie zuvor hatte er so tief empfunden, nie zuvor war er so erschrocken und unglücklich gewesen.

XIII

Jeden Abend, bevor sie zu Bett ging, zog Viola den Telefonstecker aus der Dose. Seit sie einst das Klingeln mitten in der Nacht aus dem Schlaf gerissen hatte, um sie urplötzlich in die Verzweiflung zu stürzen, war es zu einer gewohnten Geste geworden, genau wie das Licht auszumachen oder den Gashahn zuzudrehen.

Erst als sie sicher sein konnte, diesen Alptraum nicht noch einmal erleben zu müssen, verlor sie ihre Angst vor schlaflosen Nächten, in denen sie sich in der finsteren Vorahnung neuerlicher Katastrophen im Bett hin- und herwälzte.

Nach ihrer Rückkehr aus San Benedetto geschah jedoch

etwas, das erneut Unruhe in ihre Nächte brachte. Als sie einen alten Schrank aufräumte, fand sie unter einem Stapel Pullover einige von einem Gummiband zusammengehaltene Briefe. Auf den Umschlägen ohne Briefmarke und ohne Anschrift stand nur Antonios Name – ein offenkundiger Beweis dafür, daß sie ihm persönlich überreicht worden waren.

Viola war sich sofort sicher, daß die Verfasserin dieser Briefe Anna war, und sie verspürte keinerlei Neugier, sie zu lesen. Ihre Pläne und ihre Leidenschaft waren mit ihnen zusammen gestorben, und es schien ihr respektlos und unnötig, die Intimsphäre zu verletzen, von der sie nunmehr ohnehin alles wußte, einschließlich des letzten und schmerzvollen Geheimnisses, das die Obduktion ans Tageslicht gebracht hatte.

Sie ging in die Küche, holte die Flasche mit Brennspiritus und legte die Briefe in der Absicht, sie zu verbrennen, in die Spüle. Doch als sie zur Tat schreiten wollte, hielt der Gedanke an Michele sie davon ab. Anders als sie, die sie ihm ausführlich von ihrem Mann und ihrer Beziehung erzählt hatte, hatte Michele sich darauf beschränkt, zu wiederholen, daß seine Ehe jugendlichem Leichtsinn entsprungen und niemals zu einer Verbindung aus Liebe geworden war. Wieso? Wessen Schuld war es gewesen? War Anna wirklich die gedemütigte und Mitgefühl verdienende Ehefrau, in die Antonio sich verliebt hatte, oder war sie die »entmannende Masochistin«, wie ihr Mann sie in einem Zornesausbruch genannt hatte?

Sie *mußte* es wissen. Anna kennenzulernen war der einzige Weg, Michele zu verstehen. Sie nahm das Päckchen aus der Spüle, befreite es von dem Gummi, und erst jetzt bemerkte sie, daß auf allen Umschlägen in der rechten Ecke fortlaufende Nummern verzeichnet waren. Antonio hatte sie offenbar in chronologischer Reihenfolge aufbewahrt und ihr so die Mühe erspart, sie nun selbst ordnen zu müssen.

Es waren insgesamt sechzehn Briefe, doch sie umfaßten

die ganze Geschichte: Der erste war am Anfang ihrer Beziehung geschrieben worden, der letzte einen Monat vor dem Unglück. Viola las sie immer und immer wieder, fest entschlossen, jeden Satz, jeden Verweis, jede Tatsache, jedes Adjektiv in seinem vollen Sinn zu begreifen ... Und am Ende, erschöpft und mit hochrotem Kopf, begriff sie, daß diese Briefe nicht die Geschichte einer Beziehung waren, sondern das unfreiwillige Selbstporträt einer Frau, die sich an ihrem eigenen Unglück ergötzte.

Nicht eine Begebenheit, nicht ein Treffen, nicht einen Plan ihrer ein Jahr währenden Liebe hatte Anna mit Freude erinnert: Selbst die Erwartung ihres gemeinsamen Kindes analysierte sie in Worten voller weisem Pessimismus.

Viola vermochte kein Mitleid für sie zu empfinden. Anna hatte den Hang, unglücklich zu sein, und ihre Beziehung zu Antonio hatte ihrem Frust darüber, ein unverstandenes Genie zu sein, ein Ende gesetzt. Sie waren wie füreinander geschaffen: sie eine leidenschaftliche Masochistin und er ein Mann, der sich danach sehnte, unglücklich zu sein.

Hatte Michele nicht genau das behauptet? Der ungehobelte Gefühlsanalphabet hatte sich unerwartet als jemand entpuppt, der eine sehr feine Intuition besaß. *Unerwartet?* Viola zwang sich, über die Richtigkeit dieser Bezeichnung nachzudenken.

Schon die in San Benedetto verbrachten Tage hatten in ihr den Verdacht geweckt, sie könnte allzu streng über ihn geurteilt haben. In der Zeit, in der sie viele Gespräche führten und sie beobachtete, wie er mit seinen Kindern umging, hatte sie in ihm einen Menschen entdeckt, der durchaus über positive Eigenschaften verfügte. Wäre sie ihm in diesem Urlaub begegnet, ohne den Zynismus und die Gemeinheit, die er ihr in der Vergangenheit entgegengebracht hatte, erfahren zu haben, wäre sie überzeugt gewesen, einen außergewöhnlichen Mann kennengelernt zu haben: einen armen, unbeholfenen Witwer, sensibel und aufmerksam. Und körperlich anziehend …

All das ging ihr an dem letzten gemeinsamen Abend durch den Kopf, während sie still vor dem Fernseher, der nur ganz leise lief, um Domenico nicht zu wecken, darauf warteten, daß Marta aus der Diskothek zurückkam. Verwirrt von dieser Vertrautheit und den flüchtigen Blicken, die Michele ihr von Zeit zu Zeit zuwarf, schloß sie irgendwann die Augen und gab vor zu schlafen.

Dieser Mann war eine Gefahr für ihr so mühsam wiedergefundenes Gleichgewicht. Doch ihr fester Vorsatz, nach diesen Ferien von ihm und seinen Problemen Abstand zu nehmen, wurde von dem Pflichtgefühl zunichte gemacht, das sie nunmehr den Kindern gegenüber verspürte. Marta hing an ihr, und Domenico, der wegen seiner Windpocken zu Hause bleiben mußte, rief sie pausenlos an.

Nach ihrer Rückkehr aus San Benedetto hatte sie sich sofort dafür eingesetzt, daß die beiden an der katholischen Schule, von der sie Michele erzählt hatte, angemeldet wurden, hatte sich um den Kauf der Schulbücher und der vom Institut vorgeschriebenen blauen Kittel gekümmert, jemanden gefunden, der dem Kleinen in den Stunden, in denen Gina nicht da war, Gesellschaft leistete.

Sosehr sie sich auch bemühte, den direkten Kontakt zu Michele auf ein Minimum zu beschränken, die Umstände selbst hinderten sie daran: Beinahe jeden Tag mußte sie ihn anrufen, um ihn um ein Schriftstück oder eine Auskunft zu bitten, seine Meinung einzuholen oder um ihm etwas zu berichten.

Sein ständiges »danke schön« war ihr unangenehm, denn sie hörte die aufrichtige Anerkennung eines aufmerksamen Vaters und eines einfühlsamen Menschen heraus. Das konnte einfach nicht derselbe Mann sein, der seine Familie verantwortungslos und egoistisch im Stich gelassen hatte. Viola sträubte sich mit aller Kraft gegen die Möglichkeit, er könnte sich nach der Tragödie geändert haben. Seinen wahren Charakter hatte er schließlich jahrelang durch sein Verhalten unter Beweis gestellt. Alles andere waren nur gefühlsmäßige Anwandlungen. Ebenso strikt wehrte sie sich auch gegen die Annahme, es könnte sich um bewußte Reue handeln: Michele bereute sein Tun nur deshalb, weil er wie ein Mörder im Gefängnis gezwungen war, den Preis dafür zu bezahlen. Seine Strafe bestand darin, sich um zwei ihm fremde Kinder mit einem Haufen Probleme kümmern zu müssen.

Annas Briefe verwirrten Viola vor allem deshalb so sehr, weil sie nun – aus ihrem angeborenen Gerechtigkeitssinn heraus – das tun mußte, was sie sich in den vergangenen Wochen verboten hatte: nämlich ohne Argwohn und ohne Vorurteile über Michele und seine Vergangenheit nachzudenken.

Wenn sie jetzt zu Bett ging, ließ sie das Licht brennen, und unternahm nicht einmal den Versuch, einzuschlafen. Es waren die einzigen Stunden, in denen sie sich auf all die Worte, Andeutungen, Vertraulichkeiten, Gesten und Reaktionen konzentrieren konnte, die sie sich gemerkt hatte und nun miteinander verband, um Micheles wahres Gesicht daraus zusammenzusetzen.

Nach vielen schlaflosen Nächten wurde ihr jedoch plötzlich klar, daß es sich um einen Menschen, nicht um ein Mosaik handelte, und daß sie lediglich zu der gleichen Gewißheit würde gelangen können, zu der sie schon durch Annas Briefe gelangt war: Ihre verfrühte Ehe war für beide ein Unglück gewesen. Anna hatte sich an einen unverdorbenen Jungen vom Lande gebunden, der den Kopf voller Träume hatte und nicht in der Lage war, ihren krankhaften Drang, unglücklich zu sein, zu unterstützen. Zweifellos hatte er ihr Leid zugefügt, doch unbewußt, durch das gedankenlose und unsensible Verhalten eines unreifen, frustrierten Partners, der am liebsten das Weite gesucht hätte.

Michele war ein tadelnswerter Ehemann und Vater gewesen, doch beim Strafmaß mußten auf jeden Fall mildernde Umstände berücksichtigt werden: Immerhin war er kaum älter als zwanzig gewesen, als seine emotionalen Lehrjahre an der Seite einer zerstörerischen Frau, die in ihm lediglich den Überlebenstrieb weckte, ihr Ende fanden, kaum daß sie begonnen hatten.

Fest entschlossen, sich vor Anna zu retten, hatte er einen Weg eingeschlagen, auf dem er keine positiven Gefühle kennenlernte. Niemand brachte ihm Großherzigkeit, Zärtlichkeit oder Liebe bei. Doch er entdeckte sie nach und nach von allein und bewies, daß er instinktiv zu solchen Empfindungen fähig war.

Dieser Gedanke ließ Viola zusammenfahren, als hätte ihr Gehirn ihn ohne ihr Zutun formuliert. Und wieder erkannte sie die Anzeichen einer Gefahr. Nachdem sie den schmerzlichen Verlust überwunden hatte, war sie bereit, ein Kind zu bekommen, eine Familie aufzubauen, endlich eine unbeschwerte und reife Partnerschaft zu leben. Und deshalb mußte sie Michele von sich fernhalten, denn im Gegensatz zu ihr suchte er nach dem Verlust der nie geliebten Frau eine aufregende und leidenschaftliche Beziehung.

Überraschend lieferte die Arbeit ihr einen Vorwand, sich vorerst zu lösen: Nachdem sie Marta und Domenico zur neuen Schule begleitet hatte, wohl wissend, wie wichtig ihre Anwesenheit am ersten Schultag war, kehrte Viola nach Pavia zurück und fand in ihrem Büro ein Fax vor, auf das sie und ihr Cousin seit Wochen warteten: Die Direktion der EMS, einer wichtigen Vertriebskette, die auf Kunsthandwerke spezialisiert war, hatte sich bereit erklärt, die Exklusivvertretung der Henri-Cassel-Keramik für Deutschland zu übernehmen. Violas Vater hatte sich schon mit dem Rechtsvertreter der EMS in Verbindung gesetzt, um einen Vertragsentwurf sowie die nötigen Dokumente vorzubereiten.

Noch am gleichen Abend rief Viola bei Michele an und erklärte zunächst den Kindern und anschließend ihm, daß sie sich ein paar Tage lang nicht würden sehen können, weil sie geschäftlich nach Köln müsse. Und dabei war es nicht einmal ein Vorwand, sondern eine tatsächliche Verpflichtung: Die Deutschen wollten die letzte Cassel-Kollektion sehen, und Viola sollte einem Fotografen helfen, die wichtigsten Prototypen auszuwählen und die Bilder einzurahmen. Dennoch übertrieb sie bewußt ihre Begeisterung, als würde sie sich auf einmal für nichts anderes mehr interessieren als für diese Aufgabe.

Der Anruf hatte Michele verdrossen. Während sie von ihrer Zufriedenheit über den Vertrag erzählte, von den Einzelheiten der Arbeit, an die sie sich nun machte, und von ihrer Absicht, einige Tage länger als nötig zu bleiben, um sich Köln und die Umgebung anzusehen, meinte er, Giovanna an ihrem letzten gemeinsamen Abend zu hören.

Diese wunderbare junge Frau voller Liebreiz und Herzenswärme erwies sich plötzlich genau wie sie als eiskalte Karrierefrau. Die Aussicht auf einen Geschäftserfolg hatte jedes andere Gefühl oder Interesse mit einem Schlag ausgelöscht.

»Ich wünsche dir viel Glück«, sagte er und war sich bewußt, daß dieser Anruf das Ende einer Illusion und vielleicht sogar einen Abschied bedeutete.

Viola antwortete mit dem üblichen »danke« und legte langsam auf. Der Auftritt war gelungen, und Micheles distanzierter Ton, als er sich von ihr verabschiedete, kam einem tosenden Beifall gleich. Er hatte sich so leicht beleidigen und enttäuschen lassen, daß sie ihn für einen kurzen Augenblick haßte: So abgestumpft wie sein Urteilsvermögen und sein Herz waren, hätte sie eigentlich beleidigt sein müssen.

Sogleich schämte sie sich jedoch ihrer eigenen Engherzigkeit. Michele zu täuschen war ebenso einfach gewesen, wie ein Kind, das gerade seine ersten Schritte macht, mit einem Schubs zu Fall zu bringen. Warum hatte sie das getan? Sie meinte, ihn nach ihrer grausamen Vorstellung vor sich zu sehen: verwirrt, verletzt und entmutigt.

Sie verlor den Kopf. Wie von einer unkontrollierbaren Macht getrieben, griff sie nach dem Telefon und wählte noch einmal seine Nummer.

Nach dem dritten Klingeln nahm Michele ab: ein trauriges »pronto?«, das er mehrmals wiederholen mußte.

»Ich liebe dich«, sagte Viola, nachdem sie ihre Stimme wiedergefunden hatte. Erschrocken legte sie wieder auf.

XIV

Viola blieb zitternd vor Aufregung neben dem Telefon sitzen und wartete, daß Michele sie jeden Augenblick zurückrufen würde. Sie wußte nicht, was sie ihm sagen sollte. Dieses innige »Ich liebe dich« war wie ein Blitz über sie gekommen. Ja, sie liebte ihn. Auf dieses blendende Licht der Wahrheit war jedoch gänzliche Dunkelheit gefolgt.

Das Telefon schwieg noch immer. Besser so, sagte Viola sich. Wahrscheinlich war auch Michele verwirrt, ungläubig, sprachlos. Sie wollte gerade zu Bett gehen, als sie eine geradezu lähmende Vermutung überkam: Vielleicht war er in diesem Augenblick auf der Autobahn, um zu ihr zu kommen. Die Vermutung wurde zu Gewißheit. Ganz sicher war Michele nach ihrem Anruf aus dem Haus gestürzt, ins Auto gestiegen und raste jetzt nach Pavia, um schnell bei ihr zu sein, zu begreifen, zu reden, ihr zu sagen, was er für sie empfand ... Sie ging wieder ins Wohnzimmer und wartete.

Nach zwei Stunden wurde sie von Panik ergriffen und rief ihn an. Als sie seine Stimme hörte, legte sie sofort wieder auf. Michele hatte sie nicht angerufen, war nicht zu ihr geeilt. Aber er war zu Hause, *am Leben*. Sie war so erleichtert, daß sie in Tränen ausbrach.

Zum erstenmal seit zehn Monaten ging sie zu Bett, ohne den Telefonstecker herauszuziehen. *Hoffst du etwa, daß er dich anruft?* fragte eine höhnische Stimme in ihr. Ich weiß es nicht, antwortete sie aufrichtig. Einer Sache war sie sich jedoch sicher: Michele würde sie nicht anrufen.

Hätte er sich an diesem Abend nach ihrem »Ich liebe dich« von der Gewalt seiner Gefühle und von dem dringenden Wunsch, Klarheit zu schaffen, hinreißen lassen, hätten sich ihre Wege für immer getrennt. Weder sie noch er waren schon soweit, die bizarren Pläne des Zufalls, der sie zusammengebracht hatte, zu begreifen und hinzunehmen, daß das Schicksal sie füreinander bestimmt hatte.

Ihre Vernunft und Micheles Bedürfnis nach Bestätigung hätten dazu geführt, daß sie ein Gefühl auseinandergenommen, wieder zusammengesetzt und eingehend analysiert hätten, das zu begreifen und auszuleben sie aus mancherlei Gründen noch nicht bereit waren. Die anfänglichen guten Vorsätze wären auf einen immer sinnloseren und heftigeren Streit hinausgelaufen, der sie ausgelaugt und in eine Sackgasse geführt hätte.

Auch Michele hatte das begriffen. Und die Gewißheit, daß er sie nicht anrufen würde, erschreckte sie noch mehr als die Liebe, die sie für ihn entdeckt hatte: Der Gefühlskrüppel war gewichen und hatte einem Mann Platz gemacht, der nicht nur theoretisch fähig war, tiefe Gefühle zu empfinden.

Das steigerte Violas Ängste und ihre Verwirrung noch:

Michele und sein Bedürfnis nach Leidenschaft wurden mehr denn je zu einer Bedrohung für die Unbeschwertheit, nach der sie sich so sehr sehnte.

In den letzten Wochen hatte sie ihn pausenlos beobachtet, erforscht, ihm zugehört, über seine Worte nachgedacht, seine Gesten interpretiert: Und all das wurde ihr zum Verhängnis. Durch diese exzessive Beschäftigung mit Michele war er ihr so vertraut geworden, daß er all ihre Selbstverteidigungsmechanismen außer Kraft setzte.

Seit über einem Jahr hatte kein Mund den ihren geküßt, hatten keine Arme ihren Körper umschlugen: Allein der Gedanke, daß Michele sie berühren könnte, ließ ihr den Atem stocken. Hätte sie es ihm gestattet, wäre sie verloren gewesen. Wir brauchen Zeit, sagte sie sich kraftlos.

Zwei Tage später reiste sie nach Köln ab, doch sie blieb nur so lange, bis der Vertrag unterzeichnet war. Am Flughafen kaufte sie einen Pulli für Marta und einen witzigen Plüschbären für Domenico und nahm sich vor, sie ihnen in der Mittagspause in die Schule zu bringen. Sie hatte die Kinder ins Herz geschlossen und wollte sie nicht in Probleme mit hineinziehen, mit denen sie nichts zu tun hatten. Ihre Gefühle für die Kinder waren in der Schwebe und warteten darauf, aufgegeben oder vertieft zu werden, je nachdem, wie die Beziehung zu ihrem Vater weiterlaufen würde.

Die Freude, die sie bei ihrem Anblick zeigten, und die Küsse und Umarmungen, mit denen sie sie überhäuften, nachdem sie die Geschenke ausgepackt hatten, ließen ihr Herz höher schlagen.

Am gleichen Abend rief Michele sie an, um sich bei ihr zu bedanken. Gleich danach fragte er sie nach der Reise und erkundigte sich mit der Natürlichkeit eines echten Freundes nach dem Ausgang der Vertragsverhandlungen. Violas Befangenheit verschwand nach wenigen Sekunden, und sie antwortete ihm im gleichen freundschaftlichen Plauderton.

Es folgte ein kurzes Schweigen. »Morgen hat Gina sich einen Tag freigenommen, und Marta wird ihren ersten Auftritt als Köchin haben. Würdest du das Risiko eingehen, mit uns zu Abend zu essen?« fragte Michele.

Viola gefiel, wie er sich bemühte, die Wichtigkeit dieser Einladung auf witzige Weise herunterzuspielen, vor allem, weil es ihr ermöglichte, im gleichen Tonfall zuzusagen. »Ich liebe das Risiko!« gab sie scherzhaft zurück. Dieser entspannte und angenehme Abend wurde für Viola und Michele in stillem Einvernehmen zum Maßstab: Wenn sie sich weiterhin sehen wollten, mußten sie sich unbedingt an diesen Umgangston halten und auf bestimmte Themen beschränken, also jegliche Andeutung auf ihre Gefühle vermeiden.

Dieses unbedachte »Ich liebe dich« mußte wie ein Tabu unantastbar bleiben. Sich der drohenden Gefahr bewußt, traute Michele sich nicht einmal, Viola in die Augen zu sehen.

An einem Nachmittag Anfang November gingen sie mit Marta und Domenico ins Kino: Als sie wieder herauskamen, war es schon dunkel, und Nebel kam auf.

»Du kannst nicht nach Pavia zurückfahren«, stellte Michele an Viola gewandt fest. Vergeblich beharrten auch die Kinder darauf, sie solle bei ihnen zu Hause übernachten.

»Nur wegen dem bißchen Dunst? Ihr seid Angsthasen!«

»Das ist echt fieser *Nebel*«, berichtigte Domenico sie ernsthaft.

Michele verspürte einen Stich ins Herz, als er sie ins Auto steigen sah, und rief sie zweimal auf dem Handy an, um sich zu vergewissern, daß alles in Ordnung war, und sie zu ermahnen, vorsichtig zu fahren.

»Ich könnte mich besser konzentrieren, wenn du aufhören würdest, mich mit deinen Anrufen zu belästigen«, zog sie ihn auf.

»Ruf mich an, sobald du da bist.«

Sie tat es eine Stunde später, als Micheles Unruhe in Furcht umgeschlagen war. »Domenico hatte recht: Es war ein echt *fieser Nebel*«, sagte sie fröhlich.

»Wie lange soll das noch so weitergehen?« fiel Michele ihr in einem Ausbruch der Erleichterung ins Wort. Aus Angst, sie könnte die wahre Bedeutung dieser Frage verstanden haben, beeilte er sich, sie zu einem kleinen praktischen Problem herunterzuspielen. »Bald kommt wieder die Zeit, wo es ständig neblig ist, und ich ertrage den Gedanken nicht, daß du dein Leben auf der Autobahn aufs Spiel setzt, um Marta und Domenico zu sehen. Entweder du nimmst unsere Einladung an, oder ...«

»Ich bin eine vorsichtige Fahrerin. Seit Jahren pendele ich zwischen Pavia und Mailand hin und her, um meine Tante oder meine Freunde zu besuchen, die ehrenamtlichen Helfer zu unterstützen oder Geschäftskunden zu betreuen.«

»Hast du nie daran gedacht, dir eine kleine Wohnung zu suchen oder dich in einer Pension einzumieten?« fragte Michele, um sich von der ersten verfänglichen Frage zu distanzieren.

Viola überlegte kurz. »Im letzten Jahr hatte ich weder Zeit noch Muße, Entscheidungen zu treffen. Doch ich glaube, es ist an der Zeit, das zu tun. Zunächst einmal möchte ich aus dieser Wohnung raus. In Antonios Bett zu schlafen, in dem Wohnzimmer zu sitzen, in dem ich immer mit ihm zusammengesessen habe, den Schrank aufzumachen und auf seine Kleidung zu stoßen stört mich allmählich.«

»Es ist das erste Mal, daß du ...«

»Es ist mir erst in den vergangenen Wochen aufgefallen. Ich würde gern nach Mailand ziehen, aber sicher nicht in ein möbliertes Appartement oder in eine anonyme Pension.«

»Deine Firma sitzt in Pavia, also müßtest du trotzdem jeden Tag fahren.« Es klang nach einem vernünftigen Einwand, doch für Michele war es eine versteckte Frage, von der er sich wenigstens indirekt einige aufschlußreiche Antworten erhoffte. Ihm war immer noch nicht klar, welche Rolle die Arbeit in Violas Leben spielte und wie sie ihren Traum von einer Familie mit beruflichem Erfolg in Einklang bringen wollte.

Einst hatte sie ihm gestanden, daß sie davon träumte, berühmt zu werden, um ihrem Mann, dem Musiker, bei der unaufhaltsamen Gipfelerklimmung folgen zu können ... Das Schicksal hatte den kleinen Beethoven jedoch bei seinem letzten Flug mit offener Hose vom Himmel geholt.

»Michele, hörst du mir zu?«

Von Wut und Übelkeit übermannt, hatte er nicht bemerkt, daß Viola weitergesprochen hatte. »Entschuldige, da war was mit der Leitung«, log er. »Wiederholst du bitte noch einmal, was ...«

»Du hast nichts Wichtiges verpaßt.«

»Da irrst du dich. Wie wichtig ist dir deine Arbeit?«

»Du hattest mir vorhin eine andere Frage gestellt«, wandte Viola scherzhaft und erstaunt ein.

»Beantworte diese.«

»Mir gefällt, was ich tue, aber nicht so sehr, daß ich das Motto der Cassel-Frauen übernehmen würde, das da hieß: ›Mein Leben für die Keramik‹. Was deine erste Frage betrifft, so war ich gerade dabei, dir zu erklären, daß ich keineswegs jeden Tag nach Pavia fahren müßte: Was ich zum Arbeiten brauche, ist ein Zeichentisch und ein wenig Ruhe.«

»Ich dachte, du seiest für die gesamten künstlerischen Entwürfe verantwortlich ...«

»Schon vor einem Jahr habe ich das an meinen Cousin abgegeben. Natürlich kümmere ich mich weiterhin um die Entwürfe und um die Firma, aber wie alle Individualisten arbeite ich lieber für mich allein. Ohne feste Arbeitszeiten und Termine habe ich den nicht zu verachtenden Vorteil, freie Zeit zu haben, um andere Interessen zu entfalten.«

»Seit einiger Zeit haben meine Kinder und ich sie dir entzogen. Da fühle ich mich schuldig ...«

»Mich um Marta und Domenico zu kümmern und mit ihnen zusammenzusein macht mich glücklich«, fiel sie ihm ins Wort.

Sie hatte ihn aus der liebevollen Beziehung, die zwischen ihr und den Kindern entstanden war, herausgehalten. Ob sie es instinktiv oder absichtlich getan hatte, Michele konnte ihr dafür nicht böse sein. Im Gegenteil, er empfand Dankbarkeit. Wie hatte er sie mit Giovanna vergleichen können? Nach diesem Telefongespräch war er mehr als je zuvor davon überzeugt, einer außergewöhnlichen Frau begegnet zu sein. Einer geradezu einmaligen.

Ende November rief seine Mutter ihn im Büro an. Das hatte sie noch nie getan. Nach seinem Umzug nach Mailand bestand auch formal keine Beziehung mehr zwischen ihnen: In der ersten Zeit, wenn Michele geschäftlich nach Broni fahren mußte, hatte er bei ihr zu Mittag gegessen oder war zumindest zu Hause vorbeigegangen, um sie kurz zu begrüßen. Dann hatte er damit aufgehört. Seit nunmehr neun Monaten hatte sie ihre Enkel nicht mehr gesehen, doch trotz ihrer streitsüchtigen und vorwurfsvollen Art hütete sie sich, ihrem Sohn Vorwürfe zu machen. Die Angst davor, in irgendeiner Form in die Probleme mit hineingezogen oder in die Pflicht genommen zu werden, deren sie sich seinerzeit entledigt hatte, ließ sie sogar diese langanhaltende Trennung als Erleichterung empfinden.

Michele hegte keinerlei Groll gegen sie. Sie war ihm einfach gleichgültig geworden, wie eine Fremde. Ihn neun Monate lang in ihrem Bauch mit sich herumgetragen zu haben war das einzige, was sie jemals für ihn getan hatte. Das war zu wenig. Siebenunddreißig Jahre später kam ihm diese weit zurückliegende Bindung, an die er keinerlei Erinnerung hatte, wie eine kurze Reise per Anhalter vor: Eine Frau hatte ihm eine Mitfahrgelegenheit in ihrer Gebärmutter angeboten, und nachdem sie ihn abgesetzt hatte, war sie einfach weitergefahren.

Als die Sekretärin ihm sagte, seine Mutter sei in der Leitung, war er versucht, sich verleugnen zu lassen. Sie hätte jedoch entweder noch einmal angerufen oder es auf dem Handy versucht, also konnte er sich genausogut gleich anhören, was sie wollte. Da er die Art seiner Mutter, sofort auf den Punkt zu kommen, kannte, war er sicher, daß er das Problem in zwei Minuten los sein würde.

Er irrte sich nicht. »In zwei Tagen mußt du deine Kinder nach Broni bringen«, sagte sie zu ihm.

»Nach Broni? Und wieso?« Dieser Befehl überrumpelte ihn.

»Es ist Annas Todestag, und ich habe beschlossen, eine Messe lesen zu lassen.« Noch bevor ihr Sohn den Mund aufmachen konnte, erklärte sie: »Würden wir das Datum übergehen, würden die Leute wieder anfangen zu tratschen und den Skandal erneut aufkochen.«

Es lohnte sich nicht einmal, ihr eine passende Antwort zu geben. Daher beschränkte er sich darauf zu erwidern: »Ich werde das mit meinen Kindern besprechen.«

»Bring sie her und damit basta. Es ist wichtig, daß die Familie geschlossen auftritt.«

»Ich werde sie nur bringen, wenn sie es möchten. Ich lasse es dich morgen wissen.«

Bevor er die Angelegenheit mit den Kindern besprach, rief Michele Viola an, um zu hören, was sie davon hielt, die Kinder einem solch widerwärtigen Spektakel auszuliefern. Er verbarg auch nicht seinen eigenen Widerwillen gegenüber den heuchlerischen und niederen Beweggründen, die seine Mutter bewogen hatten, dieses Theater zu veranstalten.

Zu spät wurde ihm bewußt, daß Annas und Antonios Tod zu den Tabuthemen gehörte. Je länger er redete, um so distanzierter hörte Viola sich an.

»Entschuldige«, sagte er beschämt, »ich hätte diese traurigen Erinnerungen nicht wachrufen sollen.«

»Nicht bei mir mußt du dich entschuldigen!« brach es aus Viola hervor. »Du kanntest doch deine Mutter – wie konntest du deine Familie nur zwingen, mit ihr zusammenzuleben?«

»Ich weiß es nicht. Doch ich schäme mich zutiefst dafür.«

»Was wirklich beschämend ist, ist die Tatsache, daß das Gesetz gewisse Vergehen übersieht. Wenn ein Mann seine Frau nicht schlägt, seine Kinder nicht mißbraucht, ihnen durch seine ehrliche Arbeit ihren Lebensunterhalt sichert, warum sollte er dann verurteilt werden? Er ist ein untadeliger Familienvater, dem alles andere straffrei gestattet ist.«

»Straffrei? Nach dem Tod meiner Frau habe ich Zeiten durchgemacht, die schlimmer waren als das Gefängnis!«

»Hattest du nicht eine entzückende Zellengenossin?« fragte Viola sarkastisch.

»Falls du meine Beziehung zu Giovanna meinst, so war das nur ...«

»Das ist deine Sache.«

»Du hast von ihr angefangen!«

»Das war ein Fehler. Und ich glaube, es ist besser, wir hören jetzt auf, damit wir nicht noch mehr Fehler machen.«

Man könnte meinen, wir wären in die Zeiten unserer gnadenlosen Auseinandersetzungen zurückgefallen, dachte Michele und haßte sich für sein unsensibles Verhalten. Der einzige mildernde Umstand war die Liebe zu seinen Kindern. Aus Angst, sie zu verletzen, unfähig, eine solch schwierige Entscheidung zu treffen, hatte er Viola um Hilfe gebeten. Den einzigen Menschen, dem er vertraute, und dem einzigen, der ihnen Zuneigung und Interesse entgegenbrachte.

Plötzlich fiel ihm auf, daß Viola das Gespräch abgebrochen hatte, ohne das Problem des Gedenkgottesdienstes in Broni auch nur angesprochen zu haben. Wo waren ihre Einfühlsamkeit, ihre Großzügigkeit und ihre Liebe zu Marta und Domenico geblieben? Reichte so wenig, daß sie den Kopf verlor und jedes andere Gefühl erdrückt wurde?

Es ist besser, wir hören jetzt auf ... Bezog sich das auf das Gespräch oder auf die Zukunft? Es war ihm nicht klar. Doch in diesem Augenblick erschien ihm ein möglicher Bruch erträglicher, als ihre Beziehung mit dieser Überempfindlichkeit, all dem Ungesagten und der ständigen Anspannung weiterzuführen. Es war, als würde man über ein Minenfeld laufen, ohne zu wissen, wo und wann man außer Gefahr wäre. Es tat ihm leid um Marta und Domenico: Wieder einmal würden sie den Preis für die Schuld anderer zahlen müssen.

Am gleichen Abend noch, als er aus dem Büro kam, mußte er sich eines Besseren belehren lassen. Marta kam zu ihm in die Küche, als er sich gerade das Essen, das Gina für ihn vorbereitet hatte, aufwärmte, und sagte schlicht: »Viola war heute hier und hat lange mit uns geredet ... Domenico und ich haben beschlossen, mit dir nach Broni zu fahren, Papa. Aber wir wollen *niemanden* sehen. Wir werden zu Mama auf den Friedhof gehen und sofort wieder zurückfahren. Viola sagt, daß sie sich von Gina die Schlüssel geben läßt und zu Hause auf uns wartet, wenn du willst.«

XV

Der Gedenkgottesdienst sollte um zehn abgehalten werden. Anschließend sollte die Familie geschlossen zum Friedhof ziehen und dort das Trauerspiel mit einer demonstrativen Blumenniederlegung vor dem Grab fortsetzen. Alles würde durch ein trostreiches Mittagessen im Hause Barni abgerundet, zu dem alle Verwandten und Freunde geladen waren, die als Zuschauer oder als Statisten an der Vorführung mitgewirkt hatten.

In der sicheren Annahme, er hätte angerufen, um sein Kommen nach Broni zu bestätigen, hatte seine Mutter ihm diese detaillierte Voraufführung geliefert. Michele hatte daraus geschlossen, daß drei Uhr nachmittags die beste Zeit wäre, mit Marta und Domenico zum Friedhof zu fahren, um unerfreulichen Begegnungen aus dem Wege zu gehen. Er setzte lediglich seinen Vater davon in Kenntnis und war angenehm überrascht, als er ihn vor dem Eingang zum Friedhof warten sah.

Die Kinder fielen ihm um den Hals, glücklich, ihn nach so langer Zeit wiederzusehen, und seine Gegenwart war allen eine Hilfe. Luigi Barni nahm die Enkel bei der Hand, führte sie über die Wege zwischen den Grabstätten hindurch zum Grab ihrer Mutter und unterhielt sich dabei liebevoll mit ihnen.

»Wie viele Blumen«, rief Marta erstaunt aus. »Weiße Rosen mochte sie am liebsten …«

»Das wußte ich noch«, sagte der Großvater. »Und ich hoffe auch, daß dir das Foto gefällt.«

Anna sah darauf ungewohnt entspannt aus und lächelte, und Michele dankte seinem Vater im stillen, daß er dieses Bild ausgesucht hatte.

Marta nickte zustimmend. »Mir gefällt alles. Als ich das letzte Mal hier war, war nur eine Zementplatte da.«

Sie verharrten einige Minuten in Schweigen. Bevor sie gingen, wollte Domenico auf den Arm genommen werden, um der Mama ein Küßchen zu geben, und Marta berührte das Foto mit ihren Fingerspitzen, während sich ihre Augen plötzlich mit Tränen füllten. Michele legte seine Hände auf ihre Schultern, doch sie wandte sich schroff ab.

Die ganze Rückfahrt über war sie schweigsam und traurig.

Wie Michele von ganzem Herzen gehofft hatte, wartete Viola zu Hause auf sie, doch nicht einmal ihr Anblick konnte Marta aufheitern: Ein kurzer Gruß, und sie schloß sich in ihr Zimmer ein.

Michele wollte ihr hinterhergehen, doch Viola gab ihm zu verstehen, er solle sie in Ruhe lassen.

»Ich mache mir Sorgen um sie. Vorhin, auf dem Friedhof, hat sie sich plötzlich so komisch benommen, als würde sie mich hassen …«, gestand Michele bestürzt. »Ich glaube, ich sollte mit ihr reden, und versuchen, sie zu verstehen.«

»Sie würde dir jetzt nicht zuhören.«

»Ich möchte wenigstens, daß sie alles aus sich herausläßt, daß sie weint …«

»Vielleicht tut sie es gerade. Doch sie will jetzt allein sein. Kümmern wir uns lieber um Domenico.«

Der Kleine hatte den Fernseher eingeschaltet und sah sich einen Zeichentrickfilm an. Michele setzte sich zu ihm, und Viola ging in die Küche, um das Abendessen vorzubereiten. Um halb acht, als der Tisch fertig gedeckt war, sagte sie beiläufig: »Ich hole Marta.«

Sie blieb über eine halbe Stunde in ihrem Zimmer, während Domenico laut protestierte: »Ich habe Hunger, ich will nicht mehr warten, wenn Marta nicht kommt, dann fangen wir eben schon mal an …«

Schließlich gab Michele nach, von der Anspannung und den immer hartnäckigeren Protestrufen zermürbt. Sie wollten sich gerade setzen, als Viola mit Marta dazukam.

Michele bemerkte, daß seine Tochter zwar noch gerötete Augen hatte, aber einen entspannten Eindruck machte. »Entschuldige, Papa«, sagte sie, als sie sich neben ihn setzte.

Das Risotto war zu einem festen, klebrigen Klumpen geworden, und dem Backofen entstieg der unverkennbare Geruch nach verbranntem Braten.

»Und was essen wir jetzt?« beklagte Domenico sich laut.

»Gelbe Seiten«, erwiderte Viola. »Wir suchen die nächste Pizzeria heraus und lassen uns die kommen, die …«

»Genausogut können wir auch essen gehen«, schlug Michele vor. »Marta, was sagst du dazu?« Er wartete mit Herzklopfen auf ihre Antwort.

»Gute Idee.«

»Find ich auch!« pflichtete Domenico mit überraschender Begeisterung bei. »Und nach der Pizza könnten wir ins Kino gehen, so wie früher immer mit Giovanna.«

Starr vor Verlegenheit fing Michele den Blick auf, den Marta ihrem Bruder zuwarf, und versuchte vergeblich, irgend etwas zu sagen, bevor der Kleine die Situation mit einem weiteren falschen Satz noch schlimmer machte.

Viola kam ihm zuvor. »Ich muß nach Pavia zurück, hast du das vergessen?« fragte sie Domenico gespielt vorwurfsvoll.

»Du kannst doch in der Mansarde übernachten, wo Giovanna immer geschlafen hat!«

»Genug geredet!« rief Viola unbeirrt fröhlich aus. »Stirbst du nun vor Hunger, oder nicht?«

Als sie in der Pizzeria ankamen, war Domenico mürrisch, Marta wirkte still und abwesend, und Michele wurde von Müdigkeit übermannt und fühlte sich ausgepumpt und leer.

Die Erleichterung, Viola nach dem verbitterten Telefonat des Vortages wiederzusehen, der Wunsch, sich zu entschuldigen, der Vorschlag, ein offenherziges Gespräch zu führen, die Hoffnung, ihre Beziehung von Mißverständnissen und vielen unterdrückten Feindseligkeiten zu befreien – all das hatte jetzt keinen Sinn mehr. Es gab weder Worte noch Taten, die seine Vergangenheit hätten ungeschehen machen können: fünfzehn Jahre, die Viola wie die Büchse der Pandora geöffnet hatte. Darin hatte sie voller Ekel und Schrecken all das Übel dieser Welt, den Tod eingeschlossen, entdeckt.

Der Kellner brauchte eine Ewigkeit, bis er mit den Pizzen

kam, und Michele bewunderte Violas Versuche, die angespannte Stimmung, die aufgekommen war, mit Scherzen und witzigen Sprüchen aufzulockern. Ihr Einfühlungsvermögen und ihre Herzenswärme führten ihm den Verlust noch schmerzlicher vor Augen.

Langsam gingen sie nach Hause zurück, sie vorneweg, die Kinder an der Hand, er einen Schritt dahinter. Ihm war jetzt endgültig klar, wie er sich in Zukunft verhalten sollte: Er mußte sich aus dieser liebevollen Beziehung, in der er nichts als ein Störenfried war, heraushalten.

Als sie vor der Haustür angekommen waren, umarmte Viola Marta und Domenico und winkte ihm beinahe freundschaftlich zu. Sie wollte gerade in ihr Auto steigen, das sie wenige Meter weiter geparkt hatte, als Marta zu ihr lief. »Geh noch nicht«, flehte sie. »Der Tag heute war so ... so ...« Ihre Stimme kippte, und sie schluchzte.

Es war fast Mitternacht, als Viola wieder zu Michele ins Wohnzimmer kam. »Es war wirklich ein schwerer Tag für Marta, aber jetzt ist auch sie eingeschlafen ...« Sie wollte ihren Mantel nehmen, doch Michele ergriff ihren Arm und hielt sie zurück: »Du kannst um diese Uhrzeit nicht mehr fahren.«

»Es sind nur ein paar Kilometer, und es kommt oft vor, daß ich noch später nach Hause komme.«

»Wir haben ein Gästezimmer. Ich meine nicht die Mansarde, in der ...« Er unterbrach sich seufzend: »Entschuldige. Ich glaube, du hast genug von meinen Fehlern und meinen erbärmlichen Erklärungen.«

»Warum ist Giovanna gegangen?«

Mehr als die Frage selbst überraschte Michele die Natürlichkeit, mit der Viola sie gestellt hatte. »Du hast immer gewußt, daß ich eine Beziehung mit ihr hatte«, erwiderte er zögernd.

»Und auch, daß sie hier gewohnt hat.« In Violas Stimme schwangen weder Verurteilung noch Vorwurf mit, lediglich unverkennbare Ungeduld.

»Es tut mir leid«, sagte Michele und senkte den Kopf.

»Das ist keine Antwort.« Plötzlich schien die Eile, wegzufahren, verschwunden.

»Das ist eine lange Geschichte ...«, verteidigte Michele sich.

Viola zögerte kurz. »Sie interessiert mich«, sagte sie mit entwaffnender Aufrichtigkeit. Sie räumte den Mantel vom Sessel und setzte sich in der Erwartung, daß auch er es täte.

»Was soll ich dir sagen?« stieß Michele hervor. Er hatte panische Angst, daß ein falsches Wort oder eine unselige Erklärung diesen wunderbaren Augenblick der Waffenruhe zerstören könnte.

»Nur die Wahrheit. Warum ist sie gegangen?«

»Nach wenigen Wochen waren wir am Ende der ...« Michele unterbrach sich, dann sagte er in einem Atemzug: »Die Wahrheit ist, daß ich sie nicht liebte, und es konnte nicht gutgehen.«

»War das die *lange Geschichte?*« fragte Viola und lächelte schwach.

»Ich hätte sie niemals herholen dürfen. Eine Zeitlang hatte ich gehofft, sie könnte mir und den Kindern helfen, wieder ein normales Leben zu führen, doch ich habe mich geirrt. Es war einer der vielen, zu vielen Fehler, die ich begangen habe.«

Er sah sie an, in der Angst, Geringschätzung oder Sarkasmus in ihrem Gesicht zu erkennen, und er verspürte eine unermeßliche Erleichterung, als er feststellte, daß dies nicht der Fall war. »Es hat sich herausgestellt, daß Giovanna nicht die richtige Frau für mich war«, fügte er hinzu.

»Du warst lange mit ihr zusammen, bevor sie hier einzog«, warf Viola ein.

»Es war eine Beziehung, deren Grenzen von vornherein festgesetzt waren: keine Leidenschaft, keine Verantwortung, keine Verpflichtungen. Sie war die perfekte Frau für mich, denn ich war wie sie. Der einzige Unterschied bestand darin, daß ich ein Idiot war. Noch heute frage ich mich, wie ich mir Illusionen machen konnte, Giovanna hätte sich geändert. Zum Glück war da nichts, was es zu vermissen gab, als sie wegging.«

»Bis auf die ausgelassenen Abende mit Pizza und Kino«, erwiderte Viola.

Ein gutgemeinter Scherz, der Michele die Angst nahm und ihm den Mut gab, aufrichtig weiterzuerzählen. »Giovanna ist in unsere Mansarde gezogen, in der Annahme, es handele sich um eine Art Schiff, mit dem man auf eine amüsante Kreuzfahrt gehen könnte. Es mußten keine Tagesabläufe, keine Pflichten und keine Regeln respektiert werden. Marta und Domenico waren ein Zeitvertreib für sie. Sie ist jedoch zu einem günstigen Zeitpunkt von Bord gegangen, genau dann nämlich, als die beiden es allmählich merkten und sie zu hassen begannen.«

Viola sah ihm in die Augen. »Marta hat mir viel von ihr erzählt. Sie hat sie vom ersten Augenblick an gehaßt, sie hat es dir jedoch verschwiegen, aus Angst, du könntest sie nach Broni zurückschicken. Sie dachte, du seiest in sie verliebt ...«

»Das ist nicht wahr! Bevor ich dich kennengelernt habe, habe ich nie jemanden geliebt, vielleicht nicht einmal ...« Erschrocken hielt er inne. »Entschuldige, ich hätte dir das nicht sagen dürfen.«

»Ich hatte es dir doch schon gesagt.« Sie wandte den Blick von ihm ab. »Ich bin dir dankbar, daß du mich nie daran erinnert hast.«

Ihre Worte schnürten ihm die Kehle zu. »Ich hätte dich lediglich an einen Moment der Schwäche erinnert ... des Mitleids ...«

»Durch dein Schweigen hast du mich gezwungen, mich selbst zu befragen und allein alle Antworten zu finden, die ich suchte. Ich habe die ganze Zeit nur an dich gedacht.« Sie sah ihn wieder an, und in ihren Augen blitzte ein Lächeln auf.

Es war ein seltsames Lächeln, selbstvergessen und vage wie das einer Mutter, die nicht weiß, was sie auf die eigensinnige Forderung ihres Kindes erwidern soll.

Michele verlor sich darin und wartete mit angehaltenem Atem darauf, daß sie fortfuhr. Doch Viola sagte nichts mehr. Der dringende Wunsch, mehr zu erfahren, ermutigte ihn. »Warum hast du an mich gedacht? Was wolltest du wissen?«

»Ich wußte bereits alles«, verbesserte sie ihn. »Und nichts von alledem, was du getan hast, gefiel mir: Ich haßte dein Benehmen, ich verurteilte deine Entscheidungen, ich war entsetzt über deinen Egoismus.«

»War es so schwer, zu dieser Wahrheit zu gelangen?« fragte Michele bitter.

»Du warst der schlimmste Mann, den ich je kennengelernt hatte, und trotzdem liebte ich dich wie keinen anderen zuvor. *Das* war schwer zu begreifen.«

»Und hast du es …«

»Ja, ich habe es begriffen. Ich habe dir den Prozeß vor dem Berufungsgericht gemacht, wie ein voreingenommener und feindseliger Richter, der gezwungen wird, ein Urteil zu revidieren, das er gefällt hat. Zum Schluß mußte ich dich freisprechen. Es war ein schmerzlicher Prozeß, voller Geister. Anna, Antonio, meine eigene Vergangenheit … Wie viele Jahre habe ich vergeudet, in denen ich versuchte, einen Mann glücklich zu machen, der nur unglücklich sein wollte? Was am meisten weh tat, war die Einsicht, daß es nicht Liebe war, was ich fühlte, sondern die leidenschaftliche Weigerung, eine Niederlage zu erleiden. Je mehr er mich von sich wegstieß, um so stärker beharrte ich darauf, ihn an mich zu binden.«

Erschöpft hielt sie inne, doch Michele begriff, daß sie weder getröstet noch unterbrochen werden wollte. Sie wollte nur Luft schnappen, um dann alles loszuwerden. So wartete er schweigend.

»Eben hast du gesagt, du hättest niemanden geliebt, bevor du mir begegnet bist. Genau das gleiche ist mir passiert. Doch anstatt mich diesem Gefühl freudig hinzugeben, habe ich alles getan, um es zurückzuweisen und zu bekämpfen. Je wertvoller du mir erschienst, um so mehr nährte ich meinen Groll. Je stärker meine Liebe wurde, um so mehr stieß ich dich weg. Es war, als würde ich meine Beziehung zu Antonio noch einmal durchleben – nur mit ins Gegenteil verkehrten Rollen. Auf grausame Weise habe ich versucht, einen Mann unglücklich zu machen, der nur glücklich sein wollte. Am Ende des Prozesses stehe ich als die wahre Schuldige da. Das ist alles«, schloß sie eilig mit einem tiefen Seufzer.

In einer Aufwallung von Liebe und Schmerz streckte Michele eine Hand nach ihr aus, zog sie jedoch sofort wieder zurück. Er war gelähmt vor Angst, sie zu enttäuschen, sie zu verletzen, verlassen zu werden, gelähmt von der Gewißheit, daß all das früher oder später eintreffen und ihm das Herz brechen würde. Er war nicht der wunderbare Mann, für den sie ihn jetzt hielt und den sie verdiente.

Er merkte, wie sie darauf wartete, daß er etwas sagte, und die Liebe, die er in ihren Augen las, wühlte ihn auf. »Ich kann dir nichts bieten, Viola. Außer einem Haufen Probleme und zwei Kindern, die nicht deine sind«, stöhnte er auf.

»Na, wenn das keine Überraschung ist. Wie konnte ich das übersehen?«

Machte sie sich lustig? Michele sah sie ungläubig an. »Ich meine es ernst …«

»Man könnte meinen, das Gegenteil sei der Fall. Du redest von deinen Problemen und deinen Kindern, als wären es weiße Kaninchen, die du geschickt aus einem Zylinder gezaubert hättest! Ich erlebe es doch seit Monaten mit. Meinst du nicht, ich sei ausreichend erprobt und vertrauenswürdig?«

»Du wolltest ein Kind, eine Familie. Und ich kann nicht ...«

»Du kannst mir eine fertige bieten. Vielleicht eine etwas chaotische, aber auch das ist keine Überraschung. Ich bin verrückt nach euch, und ich bitte dich nur um einen Vertrauensbeweis. Soll ich mich hinknien?«

»Viola, ich habe Angst.«

»Ja oder nein?«

XVI

Alles entschied sich in jener Nacht. Bis zum Morgengrauen hatten Viola und Michele einander gegenübergesessen, ohne sich auch nur zu berühren, und geredet. Der Wunsch, einander kennenzulernen, war noch stärker als das körperliche Verlangen, dessen Erfüllung sie später zu einer weitaus tieferen Vertrautheit führen sollte.

Zum erstenmal hatten sie sich wie zwei Individuen gefühlt und nicht wie zwei verwitwete Menschen, die durch einen sonderbaren Zufall zusammengeführt worden waren. Abgesehen von Anna und Antonio gab es in ihrer beider Leben Erinnerungen, Gefühle, Episoden, Träume und Geheimnisse, die sie einander anvertrauten, wobei sie zugleich voller Leidenschaft der körperlichen Liebe entsagten.

Um fünf Uhr morgens waren sie schlafen gegangen. Michele hatte sich neben Viola ausgestreckt und einen Arm um ihre Schultern gelegt. »Ich möchte dich heiraten. Sofort.«

»Wo ist das Problem?«

»Zunächst müssen wir uns eine neue Wohnung suchen.«

»Was stimmt mit dieser nicht? Ich finde sie geräumig und bequem. Und sie hat eine Mansarde, die ideal für meine Arbeit ist.«

»Es hat eine andere Frau darin gewohnt.«

»Willst du sie zu einem Museum umbauen? Eine Steinplatte mit der Aufschrift: ›Hier hat Giovanna geschlafen‹ anbringen, als wäre sie Garibaldi?«

»Wer ist denn Giovanna?« lachte Michele erleichtert.

»Eben: niemand. Und es ergäbe keinen Sinn, unsere Hochzeit wegen einer Dame zu verschieben, an die sich offenbar niemand mehr erinnert.«

»Dein Sinn fürs Praktische ist überwältigend ...«

»Gibt es noch andere Probleme?«

»Meine Mutter.«

»Willst du einen Killer engagieren?«

Micheles Gesicht verfinsterte sich. »Ich will sie auf ein Treffen mit dir und auf die Nachricht von unserer Heirat vorbereiten. Sie bringt es sonst noch fertig, uns das Leben schwerzumachen.«

»Weil ich Antonio Vasiles Witwe bin?« Auch sie war jetzt nachdenklich.

Michele wagte nicht zu widersprechen. »Egozentrisch wie sie ist, wird sie glauben, daß ich beschlossen habe, dich zu heiraten, nur um sie zu ärgern oder sie einem neuerlichen Skandal auszusetzen.«

»Es wird sicher Klatsch und Tratsch geben.«

»Ich pfeife darauf!«

»Deine Mutter kann das aber nicht, denn sie lebt in einem Dorf und nicht in einer vorurteilsfreien Großstadt ... Laß mich mit ihr reden.«

»Niemals. Das ist mein Problem.«

»Dann solltest du es sofort angehen. Gibt es noch weitere Probleme?«

»Marta. Jetzt vergöttert sie dich, aber wird sie akzeptieren, daß ...«

»Das wiederum ist meine Sache, wenn du erlaubst. Ich würde deinen Kindern gern sagen, daß wir heiraten, und ich vermute, daß sie die Nachricht problemlos aufnehmen werden. Sie werden sich sogar freuen. Ein reicher und attraktiver Mann wie ihr Vater hätte in die Fänge einer weitaus durchtriebeneren Frau geraten können!«

»Bin ich wirklich *attraktiv*?«

»Du könntest als der häßliche, gutherzige Bruder von Antonio Banderas durchgehen«, zog sie ihn auf.

Viola hatte sich nicht geirrt. Marta und Domenico zeigten, wenn auch auf verschiedene Weise, ihre Begeisterung über die Neuigkeit. Nicht nur weil ihr Vater sich die einzige Frau ausgesucht hatte, die sie liebten und der sie vertrauten, sondern auch weil Viola durch diese Heirat zu einem festen und endgültigen Bestandteil ihres Lebens werden sollte.

Michele nutzte seine nächste Fahrt nach Broni, um seinen Vater darüber in Kenntnis zu setzen. Noch bevor dieser sich freuen konnte, erklärte er ihm, wer Viola war, und schilderte ihm knapp die Zufälle und Umstände, die ihn mit der Witwe von Annas Liebhaber zusammengebracht hatten.

Wie gehofft, zeigte sein Vater sich verständnisvoll und solidarisch. Dennoch machte er keinen Hehl daraus, daß er die Reaktion seiner Frau fürchtete. »Wenn du dir die Wochen vorher und den Hochzeitstag selbst nicht verderben willst, sag es ihr erst später und erklär ihr, daß es sich um eine Feier im kleinsten Kreise handelt, an der lediglich die Trauzeugen und deine Kinder teilnehmen werden«, schlug Luigi Barni seinem Sohn vor.

Genau das hatten er und Viola ohnehin geplant. Sie wollten standesamtlich in Mailand heiraten und nach der Feier mit den Kindern direkt zum Flughafen fahren und den ersten Flieger nach Rom nehmen.

Durch die Gespräche mit Marta und Domenico war Viola klargeworden, wie eingeengt das Leben der beiden gewesen war: Sie hatten Broni immer nur in den Sommerferien für drei Wochen verlassen, und bis auf einige Ferienorte am Meer oder in den Bergen kannten sie nur ihr Dorf.

Dieser Umstand hatte sie dazu bewogen, die Hauptstadt als Ziel ihrer Hochzeitsreise auszuwählen und sich Michele zu widersetzen, der lieber auf die Malediven geflogen wäre.

»Nach zwei Tagen Sonne und Meer würden die Kinder vor Langeweile sterben. Ich glaube, für sie ist es viel lehrreicher und spannender, sich Rom anzusehen. Außer den Sehenswürdigkeiten gibt es jede Menge Trattorien, Geschäfte, Kinos und Theater.«

Die Trauung wurde auf den dritten Februar festgesetzt. Als sie überlegten, wer die Trauzeugen sein sollten, machte Viola eine weitere bittere Entdeckung: Michele hatte nicht einen Freund.

»Ich hatte noch nie ein besonders ausgeprägtes Gesellschaftsleben«, rechtfertigte er sich.

Eine indirekte Bestätigung dafür bekam Viola, als sie mit Ginas Hilfe begann, ihre eigenen Sachen in den Schränken unterzubringen. Es gab weder ein elegantes Service noch große Schüsseln, kein schönes Besteck und auch keine Tischdecken, sondern nur ein paar Tassen und Teller für den täglichen Gebrauch.

Sie dachte, Michele hätte alles in dem Haus in Broni zurückgelassen, doch Marta belehrte sie eines Besseren. Als sie ihr zusah, wie sie das Geschirr und die Tischwäsche, die sie von zu Hause mitgebracht hatte, in die Schränke und Schubladen einräumte, bemerkte das Mädchen: »Das sieht aus wie bei Großmutter. Sie nannte uns ›die Wilden‹, weil wir kein so schönes Geschirr hatten wie sie und oft Pappteller benutzt haben ...«.

»Die sind ja auch sehr praktisch«, lächelte Viola.

»Das hat meine Mutter auch gesagt. Aber Großmutter hatte an allem etwas auszusetzen.«

»Wetten, sie findet auch an mir was auszusetzen?«

»Wieso sollte sie? Du bist einfach *perfekt*!« erwiderte Marta, und ihr Gesicht hellte sich auf.

In den beiden Wochen nach der Entscheidung zu heiraten verbrachte Viola des öfteren eine Nacht bei Michele und den Kindern im Gästezimmer, wies jedoch mit der Hartnäckigkeit einer Jungfrau sowohl den Vorschlag zurück, in Micheles Bett zu wechseln, als auch den, ihm die Tür zu öffnen, nachdem die Kinder schlafen gegangen waren.

»Was bliebe von meinem Bild als *perfekte* Frau übrig, wenn sie mich durch Zufall vor der Heirat in einer ungebührlichen Situation antreffen würden?« verteidigte sie sich scherzhaft.

»Wir könnten sexuell inkompatibel sein«, erwiderte Michele im gleichen Tonfall. »Wäre es nicht eine Katastrophe, das erst nach der Heirat festzustellen?«

Auch wenn sie die zwangsweise Abstinenz durch Raufereien überspielten, so war sie für beide eine Belastung. Flüchtige Umarmungen und gestohlene Küsse ließen ihr körperliches Verlangen und ihren Frust nur noch größer werden.

Viola hatte beschlossen, die Wohnung in Pavia samt allen Möbeln zu verkaufen, und Michele fuhr oft mit ihr hin, um ihr zu helfen, die Gegenstände, die sie sich gekauft hatte oder die dem Familienbesitz entstammten, in seine Wohnung zu transportieren. Doch allein der Gedanke, sie in der Wohnung, in der sie mit Antonio zusammengelebt hatte, in die Arme zu nehmen, lähmte ihn. Wie zwei verliebte Teenager hatten sie keinen Ort, an dem sie in ungestörter Zweisamkeit ihre ersten Liebeserfahrungen hätten machen können, dachte Michele eines Abends auf der Rückfahrt von Pavia.

Als er seine Gedanken Viola gegenüber halb scherzhaft, halb ernst äußerte, machte sie ihre Witze darüber. »Das wahre Problem ist, daß du aus dem Alter raus bist, in dem man einen romantischen Feldweg oder die gemütliche Rückbank eines Autos zu schätzen weiß!«

»Weißt du, warum ich verrückt nach dir bin?« fragte Michele und sah sie bewundernd an.

»Weil du es nicht schaffst, mich zu besitzen. Das ist eine weise weibliche Strategie, um …«

»Du bist der einzige Mensch, mit dem ich *Spaß* habe. Ich kann mich nicht daran erinnern, in den letzten fünfzehn Jahren auch nur einmal so ausgelassen gelacht zu haben. Und jetzt genügt es mir schon, dich zu sehen, damit es mir gutgeht. Ich liebe deine Heiterkeit, deinen Optimismus, deine Fähigkeit, jedes Problem zu entschärfen. Was wäre aus mir geworden, wenn ich dich nicht kennengelernt hätte?«

Viola sah ihn ernst an. »Ich frage mich oft das gleiche. Ich hatte aufgehört zu lachen, lange bevor ich Witwe geworden bin, und du hast mich mein wahres Naturell wiederentdecken lassen. Jahrelang habe ich mich ganz und gar auf Antonio konzentriert und jegliches Interesse an mir selbst verloren. Das ging so weit, daß ich nicht einmal gemerkt habe, daß ich unglücklich war. Jetzt *liebe ich mich*. Ich liebe mich, wenn du lachst, wenn du mich ansiehst, wenn du zu mir sprichst, weil ich merke, daß ich fähig bin, dir die gleiche Freude zu schenken, wie du sie mir schenkst. Das gibt mir das Gefühl, wichtig zu sein und daß ich es verdiene, mich selbst zu schätzen. Verstehst du, was ich sagen will?«

»Jedes Wort. Viola, ich habe so ein Verlangen, dich zu umarmen, daß es weh tut …«

»Schaffst du es noch bis zum nächsten Hotel?«

»Hotel?«

»Wie es aussieht, gibt es doch noch Dinge, die du nicht verstehst!«

»Ich wage nicht einmal daran zu denken, daß du mir hier einen unanständigen Antrag machst ...«

»Genau das.« Noch bevor Michele etwas einwenden konnte, rief Viola Gina vom Handy aus an und fragte sie, ob sie über Nacht bei Marta und Domenico bleiben könne. Nachdem Gina zugestimmt hatte, bat sie, mit den beiden sprechen zu dürfen. Sie erklärte Marta, daß ihr Vater am Abend ein Geschäftsessen hätte und erst am nächsten Tag käme, und ermahnte Domenico, brav zu sein und früh zu Bett zu gehen.

»Alles geregelt«, sagte Viola und legte das Handy weg. »Ich hoffe, daß du mich nach der Entdeckung, daß ich eine verruchte Frau bin, trotzdem heiratest.«

Sie verbrachten ihre erste Liebesnacht im fünften Stock eines nagelneuen Hotels vor den Toren Mailands. Das Zimmer war genauso steril und unpersönlich eingerichtet wie eine Luxusklinik.

Micheles Unbehagen wurde von Violas bühnenreifem Schmerzensschrei verdrängt: »Oooooh, mein Goooott! Eine Übernachtung hier kostet sechshunderttausend Lire, ohne Frühstück. Laß sie uns bis zur letzten Lira auskosten ...«

Nachdem sie überall Licht gemacht hatte, begann sie sich mit der Natürlichkeit eines Kindes auszuziehen, das sich für die Nacht fertig macht, und Michele betrachtete sie eine Weile verzaubert. Dann zog auch er sich aus und war erstaunt darüber, daß er es genauso natürlich und ohne Scham tat.

Als sie beide nackt waren, nahm Viola ihn bei der Hand und führte ihn zum Bad. »Ich habe noch nie mit einem Mann geduscht«, sagte sie ernst. »In den Filmen scheint es das Vorspiel zu wahnsinniger Erotik zu sein, und jetzt möchte ich es am eigenen Leib erfahren ...«

Michele wollte gerade das Wasser aufdrehen, als Viola ausrief: »Warte, es fehlt noch etwas!« Sie ging zu dem glänzenden Waschbecken und holte aus einem bis zum Rand gefüllten Körbchen zwei Fläschchen mit Badeschaum. Sie reichte ihm eins. »Du seifst mich ein, und ich seife dich ein.«

Sie nahm das Spiel sehr ernst und rieb ihn gewissenhaft von Kopf bis Fuß ein, während sie ihm seine scheue Zurückhaltung vorwarf. Schließlich, als beide Fläschchen leer waren, drehte sie das Wasser auf.

Aufgeregt und ungeduldig schlang er seine Arme um Viola und zog sie an sich. Innerhalb kürzester Zeit ertranken sie in einem Meer aus dichtem, klebrigem Schaum, der von ihren Körpern auf den Boden der Duschkabine hinabglitt und ihr Gleichgewicht ernsthaft bedrohte.

Viola brach in Gelächter aus. »Das ist alles andere als erotisch! Das ist das Vorspiel zu höchster Akrobatik.«

»Jetzt wäschst du mich ab, und ich wasche dich ab«, ahmte Michele sie nach.

Sie stützten einander, um nicht auszurutschen, und blieben mehr als fünf Minuten unter dem Wasser stehen, während sie einander halfen, die klebrige, zähflüssige Schicht von ihren Körpern zu entfernen. Je mehr sie jedoch rieben, desto mehr schäumte es.

Viola lachte wieder auf: »Es kommt mir vor, als wären wir die Hauptdarsteller in einem Science-fiction-Film, die Opfer einer aggressiven und unaufhaltsamen Substanz geworden sind.«

»Dann bleibt uns nichts anderes übrig, als im Bett Zuflucht zu suchen.«

»Und wer garantiert uns, daß wir keinen Alien unter der Matratze finden? Vielleicht versteht sich der hohe Übernachtungspreis inklusive Horror und Action!«

Als sie jedoch nebeneinander im Bett lagen, wurden sie plötzlich still und ernst. Ihnen war bewußt, das dies der wichtigste Augenblick in ihrem Leben war, und sie waren überwältigt von einer einschüchternd feierlichen Stimmung.

Michele hörte sein Herz laut schlagen, als er langsam nach Violas Hand griff und sie drückte. Sie erwiderte den Druck. Ich liebe dich, wollte er sagen. Es war jedoch zu wenig. Es schien ihm unmöglich, daß jemand eine Frau jemals so geliebt haben könnte, doch er fand keine anderen Worte, um das auszudrücken.

Er wandte sich zu ihr, um sie anzusehen. Auch sie sah ihn an, und in ihrem liebevollen Blick entdeckte er wie in einem Spiegel seine eigene verzehrende und unaussprechliche Liebe.

Die Angst, sie zu verlieren, nahm ihm den Atem. Er drückte sie an sich, in dem brennenden Wunsch, sie zu nehmen, zu halten, eins mit ihr zu werden. Er spürte Violas Körper an seinem, und als er in sie eindrang, suchte er nach ihrem Blick, um sie an dem, was er fühlte, teilhaben zu lassen.

Er sah sie unentwegt an, und die Gewißheit, daß Viola in diesem Augenblick jede seiner Empfindungen teilte, steigerte sein Verlangen noch. Ihre Augen drückten Freude aus, Hingabe, Zärtlichkeit, Leidenschaft. Als sie den Höhepunkt erreichten, war es ein Feuerwerk vollkommenen Glückes.

Sie blieben still liegen, eng aneinandergeschmiegt, sich des Wunders, das gerade geschehen war, vollauf bewußt: Sie waren eins geworden. Sie gehörten einander für immer.

»Ich liebe dich«, flüsterte Michele.

»Ich liebe dich«, wiederholte Viola.

Nur für die anderen waren diese Worte zu wenig. Sie brauchten keine anderen Worte, und vielleicht gar keine Worte, um einander mitzuteilen, was sie fühlten.

Der telefonische Weckdienst klingelte um acht. »Endlich habe ich begriffen, was *Liebesnacht* wirklich bedeutet«, sagte Viola und nahm den Hörer ab. Erst drei Stunden zuvor waren sie erschöpft eingeschlafen. Sie wollte aufstehen, doch Michele hielt sie am Arm fest. »Komm her.«

»O nein ... *Schon wieder*?«

»Hast du noch nie etwas von *Liebeserwachen* gehört?«

Eine Stunde später, als sie das Zimmer verließen, bemerkte Viola: »Es ist ein bißchen teuer, aber man kann wirklich nicht behaupten, wir wären nicht auf unsere Kosten gekommen ...«

XVII

Angela Barni reagierte erbost und beleidigt auf die Nachricht, daß Michele und die Kinder die Weihnachtsferien in Mailand verbringen würden, anstatt an den Feierlichkeiten und den Weihnachtsessen in Broni teilzunehmen. Michele ließ sie wettern und verzichtete darauf, ihr die Gründe dafür zu erklären. Es genügte ihm, daß sein Vater sie verstanden hatte.

Martas und Domenicos Erleichterung schlug in Glück um, als Viola ihnen verkündete, daß sie die Feiertage über bei ihnen zu Hause bleiben würde. Kaum war sie angekommen, da bezog sie die Kinder in die Weihnachtsvorbereitungen mit ein: Sie schmückten zusammen den Baum, stellten die Krippe auf, dekorierten die Wohnung mit Girlanden.

Einer von Domenicos Schulkameraden eröffnete ihm, daß es den Weihnachtsmann gar nicht gäbe. Der Kleine kam enttäuscht nach Hause, doch Viola tröstete ihn sogleich. »Der Weihnachtsmann ist eine Gestalt aus einem wunderschönen Märchen, das die Eltern ihren kleinen Kindern erzählen. Doch die Wirklichkeit ist noch viel schöner: In der Weihnachtsnacht tauschen die Menschen, die sich liebhaben, unter dem Tannenbaum Geschenke miteinander aus. In jedem Päckchen steckt eine Überraschung. Jetzt, wo du groß bist, bleibst du mit uns auf, und wir werden unsere Päckchen gemeinsam auspacken.«

»Kann ich auch eine Überraschung für euch machen?«

»Natürlich!«

Der Junge dachte kurz nach. »Gilt das auch, wenn ich eine für alle zusammen mache?«

»Du kannst tun, was immer du möchtest.«

Diese gemeinsamen, unbeschwerten Festtage, gut einen Monat vor der Hochzeit, waren für alle eine Art Generalprobe für das Leben, das sie erwartete. Domenicos Überraschung war die symbolische Bestätigung dafür, daß sie bereit waren, dieses Leben zu beginnen – jeder in seiner eigenen Rolle.

Der Junge überreichte seinem Vater das Geschenk »für alle« und wartete zitternd vor Erwartung, daß er es aufmachte. Es war ein kunterbunt bemaltes Zeichenblatt, das er auf ein Stück Pappe aufgeklebt hatte. Es stellte zwei Erwachsene und zwei Kinder vor dem Hintergrund einer großen Sonne dar. In Großbuchstaben stand unter jeder Figur, um wen es sich handelte: PAPA, ICH, MARTA, MAMA. Die flammendroten Haare von »Mama« waren ein eindeutiger Hinweis auf Viola.

Michele verlor sich, zu Tränen gerührt, in dem Bild, und reichte es dann an Viola weiter. »Gefällt es euch nicht?« fragte Domenico, beunruhigt durch das eingetretene Schweigen.

Viola räusperte sich. »Doch. Und auch der Rahmen ist sehr schön …«

»Gina hat die vier Hölzer aus einer Apfelsinenkiste zugeschnitten, und Marta hat sie mit Kleber und Nägeln verbunden. Aber ich habe ihn angemalt, mit den Ölfarben aus den kleinen Tuben.«

Viola drückte ihn an sich. »Tut mir leid für die anderen, aber das werde ich in der Mansarde über meinem Zeichentisch aufhängen«, entschied sie.

Auch für sie waren es die ersten Weihnachtsferien, die sie ohne ihre Familie verbrachte, und sie hatte einen kurzen Besuch zu Hause genutzt, um ihre Eltern von der nunmehr in Kürze bevorstehenden Hochzeit in Kenntnis zu setzen. Erst am Morgen des einunddreißigsten Dezember erfuhr Michele, daß sie Sylvester bei den Federicis feiern würden.

»Meine Eltern wollten dich und die Kinder unbedingt kennenlernen«, erklärte Viola, »und das schien mir die ideale Gelegenheit, um euch einander vorzustellen.«

»Warum hast du es mir nicht früher gesagt? Ich hätte mich vorbereiten können.«

»Es ist eine Feier, keine Prüfung! Und Marta und Domenico können etwas Abwechslung gebrauchen.«

Michele gab sich Mühe, seine Enttäuschung zu verbergen. Er hätte den Abend lieber zu Hause verbracht, sie vier allein, in einer heiteren, vertrauten und familiären Stimmung, die seine Kinder bisher nicht kannten. Das war es, was sie brauchten, und nicht Abwechslung.

Doch wieder einmal mußte er sich eines Besseren belehren lassen. Die Federicis hatten die engsten Verwandten und Freunde versammelt, und es waren viele Kinder in Martas und Domenicos Alter da. Für sie hatte Violas Mutter einen Kindertisch in einem ans Wohnzimmer grenzenden Raum gedeckt.

Kurze Zeit später, als er einen Blick durch die Tür warf, stellte Michele fest, daß seine Kinder sich bereits mit den neuen Freunden bekannt gemacht hatten: Sie hatten sich in zwei Gruppen aufgeteilt und waren in ein Frage-und-Antwort-Spiel vertieft, das er nicht kannte, das ihnen aber offenbar riesigen Spaß machte.

Nach seinem anfänglichen Unbehagen entspannte Michele sich und fühlte sich wohl. Und er begriff, warum Viola gerade diesen Abend ausgesucht hatte, um ihn ihren Eltern vorzustellen: Die Gegenwart so vieler Personen erlaubte es, einander ein wenig kennenzulernen, ohne jedoch gezwungen zu sein, Rede und Antwort zu stehen. Vor allem aber ersparte sie ihm das Unbehagen, im Zentrum des allgemeinen Interesses zu stehen.

Viola beachtete ihn kaum. Er hatte sie noch nie in ihrer vertrauten Umgebung gesehen, und erstmals wurde ihm bewußt, wie viele Freunde sie hatte. Seine zukünftigen Schwiegereltern waren außerordentlich sympathische und zurückhaltende Menschen.

Erst am Ende des Abends, als er bereits das Gefühl hatte, Teil dieser großen Familie geworden zu sein, sprach Violas Mutter die Hochzeit an. »Die Brautleute wünschen eine so intime Feier, daß sie sogar die Eltern ausschließen«, verkündete sie. »Es möge daher niemand beleidigt sein, daß er keine Benachrichtigung oder Einladung bekommt. Damit meine ich vor allem dich, Tante Paola. Ich hoffe, du wirst deine einzige Urenkelin nicht deswegen enterben wollen!« schloß sie mit dem gleichen vertrauten Lachen, das er von ihrer Tochter kannte.

Tante Paola war die reiche, verwitwete Tante, die viel Zeit und Geld in die ehrenamtliche Organisation gesteckt hatte. Michele, der rechts von ihr saß, stellte erleichtert fest, daß auch sie lachte. Er war seiner zukünftigen Schwiegermutter dankbar für die Natürlichkeit und den passend gewählten Augenblick, von ihrer Heirat zu sprechen. Nachdem er die Verwandten und Freunde der Federicis kennengelernt hatte, schien es ihm unmöglich, ja geradezu ungerecht, sie nicht einzuladen.

Einige Minuten vor Mitternacht schlossen die Kinder sich den Erwachsenen an, um auf das neue Jahr anzustoßen. Viola vergaß plötzlich ihre Freunde, nahm Marta und Domenico an der Hand und kam auf Michele zu. »Wir werden ein wunderschönes Jahr haben«, flüsterte sie. Trotz der Menschen, die sie umgaben, hatten sie in dem Augenblick, in dem Wünsche und Umarmungen ausgetauscht wurden, das Gefühl, allein zu sein, und waren glücklich. Wir sind eine Familie, dachte Michele. Wir vier und Schluß. Wir brauchen niemand anderen, und niemand anders außer uns zählt.

Am Ende der Ferien mußte Viola nach Pavia zurückfahren, um mit ihrem Cousin eine Kollektion von Lampenschirmen abzustimmen, die die Deutschen angefordert hatten. Darüber hinaus hatte die mit dem Verkauf ihrer Wohnung beauftragte Agentur einen Käufer gefunden, der jedoch sofort darüber verfügen wollte. Viola war gezwungen, die Zimmer in großer Eile zu räumen, und beschloß, die wertvollen Möbel bei einem Antiquar unterzustellen und den Rest den ehrenamtlichen Helfern der Organisation zu überlassen, Antonios Kleidung und die damaligen Hochzeitsgeschenke eingeschlossen.

Sie beschränkte sich darauf, die wenigen Familienstücke zu behalten, die sie noch nicht in die neue Wohnung gebracht hatte. Dennoch brauchte sie noch viele Stunden, um zu sortieren und einzupacken: Da sie tagsüber keine Zeit dazu hatte, machte sie es abends, wenn sie von der Arbeit kam. Micheles Hilfe schlug sie aus: Sie war dabei, alles Materielle, was von ihrem alten Leben noch übriggeblieben war, hinter sich zu lassen, und Michele mit einzubeziehen kam ihr vor, als würde es die Zukunft trüben, die vor ihnen lag.

Marta und Domenico, die sich nunmehr an ihre Gegenwart gewöhnt hatten, streiften unruhig durch die Wohnung und warteten voller Ungeduld auf ihre seltenen Besuche. Sie beruhigten sich erst, als zwei Angestellte der Firma Henri-Cassel-Keramik mit einem Transporter vorfuhren und den Zeichentisch, die Staffeleien, den Computer und Violas übrige Arbeitsutensilien in die Mansarde brachten: Das war ein klares Zeichen dafür, daß die notgedrungene Trennung bald vorüber sein würde.

Es waren noch zehn Tage bis zur Hochzeit, als Luigi Barni Michele während eines Telefongespräches mit dem Problem konfrontierte, das er offenbar verdrängt oder unterschätzt hatte. »Es ist an der Zeit, deine Mutter zu benachrichtigen und ihr zu erklären, wer Viola ist, mein Sohn.«

»Das hat noch Zeit.«

»Leider nein. Wenn du es im letzten Augenblick tust, würdest du bei ihr den Eindruck erwecken, daß du dich deiner Frau schämst oder Angst vor der Reaktion deiner Mutter hast.«

»Was meine Mutter zu meiner Heirat sagt oder darüber denkt, ist mir egal.«

»Dann kannst du es genausogut sofort erledigen.«

»Also gut. Übermorgen muß ich sowieso nach Broni, und ich werde zu Hause vorbeikommen, um mit ihr zu reden.«

Am gleichen Abend rief sein Vater ihn jedoch noch einmal an, um ihm voller bitterer Ironie mitzuteilen, daß seine Frau bereits alles wußte und es zum Eklat gekommen war.

Am Spätnachmittag war der neue Vertreter aus Pavia, Pietro Grassi, ins Büro gekommen, um die Bestellungen für den laufenden Monat auszuliefern und eine Provisionserhöhung zu unterzeichnen. Am Ende des Treffens hatte Luigi Barni ihn auf einen Aperitif nach Hause eingeladen, ohne zu wissen, daß die Eltern des jungen Mannes mit einer von Violas Verwandten befreundet waren. Es kam, wie es kommen mußte: Während der Unterhaltung mit Micheles Eltern hatte Pietro Grassi ihnen zu der Heirat ihres Sohnes gratuliert und dabei die eigene Wertschätzung für die Braut zum Ausdruck gebracht, die er zwar nicht persönlich kannte, von der er jedoch nur Gutes gehört hatte.

Da er offenkundig die heiklen Umstände von Annas und Antonios Tod nicht kannte, war der junge Mann mit seiner unbefangenen, gesprächigen Art in die Falle gestolpert, die

Signora Barni ihm stellte, indem sie ihn in beiläufigem Plauderton über Viola ausfragte.

»Ich kann mir ihre Reaktion ausmalen«, bemerkte Michele am Ende des Berichtes.

»Sie liegt im Bett, von deinen Tanten liebevoll umsorgt. Zwei Beruhigungstabletten haben nicht gereicht, um ihre rasende Wut zu besänftigen, und so, wie die Dinge jetzt stehen, rate ich dir davon ab, herzukommen und mit ihr zu reden«, schloß Luigi Barni verbittert.

Viola und Michele heirateten am dritten Februar. Der Brief mit dem anklagenden Gefasel, den Angela Barni ihrem Sohn schrieb, konnte das perfekte Glück dieses Tages ebensowenig trüben wie die Abwesenheit von Verwandten und Freunden oder die unpersönliche und schnelle Trauungszeremonie. Als sie aus dem Palazzo Marino kamen, gaben sie den Trauzeugen, Violas Cousin Carlo und einer ihrer Freundinnen, einen aus, und gleich danach brachen sie nach Rom auf.

Viola hatte zwei Suiten im Hotel Regina Baglioni in der Via Veneto reserviert, und Michele war erstaunt über die Herzlichkeit, mit der sie empfangen wurde. Sie kannte das gesamte Hotelpersonal, und alle kannten sie.

»Mein Urgroßvater hat es entdeckt, als er das erste Mal nach Rom kam«, erklärte Viola, »und seitdem ist es das Familienhotel geworden. Hier fühle ich mich wie zu Hause.«

Sie blieben zehn Tage. Viola wachte um acht Uhr morgens auf und weckte die Kinder. Um neun begannen sie, die Stadt zu erkunden. Sie besichtigten Denkmäler, Kirchen, Plätze, Straßen, Villen und Parks. Abends brachte Viola sie zum Essen in typisch römische Trattorien. Ihre Energie schien unerschöpflich, ebenso wie Martas und Domenicos Begeisterung.

»Wie schaffst du es bloß, aufzustehen?« wimmerte Michele jeden Morgen, von ihren Liebesnächten erschöpft. Doch abends, wenn sie endlich allein waren und er Viola in die Arme nahm, war die Müdigkeit wie weggeblasen. Sein Verlangen nach ihr war unersättlich.

XVIII

Sonntagmorgen. Michele wurde von Geräuschen wach, die oben aus der Mansarde kamen. Gleich darauf hörte er, wie Domenico am Fuße der Treppe Viola aus voller Kehle zurief, daß er den Hammer nicht finden könne. Was machten die da? Einen Moment lang war er versucht nachzusehen, doch seine Trägheit gewann die Oberhand.

Es war eine angenehme Trägheit, keine Lustlosigkeit, sondern der bewußte Wunsch, dieses wohlige Erwachen in die Länge zu ziehen und auszukosten. Seit ihrer Rückkehr aus Rom waren zwei Wochen vergangen. Marta und Domenico gingen wieder in die Schule, er war wieder im Büro, und Viola hatte angefangen, in der Mansarde zu arbeiten, wobei sie die überraschende Fähigkeit an den Tag legte, ihre frühere Tätigkeit mit der Organisation des Haushalts zu vereinbaren. Sie waren gerade mal seit einem Monat verheiratet, und doch hatte er das Gefühl, schon immer an ihrer Seite gelebt zu haben.

Wenn er an die Vergangenheit zurückdachte, wurde ihm bewußt, daß er sich nie *verheiratet* gefühlt hatte. Die Verbindung mit Anna war ihm wie eine unausweichliche Falle vorgekommen, die mit Viola hingegen als wunderbar anhaltende Leidenschaft. Doch jetzt begriff er, daß das wahre Wunder die neugeborene, eheliche Liebe war – ein Gefühl, das er in den vergangenen Wochen ebenso entdeckt hatte wie die wahre Essenz der Ehe: die Grenzen und die Unberechenbarkeit der Leidenschaft zu überwinden und ihr Stabilität, Normalität und Verantwortung zu verleihen.

Mit seiner jetzigen Frau fühlte er sich frei, weil es ihr gelungen war, ihm ohne jeden Zwang Verantwortungsbewußtsein und das Bewußtsein für Kontinuität zu vermitteln. Er liebte seine Familie und das unbeschwerte Zusammenleben: Warum sollte er jemals weglaufen? Viola war das Herz dieser Familie, ihr Fixpunkt. Er liebte sie, wenn überhaupt möglich, noch mehr, seit anstelle der Angst, sie vielleicht zu verlieren, die Gewißheit getreten war, für immer vereint zu sein.

War es auch tief in seinem Unterbewußtsein eingenistet, so stieg jedesmal, wenn sie sich liebten und er sich mit einem leidvollen Stöhnen auf dem Höhepunkt der Lust zurückzog, das dumpfe Unbehagen in ihm hoch, ihr das Glück der Mutterschaft zu verweigern – ebenso, wie Antonio es zuvor getan hatte. Wenn er sie beobachtete, wie sie mit den Kindern umging, fielen ihm die Gesten, die Aufmerksamkeit und die Zärtlichkeit auf, die einem angeborenen mütterlichen Instinkt entsprangen. Marta hing an ihren Lippen, und Domenico nannte sie *mammola* – ein Kosename, der im Spiel entstanden und zu einer Liebeserklärung geworden war. Auch sie waren jetzt ausgeglichen und heiter. Sollte sich ein Geschwisterchen ankündigen, würde das nicht die erschütternde Reaktion hervorrufen, die er zuvor befürchtet hatte und die das Hauptmotiv für die Entscheidung gegen weitere Kinder gewesen war.

Doch obwohl dieses Motiv nicht mehr da war, blieb die tiefe Abneigung gegen eine dritte Vaterschaft. Und zu wissen, daß er Violas Traum von einer Mutterschaft grundlos zerstörte, bereitete ihm außer Unbehagen noch Gewissensbisse.

Das wohlige Gefühl hatte sich plötzlich in nichts aufgelöst, und Michele beschloß, aufzustehen und zu Viola und den Kindern zu gehen. Die Wahrheit ist, daß ich Angst habe, dachte Michele beim Aufstehen. Wir vier haben eine Familie aufgebaut und genügen uns selbst. Es soll so bleiben, ich will nicht, daß sich die Dinge ändern.

Am dreißigsten April war Martas vierzehnter Geburtstag. Michele dankte Viola insgeheim, daß sie den Tag im Küchenkalender mit einem gut sichtbaren Vermerk in Druckbuchstaben versehen hatte. An jenem Nachmittag verließ er das Büro um vier Uhr und hielt auf dem Nachhauseweg bei einem Juwelier an, um eine Überraschung zu besorgen, über die sich seine Tochter sicher freuen würde: ein Paar Ohrringe mit zwei in Herzform eingefaßten Brillanten. Ihr erstes bedeutendes Schmuckstück – ein Geschenk, das den Abschied von der Kindheit bezeugte.

Das war jedoch nicht die einzige Überraschung. Michele hatte beschlossen, den Anlaß bei Elpidio zu feiern, einem alten Freund seines Vaters, der gemeinsam mit seiner Frau wenige Kilometer von Trezzo ein gemütliches Restaurant mit Blick auf den Adda betrieb.

Keine der geplanten Überraschungen überstieg jedoch seine eigene, als er bei seiner Heimkehr etwa zwanzig ausgelassene Jugendliche im Wohnzimmer antraf. Viola gab ihm ein Zeichen, ihr in die Küche zu folgen. »Es ist ihr Fest, lassen wir sie in Ruhe.«

»*In Ruhe?* Auf mich wirken sie völlig außer Rand und Band. Aber wer sind denn all diese ...«

»Martas Freunde.«

»Ich dachte, sie geht auf eine reine Mädchenschule.«

»Tut sie auch. Das schließt aber nicht aus, daß sie auch Jungs kennenlernt. Ihre Schulfreundinnen haben Kumpel, Brüder, Cousins.«

»Ich wußte nicht, daß Marta so ein reges Gesellschaftsleben führt«, bemerkte Michele ironisch.

»Es ist das normale Leben eines jungen Mädchens, das nach der Schule mal eine Pizza essen oder spazieren geht oder mit ihrer besten Freundin zusammen lernt«, erwiderte Viola ernst.

»Ich dachte, daß du oder Gina sie abholt ...«

»In ihrem Alter? Seit Anfang des Schuljahres habe ich ihr erlaubt, allein nach Hause zu kommen. Dreimal in der Woche darf sie bis sechs Uhr draußen bleiben. Wichtig ist nur, daß sie mir immer sagt, wo und mit wem ...« Sie unterbrach sich und sah Michele erstaunt und ungläubig an. »Mein Gott, man könnte meinen, du hättest ein finsteres Geheimnis aufgedeckt!«

»Du hättest es mir sagen sollen.«

»Was denn?« platzte Viola heraus, über Micheles beleidigten Ton verärgert. »Daß Marta Freundschaften geschlossen hat? Daß auch Domenico seine Freunde hat und daß sie sehr oft zu uns nach Hause zum Spielen kommen oder daß er zu ihnen spielen geht? Ich bin davon ausgegangen, daß du das weißt. Ich habe nichts anderes getan, als dir noch einmal zu sagen, wie froh ich bin, daß sie sich so gut in ihrer neuen Schule eingelebt haben und daß sie endlich ein ganz normales Leben wie ihre gleichaltrigen Freunde führen. Was dachtest du denn, was ich meine? Ist es für dich etwa *normal,* daß Kinder sich nach der Schule zu Hause einigeln und vor Erwartung zittern, daß ihr Papa nach Hause kommt? Du gehst morgens um neun ins Büro und kommst abends um acht wieder: Meinst du, daß wir in der Zwischenzeit nicht einmal atmen?« fragte Viola mit wachsender Wut.

Michele sah sie eisig an. »Wie es aussieht, saß ich bis heute im Büro, ohne zu wissen, daß sich das Leben woanders abspielt.«

»Ich bin zu müde für deine Scherze. Und auch zum Streiten. Also lassen wir das lieber.«

»Wieso? Das Thema interessiert mich, und du hast mir

noch nicht von *deinem* Gesellschaftsleben erzählt. Vielleicht bist du davon so müde.«

»Seit wir verheiratet sind, existiert es nicht mehr«, gab sie mit plötzlicher Bitterkeit zurück.

Seine Wut verrauchte im Nu, und Michele bekam es mit der Angst zu tun. »Du kannst Gina bitten, ein paar Stunden länger zu arbeiten. Oder ...«

»Ist nicht nötig.« Sie ging aus der Küche, ohne ihm Zeit zu lassen, etwas zu erwidern.

Michele blieb sitzen und spürte, wie sich Panik in ihm breitmachte. Viola war für seine Kinder die Rettung gewesen, und er hatte sie ungerechterweise angegriffen und verletzt. Aus dem Wohnzimmer drangen dic Klänge eines alten Schlagers zu ihm, und er hörte die unheilverkündenden Worte: *Eine Liebe zu verlieren ...*

Domenico stürzte mit einem gleichaltrigen Jungen in die Küche. »Wie ätzend«, platzte er heraus, »jetzt haben sie angefangen zu tanzen.«

»Was suchst du?« fragte Michele, als er ihn in den Schubladen wühlen sah.

»Eine Verlängerungsschnur, um den Zug anzuschließen. Ich hab eine!« verkündete er und verschwand, gefolgt von seinem Freund.

Ich bin nie mit Viola tanzen gegangen, dachte Michele. Wir waren nie in einem Konzert, im Restaurant, auf einer Fete. *Wir vier und Schluß ...* Er war in der Entdeckung des Familienlebens so aufgegangen, daß er darüber vergessen hatte, daß seine Frau kaum älter war als ein junges Mädchen und daß sie früher, in der Zeit ihrer ersten Treffen, als sie sich von den traurigen Erinnerungen befreit hatte, ein aktives Leben voller eigener Interessen geführt hatte. Als sie sich in ihn verliebte, hatte sie auf all dies verzichtet.

Wir vier und Schluß ... Genauso war es. Sie hatten keine Freunde, luden nie Leute ein, besuchten niemanden. Viola war es gelungen, Marta und Domenico aus dieser Isolation zu befreien, dafür wurde sie selbst Opfer eines egoistischen und abgestumpften Ehemannes. Wie lange würde sie das mitmachen? Bei der Frage zog sich ihm das Herz zusammen.

Domenicos Stimme riß ihn aus seinen Gedanken. »*Mammola* schneidet die Torte an und fragt, ob du auch kommst.«

Die Jugendlichen standen um den langen Tisch herum, und Marta, die ungeduldig darauf wartete, die vierzehn Kerzen auszublasen, stellte sie ihm mit einer ausladenden Geste vor: »Meine Freunde.«

Michele trat zu Viola und legte einen Arm um ihre Schultern. Sie machte keinen Rückzieher. »Ich war ein Idiot, verzeih mir«, flüsterte er, während die Jugendlichen applaudierten und Marta alles Gute wünschten.

Der erste Streit war vorbeigegangen, ohne Spuren zu hinterlassen. Micheles grenzenlose Erleichterung darüber wog jedoch seine übertriebene Furcht nicht auf, die aufgekommen war, als er ihre Ehe zum erstenmal realistisch eingeschätzt hatte. Diese Einschätzung führte ihn zu dem Schluß, daß Viola keinerlei Grund hatte, sein Glücksgefühl zu teilen. Um sie zu halten, mußte er ihr den Teil des Lebens wiedergeben, den er ihr entzogen hatte, und ihn mit ihr teilen.

In den folgenden Wochen kaufte er Karten für ein Konzert und eine Theaterpremiere, ging mit ihr zum Essen aus, überredete sie, ein Abendessen für ihre Freunde zu veranstalten. Er drängte sie, ihre Tätigkeit als ehrenamtliche Helferin wiederaufzunehmen, ging auf die Einladung der Schwiegereltern ein, ein Wochenende in ihrem Haus am Lago d'Iseo zu verbringen, und gewöhnte sich an, zwei Stunden früher von der Arbeit heimzukommen.

Er konzentrierte sich ganz darauf, seine Frau glücklich zu machen, und legte die Verbissenheit eines Supermannes an den Tag, der seiner gefühlskalten Partnerin um jeden Preis Lust verschaffen will. Ohne sich vom anfänglichen erstaunten und ironischen Widerstand Violas entmutigen zu lassen, erriet er weiterhin ihre Wünsche und bemühte sich, sie zu erfüllen. Er hatte sich geändert. Und es lag eine Spur von Narzißmus in dem Willen, ihr das zu beweisen.

Viola lieferte ihm eine so unerwartete wie entscheidende Gelegenheit dazu. Es war Ende Mai, als sie ihm mitteilte, daß sie am nächsten Tag nach Köln reisen müsse. »Wir haben Probleme mit den Deutschen von der EMS«, erklärte sie, »und meine Gegenwart ist unerläßlich.«

»Wie viele Tage bleibst du weg?« fragte Michele betrübt.

»Mehrere, fürchte ich. Wir müssen Meinungsverschiedenheiten bezüglich des Stils ausräumen und einige Vertragsklauseln prüfen, die die Liefer...«

»Du brauchst dir keine Gedanken zu machen, bleib, so lange es nötig ist«, unterbrach Michele sie, ganz darauf bedacht, ihr die versteckte Botschaft mitzuteilen: Siehst du, wie entgegenkommend, respektvoll und offen ich geworden bin?

»Du brauchst dir auch keine Gedanken zu machen. Ich habe alles so geregelt, daß Marta und Domenico dir keine Probleme machen. Da Gina krank werden oder zu spät kommen könnte, habe ich meine Cousine Sara gebeten, die beiden zu sich zu nehmen, bis ich wieder da bin. Natürlich nur, wenn es dir recht ist«, erklärte sie mit einem vielsagenden Lächeln.

»Wieso nicht? Der Boß in der Familie bist du.« Sara gehörte zu den Verwandten, die Viola und Michele in den letzten Wochen häufig besucht hatten. Die ältere Tochter war in Martas Alter, und die beiden kleineren, Zwillinge, waren Klassenkameraden von Domenico.

»Morgen nachmittag holt Sara sie von der Schule ab und bringt sie direkt zu sich nach Hause«, fuhr Viola fort. »Heute abend werde ich die Kinder bitten, ihre Taschen fertig zu machen, und Gina wird sie mit dem Taxi zu meiner Cousine bringen.«

»Ich sehe, du hast an alles und alle gedacht, außer an mich«, sagte Michele gespielt beleidigt.

»Als freier und schöner Mann wirst du dich ins pralle Leben stürzen können. Sind das nicht herrliche Aussichten?«

»Ich tue, was ich kann.«

»Wenn du das machst, bringe ich dich um.«

»Du weißt genau, daß ich wie ein herrenloser Hund durchs Haus schleichen und auf deine Rückkehr warten werde.« Michele seufzte. Es stimmte. Er konnte sich nichts Trostloseres vorstellen, als ein paar Tage ohne Viola auskommen zu müssen. Er umarmte sie. »Ist dir klar, wie sehr ich dich liebe?«

»Ja, wenn du mich genauso liebst wie ich dich.«

XIX

Morgen werde ich zu Hause sein, dachte Viola, während ihr Vater und ihr Cousin Carlo über einen Dolmetscher mit dem Generaldirektor und den Verwaltungschefs der EMS den letzten kontroversen Punkt im Vertrag diskutierten. Seit nunmehr zwei Stunden beharrten sie jeweils auf ihren Standpunkten und taten nichts anderes, als immer wieder aufs neue ihre Gründe zu unterstreichen, wobei sie immer wieder auf die gleichen Bedenken und Gegenargumente zurückfielen.

Viola hatte abgeschaltet und hing ihren Gedanken nach. Alle führten auf das gleiche hinaus: ihren sehnlichen Wunsch, nach Hause zurückzufahren.

Der Aufenthalt in Köln sollte überraschend kürzer ausfallen als ursprünglich vorgesehen: Die Verhandlungen waren bisher sehr schnell vorangekommen, und Viola hoffte im stillen, daß die plötzlich ins Stocken geratenen Gespräche sie nicht zwingen würden, die Abreise doch noch zu verschieben. Diese drei Tage voller Termine mit Technikern, Stilisten, Verkaufsleitern und Verwaltungschefs der EMS-Kette hatten sie erschöpft.

Abends schlug sie höflich jede Einladung aus und lief um acht Uhr ins Hotel, duschte und legte sich ins Bett, um vor dem Einschlafen auf Micheles letzten Anruf zu warten. Er rief sie morgens an, um sie zu wecken, in der Mittagspause, um sie zu fragen, wie es voranging, und abends, um ihr eine gute Nacht zu wünschen.

Sobald sie seine Stimme hörte, kehrten ihre Kräfte und ihre gute Laune sofort zurück. Sie plauderten sorglos, ohne sich über die Rechnung Gedanken zu machen, und beim Auflegen schmerzte sie die Trennung geradezu körperlich.

Am ersten Abend, nach einem einstündigen Telefonat, hatte er sie sofort wieder angerufen, um ihr zu sagen, wie sehr sie ihm fehlte.

»Ich würde dich glatt für einen Teller leckerer Spaghetti eintauschen«, hatte ihre Antwort gelautet.

Während der nächsten Viertelstunde hatte sie ihm von der unerfreulichen Bekanntschaft mit dem wäßrigen Kaffee in der »Frühstückspause« und dem zerkochten Hirschgulasch in der »Mittagspause« berichtet.

»Bist du auch einverstanden?« Es war die Stimme ihres Vaters. Viola schaute ihn, jäh aus ihren Gedanken gerissen, unsicher an. Welche Klausel meinte er?

»Wenn du und Carlo einverstanden seid, bin auch ich einverstanden«, beeilte sie sich zu sagen. Worum auch immer es sich handelte, sie konnte nicht das Risiko eingehen, das Streitgespräch wieder aufzurollen und die Abreise zu verschieben. *Irgend etwas* stimmte nicht. Am Vorabend, als sie bei ihrer Cousine zu Hause angerufen hatte, um mit den

Kindern zu sprechen, war Marta kurz angebunden und abweisend gewesen. Später hatte Michele sie beruhigt, doch er mußte zugeben, daß seine Tochter ihm am Nachmittag auch nicht besonders gut gelaunt erschienen war.

»Viola, schätzt du die Arbeit, die du auf dich nimmst, auch richtig ein?« Erneut die Stimme ihres Vaters. Er schien über ihre schnelle Zustimmung sehr überrascht.

Alle sahen sie an und warteten auf ihre Antwort, und sie hatte nicht den Mut zu gestehen, daß sie ihnen seit über einer Stunde nicht mehr zugehört hatte.

Ihr Cousin Carlo kam ihr zu Hilfe. »Ich würde eine kurze Pause vorschlagen, bevor wir diese letzte Klausel abzeichnen.« Der Übersetzer gab seinen Vorschlag weiter, und die Männer von der EMS standen bereitwillig auf, um in den angrenzenden Aufenthaltsraum hinüberzugehen.

Der Direktor nahm Viola am Arm und führte sie zu einem festlich hergerichteten Tisch. Für den letzten Tag hatten sie groß aufgefahren: Süße und herzhafte Speisen wechselten sich in einer nicht enden wollenden Reihe von Tellern, Platten und Schüsseln ab. Zwischen den Weinen und Obstsäften durfte der wäßrige, strohfarbene Kaffee nicht fehlen. »Was wünschen Sie?« fragte der Direktor sie in perfektem Italienisch.

Viola zeigte auf die Kuchen: Am Vorabend hatte sie nichts gegessen, und auch an diesem Morgen im Hotel war sie zu angespannt gewesen, um zu frühstücken. Wahrscheinlich war ihre Müdigkeit auch auf ihren niedrigen Blutzuckerspiegel zurückzuführen. Als sie jedoch von dem ersten Stückchen abbiß, zog eine Woge der Übelkeit ihr den Magen zusammen.

Wieder einmal kam Carlo ihr zu Hilfe. Er entschuldigte sie beim Direktor und führte sie in eine Ecke des Aufenthaltsraumes. »Viola, überleg es dir gut: Ich halte es für ausgeschlossen, daß du, so beschäftigt, wie du jetzt mit deiner Familie bist, in der Lage sein solltest, acht neue Muster auszuarbeiten und zwei Kollektionen von …«

»Das schließe ich auch aus!«

»Warum hast du dann eben zugestimmt?« fragte er erstaunt.

»Ich hatte es nicht verstanden. Entschuldige, mir geht es heute nicht gut.«

Die Pause war vorbei. »Laß mich nur machen«, sagte Carlo hastig, »ich werde sie überzeugen, daß der fünfzehnte Juli als Abgabetermin für die Skizzen reicht. Es wird trotzdem ein ganz schönes Stück Arbeit, aber ...«

Plötzlich, als stünde sie unter Hypnose, drang der Wirrwarr aus Terminen, die seit vier Stunden Gegenstand des Streitgesprächs waren, in ihr Bewußtsein.

»Viola«, rief ihr Cousin sie in die Wirklichkeit zurück, »können wir uns auf den fünfzehnten Juli einigen?«

Am fünfzehnten Mai ist meine Periode ausgeblieben. Ihr Herz blieb einen Moment lang stehen. Sie war seit mehr als zwei Wochen überfällig, und das war ihr noch nie passiert. *Ich bin schwanger,* dachte sie. Einen Augenblick lang verharrte sie und schnappte nach Luft.

Der Direktor der EMS kam zu ihr und nahm sie wieder am Arm. »Es ist Zeit, mit unserer Versammlung weiterzumachen, schöne Frau«, sagte er und strahlte sie an.

Michele rief sie um zehn Uhr an. Die Bestätigung, daß sie am nächsten Tag um dreizehn Uhr wiederkomme, stimmte ihn so euphorisch, daß er das ungewöhnlich kurze Gespräch anstandslos hinnahm. »Entschuldige, aber ich habe einen wirklich anstrengenden Tag hinter mir«, rechtfertigte Viola sich, bevor sie auflegte.

Den ganzen Nachmittag lang hatte sie sich ständig für irgend etwas entschuldigt: für ihre Unaufmerksamkeit, ihr Schweigen, die Fragen, die ohne Antwort blieben, ihre Bitten, Dinge noch einmal zu wiederholen ... Würde sie sich auch für das Kind entschuldigen müssen, das sie erwartete?

Als sie Michele heiratete, hatte sie auf Mutterschaft verzichtet. Jetzt, da sich dieser für immer ad acta gelegte Wunsch erfüllte, verspürte sie nichts als Ungläubigkeit und Angst.

Am meisten fürchtete sie sich vor Micheles Reaktion. Schon der Gedanke, es ihm zu sagen, ließ sie erzittern. Warum hatte sie niemals die Pille genommen? Warum hatte sie keinerlei Vorkehrungen getroffen, um nicht schwanger zu werden?

Weil du ein Kind wolltest, gab ihr eine innere Stimme laut und deutlich zur Antwort.

Sie wehrte sich mit aller Macht gegen diesen Gedanken. Zu Beginn ihrer Beziehung hatte Michele sie mit leichtsinniger Hingabe geliebt. Erst später schien er sich seiner eigenen Sorglosigkeit bewußt geworden zu sein, und die wachsame Eile, mit der er sich zurückzog, hatte sie zugleich verletzt und beruhigt. Sicherere Vorkehrungen gab es nicht.

Hast du das wirklich geglaubt? quälte die Stimme sie erneut.

Nein, mußte sie sich eingestehen. Und gewiß hatte auch Michele es tief in seinem Innersten nicht geglaubt: Dieses Kind war aus ihrem Unterbewußtsein heraus gezeugt worden, und nun mußten sie bewußt sein Dasein akzeptieren.

Es war drei Uhr morgens, als sie endlich erschöpft in einen tiefen Schlaf fiel.

Der Wecker klingelte um acht Uhr. Von den darauffolgenden Stunden sollte sie nur wirre und blasse Erinnerungsfetzen zurückbehalten: ihre Ankunft am Flughafen, der Flug nach Mailand, Micheles herzliche Umarmung, die Fahrt nach Hause. Ein großes schwarzes Loch, und dann, um halb fünf, wurde sie mit einem lauten Knall in die Wirklichkeit zurückgeholt.

Die Türklingel geht, Sara bringt die Kinder aus der Schule, Domenico wirft sich ihr an den Hals, Marta zieht sich nach einer frostigen Begrüßung in ihr Zimmer zurück …

»Marta, was ist los?« fragte Viola, setzte sich auf die Bettkante und strich ihr die Haare aus dem Gesicht.

Das Mädchen stieß ihre Hand weg. »Laß mich in Ruhe.«

»Nicht so, bitte. Wenn du ein Problem hast, laß uns darüber reden.«

»Das Problem bist *du.*«

Viola riß die Augen auf, unfähig, ein Wort zu sagen.

»Ich habe erfahren, wer du bist«, zischte Marta.

»Wovon sprichst ...«

»Du bist Antonio Vasiles Frau.«

Viola stieß einen tiefen Seufzer aus. »Ich war es. Antonio ist gestorben.«

»Im Auto, zusammen mit meiner Mutter! Er war ihr Geliebter!«

Bedachtsam wählte Viola ihre Worte. »Marta, wir haben durch diese Tragödie alle gelitten. Und auch zuvor, weil wir unglücklich waren. Mein Mann und deine Mutter haben sich kennengelernt und sich ineinander verliebt. Wären sie nicht tot, würden sie heute zusammenleben, wie viele andere Menschen auch, die nach einer mißglückten Ehe neue Bindungen eingehen«, erklärte sie ihr sanft und hoffte im stillen, das Mädchen würde begreifen.

»Ich wünschte, auch du wärest tot. Und mein Vater auch.«

Martas Haß überrollte sie wie eine Steinlawine. Viola schnappte nach Luft. »Was habe ich dir getan?« fragte sie, als sie ihre Stimme wiedergefunden hatte.

»Du hast mich hintergangen! Du hättest mir sofort sagen sollen, wer du bist!«

»Ich war eine verzweifelte Witwe, die einem Mann begegnet ist, der von der gleichen Trauer betroffen war ... Vielleicht habe ich einen Fehler begangen, indem ich dir nicht gleich gesagt habe, daß Antonio mein Mann war, doch welchen Unterschied hätte das gemacht? Ich habe dich lieb,

Marta. Ich liebe deinen Vater, wir sind eine Familie. Ist daran irgend etwas falsch?«

»Es ist widerwärtig wie ... wie Inzest.«

Langsam stand Viola vom Bett auf und sah sie betrübt an. Es gab einfach keine Worte, um einem vierzehnjährigen Mädchen klarzumachen, wie sich vier Erwachsenenleben vereint, getrennt und auf so komplizierte und fatale Weise gekreuzt hatten. »Es tut mir leid«, stammelte sie.

Erst viel später, als sie mit Michele allein war, konnte sie ihm erzählen, was geschehen war.

»Woher sie es wohl erfahren hat?« fragte Michele zum Schluß bestürzt.

»Ich weiß es nicht ... Vielleicht ist meiner Cousine etwas herausgerutscht. Oder ihre Tochter hat es ihr erzählt. Aber das ist nicht der Punkt. Marta ist ganz durcheinander und voller Haß.«

»Das legt sich wieder, du wirst schon sehen.«

»Du kannst dieses Problem nicht einfach so abtun!« platzte Viola heraus. »Wir müssen einen Weg finden, Marta zu helfen. Es geht ihr schlecht.«

»Im Moment würde sie uns nicht einmal zuhören. Lassen wir ihr etwas Zeit, um nachzudenken und darüber hinwegzukommen.«

Viola nickte: Diesmal hatte Michele recht.

XX

Der Juni war für Viola ein endloser Alptraum. Nicht einmal in den finstersten Tagen ihrer Vergangenheit hatte sie sich so traurig, angespannt und hilflos gefühlt. Ihr heiteres Gemüt gewann lediglich morgens die Oberhand, wenn der Wecker klingelte: Die wenigen Minuten, die auf den bleiernen Schlaf folgten, wirkten wie ein Filter zwischen ihr und der Wirklichkeit. Sie öffnete die Augen, durchströmt von einem Glücksgefühl, und streckte die Hand nach dem Nachttischchen aus, um den Wecker auszuschalten, bereit, den neuen Tag mit instinktiver Freude zu beginnen.

Plötzlich jedoch wurde ihr ihre Situation bewußt, und enttäuscht zog sie die Hand zurück. Was soll ich bloß tun? fragte sie sich. Diese einfache Frage stürzte sie geradezu in Panik, denn sie machte ihr deutlich, wie machtlos sie war.

Ihre Tage waren zu einer Aneinanderreihung von Fragen ohne Antworten und von Problemen ohne Lösungen geworden. Sie wußte nicht, was sie gegen Martas Feindseligkeit tun sollte, sie wußte nicht, wie sie Michele sagen sollte, daß sie schwanger war, sie wußte nicht, wie er auf die Nachricht reagieren würde, sie wußte nicht, wie sie die vereinbarten Abgabetermine für ihre Arbeiten einhalten sollte, sie wußte nicht, wie lange sie diese Anspannung noch aushalten würde.

Jeden Morgen klingelte der Wecker um fünf Uhr, und Viola ging leise in die Mansarde hoch, um zu arbeiten, bereits ermattet von der Angst, die sie ständig begleitete. Eine Woche nach ihrer Rückkehr aus Köln begann die Übelkeit.

Die Anfälle kamen unerwartet, kündigten sich mit einem stechenden Schmerz in der Magengegend an, der sich nach und nach ausbreitete und stärker wurde, bis er ihr den Atem raubte. Sie rannte ins Bad, beugte sich über die Kloschüssel und erbrach sich, bis ihr die Tränen in die Augen traten. Wenn sie sich wieder aufrichtete, waren ihre Augen verquollen und das Gesicht dunkelrot angelaufen.

Es fiel ihr immer schwerer, sich auf ihre Arbeit zu konzentrieren, auch in den zwei ruhigen Stunden im Morgengrauen. Um sieben ging sie wieder hinunter, um Michele und die Kinder zu wecken, und während sie im Bad waren, kochte sie Kaffee, machte die Milch warm und deckte den Frühstückstisch. Gina kam um neun, wenn alle aus dem Haus waren und sie wieder an ihrer Arbeit saß. Gina kam zu ihr hoch, um sie zu begrüßen und sie zu fragen, ob sie etwas bräuchte.

Eines Morgens beäugte sie sie mit einem sonderbaren Gesichtsausdruck. »Geht es Ihnen gut, Signora?«

»Ja ... ja, danke.«

»Kann es sein, daß Sie schwanger sind?« fragte Gina ganz natürlich.

Viola spürte, wie ihr die Röte ins Gesicht schoß. »Nein«, beeilte sie sich zu antworten, »ich bin nur müde.«

Gina schüttelte den Kopf. »Kein Wunder, Sie sperren sich immer hier oben ein. Sie sollten mal rausgehen, ein wenig frische Luft schnappen. Man kriegt ja Angst, so, wie Sie aussehen.«

Jedesmal, wenn Viola in den Spiegel schaute, wirkte sie blasser und dünner. Nach Ginas Bemerkung kam es ihr noch sonderbarer vor, daß Michele der einzige war, der nicht merkte, wie erbärmlich sie aussah. Wenn sie zu Bett gingen, entzog sie sich immer öfter seiner Umarmung, doch nicht einmal das beunruhigte ihn. Da er ihre abweisende Art als Zeichen von Müdigkeit auslegte und ihre düstere Stimmung als Folge von Martas feindseligem Verhalten, beschränkte er sich auf allgemeine Bemerkungen wie »Mach dir nichts draus«, »Das wird schon wieder«, oder »Du solltest weniger arbeiten«. Es gab Momente, da sie ihn haßte.

Der einzige fröhliche Tag in jenem Monat war der, an dem sie und Michele zur Jahresabschlußfeier gingen, die von den Ordensschwestern in einem großen Saal veranstaltet wurde. Marta war mit ausgezeichneten Noten versetzt worden. Bei all ihren Vergeltungsmaßnahmen hatte sie eine ausgespart, nämlich die, nicht zu lernen oder vielmehr sitzenzubleiben: Es hätte sie zuviel von ihrem Selbstwertgefühl und der ausgezeichneten Meinung gekostet, die die Lehrer und ihre Klassenkameraden von ihr hatten.

Anfang Juli ging Viola zum Frauenarzt, um sich untersuchen zu lassen, und ließ einen ersten Ultraschall machen. Bis zu jenem Nachmittag hatte sie ihren Zustand als Unfall erlebt, als Problem, als körperliches Unwohlsein oder als Geheimnis, das so lange wie möglich gewahrt werden mußte. Sie fühlte sich einfach *schwanger.* Die Erwartung war ein Ereignis, das ihren Körper, ihre Gedanken, ihre Zukunft und die Menschen, die sie liebte und beschützen wollte, mit betraf.

In dem Augenblick jedoch, da der Frauenarzt sie aufforderte, auf den Monitor neben der Liege zu schauen, wurde aus ihrer Schwangerschaft mit einemmal Mutterschaft.

Dieser schemenhafte Halbkreis, der in einer milchigen Masse zuckte, war ihr Kind. Nach und nach setzte sie aus den Erläuterungen des Frauenarztes die Form zusammen. Diese Rundung war der Kopf, diese Biegung der Rücken, diese Ausstülpungen die Ärmchen, diese wie Flügel zitternden Ansätze die Beine.

Als das Ultraschallgerät abgeschaltet wurde, hatte ihr Kind sich in ihrem Herzen eingenistet. Hallo Kind, sagte sie im stillen und legte die Hände auf ihren Bauch. Sie verspürte eine quälende Bitterkeit darüber, es nicht früher getan zu haben. Neun Wochen lang war ihr Kind durch finstere Einsamkeit geschwommen, und jetzt erst hatte sie es gesehen und erkannt. Es war da drin, in ihrem Körper, nicht mehr allein.

Sie verließ die Praxis in dem glücklichen Bewußtsein dieses neuen Lebens und steuerte auf einen Taxistand zu. Endlich gab es keine offenen Fragen mehr. Jetzt wußte sie, was zu tun war: ausruhen, auf sich acht geben, mit ihrem Cousin Carlo reden, einen anderen Designer um Hilfe bitten, Marta mit gelassener Standhaftigkeit gegenübertreten, ihren Provokationen widerstehen, aufhören, sich schuldig zu fühlen.

Hast du nicht noch etwas vergessen? fragte ihre innere Stimme spöttisch.

Nein, antwortete sie. Die wichtigste Sache versteht sich von selbst: Heute abend muß ich Michele sagen, daß wir noch ein Kind bekommen.

Um fünf Uhr war sie wieder zu Hause. Domenico war zu ihrer Cousine gegangen, um mit den Zwillingen zu spielen, und würde über Nacht bei ihnen bleiben. Was Marta betraf, so berichtete Gina ihr, daß sie gerade weggegangen sei.

»Hat sie Ihnen nicht gesagt, wohin?« fragte Viola.

»Nein. Sie hat einen Anruf bekommen, hat sich schnell angezogen und ist weggegangen, während ich in der Küche war. Ich hatte nicht einmal Zeit, sie zu fragen«, antwortete sie schuldbewußt.

Das also war Martas neueste Provokation: die Absprache zu mißachten, immer zu sagen, wohin und mit wem sie wegging. Doch zum erstenmal war Viola weder wütend noch besorgt: Inzwischen war es Sommer, es war lange hell, und sie kannte alle Freunde des Mädchens. Sie beruhigte Gina und schickte sie nach Hause.

Michele rief um sieben an, um ihr mitzuteilen, daß er noch eine Stunde im Büro bleiben müsse. Sie beruhigte auch ihn. Als er jedoch nach Hause kam, stand Viola mit angespanntem und besorgtem Gesicht am Telefon. »Marta ist noch unterwegs, und ich bin dabei, all ihre Freundinnen anzurufen, um zu fragen, ob sie etwas wissen.«

»Du solltest es wissen«, entgegnete Michele und ließ instinktiv seiner Wut freien Lauf, um sich nicht von der Sorge einholen zu lassen.

Viola baute sich vor ihm auf. »Leider besitze ich keine Kristallkugel, um Martas Vergeltungsmaßnahmen vorherzusehen.«

»Du hast ihr zu viele Freiheiten eingeräumt, das ist das …«

»Ich glaube nicht, daß das der richtige Zeitpunkt ist, um

zu streiten, Michele. Ich muß noch viele Freundinnen von Marta anrufen.«

»Hast du deine Cousine Sara angerufen? Ihre Tochter weiß bestimmt etwas.«

»Mit der habe ich als erstes gesprochen. Sie hat sie seit drei Tagen nicht gesehen.«

Marta kam um zehn Uhr nach Hause. Viola war inzwischen von Panik ergriffen, und Michele hatte beschlossen, ihr Verschwinden bei den Carabinieri zu melden. Die Erleichterung, sie fröhlich und unversehrt vor sich zu sehen, wärmte ihm das Herz, und er drückte sie fest an sich.

Viola packte sie, entriß sie dieser Umarmung und verpaßte ihr eine Ohrfeige. »So etwas nimmst du dir nicht noch einmal heraus«, sagte sie langsam, und ihre Stimme klang hart.

Einen Augenblick lang blieb Marta reglos stehen und sah sie verblüfft an. »Du hast mich geohrfeigt …«, sagte sie schließlich, als hätte sie eine entsetzliche Wahrheit aufgedeckt. »Du bist nicht meine Mutter! Ich hasse dich!« schrie sie und rannte in ihr Zimmer.

Michele schüttelte traurig den Kopf. »Du hättest sie nicht schlagen sollen.«

»Und du hättest sie nicht umarmen sollen.«

»Ich weiß, aber ich konnte einfach nicht anders. Wenn du ein Kind hättest, würdest du verstehen, wie …« Er unterbrach sich jäh, entsetzt darüber, was ihm herausgerutscht war. Er warf Viola einen Blick zu und wunderte sich, daß er auf ihrem Gesicht keinerlei Vorwurf oder Verbitterung entdecken konnte.

»Ich werde eins haben, Michele.«

»Was wirst du haben?«

»Ein Kind.« Sie empfand beinahe Mitleid mit ihm. Er hatte immer noch nicht begriffen.

»Ein Kind?« wiederholte er und sah sie mit leerem Blick an.

Lag ihm der Gedanke, noch einmal Vater zu werden, wirklich so fern? Violas Mitleid schlug in Bitterkeit und Zorn um. »Ich bin schwanger.«

Um einem unerträglichen »schwanger?« zuvorzukommen, stellte sie gleich klar: »Seit neun Wochen. Die Geburt ist für Mitte Januar vorgesehen.«

Er holte Luft und sah ihr ins Gesicht. Binnen weniger Augenblicke durchlebte er alle möglichen Gefühle, die ihn davon abhielten, diese Wahrheit zu akzeptieren: Erstaunen, Ungläubigkeit, Ablehnung, Panik. Es war, als hätte man ihm eine unheilbare Krankheit verkündet.

»O nein ...!« stöhnte Michele schließlich. Er sah jetzt aus wie ein Häufchen Elend, und Viola verspürte erneut Mitleid mit ihm.

»Warum hast du es mir nicht früher gesagt?«

»Ich hatte nicht den Mut. Ich wußte, daß du keine Kinder mehr wolltest, und ich hatte große Angst davor, wie die Kinder reagieren würden.«

»Ich auch, Viola. Ich hatte dich um das große Opfer gebeten, auf Kinder zu verzichten, gerade um sie zu schützen.«

»Und ich hatte eingewilligt. Es kam mir auch nicht wie ein Opfer vor, denn Marta und Domenico stillten meinen Wunsch nach Mutterschaft ... Dieses Kind war auch für mich eine Überraschung.« Sie lächelte ihn kurz an. »Heute habe ich einen Ultraschall machen lassen. Ich habe sein ...«

»Marta wird furchtbar reagieren«, sagte Michele finster, ohne sie ausreden zu lassen. Es interessierte ihn nicht einmal. Für ihn war dieses Kind ein Unfall, ein Problem, ein Anlaß zur Sorge.

Hattest du es nicht genauso empfunden? erinnerte die Stimme sie.

Viola streckte eine Hand nach ihrem Ehemann aus. »Laß mich nur machen«, sagte sie sanft.

Michele küßte ihre Fingerspitzen. *Laß mich nur machen.*

Wie oft hatte sie das zu ihm gesagt? Er wußte es nicht mehr, so, wie er nicht mehr wußte, wie viele Dinge sie an seiner Stelle getan, geklärt und gelöst hatte.

»Ich werde mit Marta sprechen«, sagte er entschieden. »Ich kann nicht zulassen, daß sie dich verletzt oder beleidigt.«

In jener Nacht schliefen sie aneinandergeschmiegt ein, und am Morgen, als der Wecker klingelte, umschlangen Micheles Arme sie immer noch. Viola rückte vorsichtig weg und stand auf.

Sie war seit einer Stunde in der Mansarde, als sie hörte, wie auch Michele aufstand, ins Bad ging, den Weg zu Martas Zimmer einschlug und dic Tür öffnete. Sie hörte es am unverwechselbaren Quietschen der Scharniere, die sie zu ölen vergessen hatte.

Sie spitzte die Ohren und hielt den Atem an. Stille. Lieber Gott, mach, daß er die richtigen Worte findet, um zum Herzen seiner Tochter vorzudringen. Das Stoßgebet wurde jedoch nicht erhört. Die Stille wurde plötzlich von Micheles Stimme zerrissen, die immer erregter wurde und sich mit Martas weinerlicher Stimme vermischte.

Sie konnte nicht untätig sitzen bleiben und zulassen, daß sich zwischen Vater und Tochter ein Abgrund auftat. Sie sprang auf und ging nach unten. Als sie das Zimmer betrat, verstummten beide auf einen Schlag. Wie zwei Kampfhähne saßen sie einander gegenüber.

Viola ging auf Marta zu. »Wenn du mich weiter haßt, wird es mir das Herz zerreißen«, flüsterte sie.

»Hör auf mit dem Theater. Ich falle nicht mehr darauf rein.«

Michele wollte sich einmischen, doch Viola hielt ihn zurück. »Was für Lügen habe ich dir denn erzählt, welche Fallen habe ich dir gestellt, seit du mich kennst? Der einzige Fehler, den ich begangen habe, war der, daß ich dir nicht gesagt habe, wer mein erster Mann war. Findest du es gerecht, mich nur deswegen zu verurteilen und zu verachten, und all die Liebe zu vergessen, die zwischen uns herrschte? Bald wirst du noch ein Geschwisterchen bekommen, und mehr als je zuvor werden wir …«

»Laß es abtreiben!« rief Marta aus. Ihr rundes Teenagergesicht hatte sich in eine starre Erwachsenenmaske verwandelt, und die Augen, die sie ansahen, waren die einer Feindin.

Viola merkte, wie sie schwankte, und suchte hilfesuchend Micheles Blick. Doch diesmal mischte er sich nicht ein. Sie senkte den Kopf und blieb stumm und starr wie eine Statue stehen.

»Willst du auch, daß ich abtreibe?« fragte sie, und ihre Kehle war zugeschnürt vor Angst.

»Nein …«, stammelte er, ohne den Kopf zu heben. Das ganz kurze Zögern – es waren lediglich einige Sekunden – kam Viola wie eine ganze Ewigkeit vor.

Als Michele etwas hinzufügen wollte, war sie bereits verschwunden.

Marta verbrachte die Vormittage eingeschlossen in ihrem Zimmer. Nachmittags sagte sie Gina Bescheid oder ließ einen Zettel auf dem Küchentisch liegen, wenn sie rausging. Wenn Michele sie ansprach, klang er vorsichtig und schuldbewußt. Der Wortschatz zwischen ihnen hatte sich auf das Wesentliche und auf Floskeln reduziert: Guten Tag, diese Suppe schmeckt ausgezeichnet, gib mir bitte das Salz rüber, heute abend läuft ein guter Film im Fernsehen.

Eines Abends, als Viola in Domenicos Zimmer kam, sah sie, daß all seine Spielsachen verschwunden waren. »Wo hast du sie hingetan?« fragte sie erstaunt.

»Ich habe sie in den Körben im Abstellraum versteckt. Ich will nicht, daß die Rotznase sie mir klaut.«

»Die *Rotznase* ist dein Brüderchen. Und es wird seine eigenen ...«

»Stiefbruder«, verbesserte Domenico sie. »Marta hat es mir erklärt. Der richtige Bruder bin ich.«

Offenbar hatte Marta ihn auch daran erinnert, daß sie nicht seine echte Mutter war, denn von einem Tag auf den anderen hörte er auf, sie *mammola* zu nennen, und verhielt sich ihr gegenüber störrisch und abweisend.

Michele hatte kommentarlos akzeptiert, daß sie in der Mansarde schlief. Abends, nachdem sie den Tisch abgeräumt und die Spülmaschine eingeschaltet hatte, stieg Viola langsam die Treppe hoch, zog das Klappsofa auf, streckte sich darauf aus und legte die Hände auf ihren Bauch. Da drinnen wuchs ihr Kind heran. Der Eindringling, der abgetrieben werden sollte. Der *Stiefbruder.* Die *Rotznase.*

Stundenlang lag sie wach. Die dunkle Einsamkeit der Mansarde glich der dunklen Einsamkeit ihres Kindes. Sie und das Kind, sie standen allein gegen den Rest der Welt: die gemeine Stiefmutter und der verhaßte Eindringling.

Jedesmal, wenn sie durch die Zimmer ging und Michele oder den Kindern näher kam, hatte sie das Gefühl, sie müsse eine Barriere aus Haß überwinden. Wieder fühlte sie sich müde und unglücklich. Inzwischen waren sie *alle* unglücklich.

Eines Abends – es sollte der letzte gemeinsame sein – sagte sie etwas zu Domenico. Sie waren gerade fertig mit dem Essen, und der Kleine wollte sich mit seiner Schwester und seinem Vater vor den Fernseher setzen.

»Halt den Mund, du Hexe«, sagte er grob.

Viola setzte sich wieder in die Küche, an den noch gedeckten Tisch. Ich kann nicht mehr in diesem Haus bleiben, dachte sie. Langsam stand sie auf und ging ins Wohnzimmer.

»Morgen früh werde ich gehen«, sagte sie. Drei Augenpaare sahen zu ihr hoch. »Ich werde gehen«, wiederholte sie.

Michele stieß zu ihr, als sie dabei war, ihren Koffer zu packen. »Viola, bitte, laß uns reden … Du wirst sehen, alles wird sich wieder einrenken.«

Sie schüttelte den Kopf. »Du weißt sehr gut, daß das nicht wahr ist.«

»Ich liebe dich!«

»Ich muß mein Kind verteidigen. Und in diesem Haus ist kein Platz für uns.«

XXI

Viola wartete, bis Marta und Domenico aufgestanden waren. Sie wollte nicht als Feindin gehen, ohne sich von ihnen zu verabschieden. Trotz allem liebte sie sie weiterhin, als wären sie ihre eigenen Kinder. Sie verließ sie nur, weil das Kind, das auf die Welt kommen sollte, noch schutzloser war und niemanden hatte außer ihr. Sie mußte einen Platz suchen, an dem es unbeschwert aufwachsen konnte, und dieses Haus, das inzwischen von Feindseligkeit, Unverständnis und Groll vergiftet war, war leider nicht der richtige Ort.

Sie war sich sicher, daß ihr Weggehen es von dieser unerträglichen Atmosphäre befreien würde. Vater und Kinder verband eine tiefe Liebe, Gina war nunmehr fester und vertrauter Bestandteil der Familie, Marta und Domenico hatten all ihre Probleme gelöst. Das einzige ungelöste, das der bösen Stiefmutter und des unerwünschten Stiefbruders, würde zusammen mit ihr verschwinden.

Vergeblich hatte sie versucht, Michele all das zu erklären. Sie hatten bis drei Uhr in der Früh geredet, und am Ende hatte er ihr vorwurfsvoll den Rücken gekehrt und war schlafen gegangen.

Jetzt war er immer noch in seinem Zimmer, und Viola vermutete, daß er dort bleiben würde, bis sie ging. Sie irrte sich jedoch. Er kam, um ihr mitzuteilen, daß die Kinder wach waren und auf sie warteten.

Sie standen im Flur neben Violas Koffer, steif wie Gardesoldaten. Rührung schnürte ihr die Kehle zu. »Seid brav«, sagte sie, unfähig, etwas anderes hinzuzufügen.

In Martas distanziertem Blick lag ein sonderbarer Ausdruck – so etwas wie Ungläubigkeit –, während Domenico ganz offenkundig verwirrt und eingeschüchtert war. Sie verbot sich, sie an sich zu drücken: Dem Schmerz, zurückgestoßen zu werden, hätte sie nicht standgehalten.

»Ich rufe euch an«, sagte sie und schickte beiden ein Luftküßchen. Sie drehte sich zu Michele um.

»Soll ich dir ein Taxi rufen?« fragte er trocken.

»Ja, bitte.«

»Warum gehst du weg?« fragte Domenico mit piepsender Stimme.

Michele, der auf dem Weg zum Telefon war, blieb stehen. »Wir drei sind eine sehr anstrengende Familie, und *mammola* ist es müde, sich um uns zu kümmern«, erklärte er sarkastisch und warf ihr einen herausfordernden Blick zu.

Er verschwand und ließ sie, enttäuscht und verletzt von dieser unnötigen Grausamkeit, mit den Kindern allein.

»Das Taxi wird in fünf Minuten dasein«, verkündete Michele, als er wieder bei ihnen stand. »Soll ich dir den Koffer nach draußen tragen?«

»Laß nur, er ist nicht schwer.« In den kommenden Tagen würde sie einen Lieferwagen vorbeischicken, um ihre Sachen abzuholen und die Mansarde leer zu räumen.

Michele sagte nichts weiter und öffnete ihr mit demonstrativer Höflichkeit die Tür.

»Ich rufe euch an ...«, wiederholte Viola, an die Kinder gewandt.

»Mach dir keine Gedanken, wir kommen auch allein ausgezeichnet zurecht«, sagte Michele und lächelte boshaft.

Viola richtete sich provisorisch im Haus ihrer Eltern in Pavia ein. Zwei Angestellte der Henri-Cassel-Keramikfirma schafften ihren Zeichentisch, die Staffeleien, den Computer und ihre Arbeitsutensilien aus der Mansarde zurück in ihr Büro. Nach monatelanger Kreativität in Abgeschiedenheit entdeckte sie, wie schön es war, im Team zu arbeiten: Wenn man diskutierte, sich mit den anderen auseinandersetzte, Vorschläge und Bemerkungen austauschte, ging einem alles viel leichter und schneller von der Hand.

Sie konnte jetzt zwei Stunden später aufstehen, im Bad trödeln und in der Küche sitzen bleiben, um in Ruhe mit ihrer Mutter einen Kaffee zu trinken. Um halb neun ging sie aus dem Haus und lief zu Fuß zum Büro, wobei sie die noch frische Morgenluft tief einatmete. Sie kam energiegeladen an, bereit, einen neuen Tag in Angriff zu nehmen, ohne sich um etwas kümmern zu müssen. Und abends, ganz gleich, wann sie nach Hause kam, stand das Essen fertig auf dem Tisch, und ihre Eltern empfingen sie voller Warmherzigkeit.

Nach einer Woche sah Viola schon ganz anders aus. Als ihre Mutter sie darauf ansprach, antwortete Viola ernst: »Mein Körper fühlt sich glücklich.«

Sie selbst war es nicht. Doch jedesmal, wenn sie an Michele und die Kinder dachte, wehrte sich ihr Körper und verteidigte sein eigenes Wohlbefinden, indem er eine Schutzmauer gegen die Traurigkeit errichtete. In solchen Augenblicken meinte sie, zweigeteilt zu sein, und wohnte diesem Kampf mit passiver Befremdung bei.

Nach der ersten Woche lockerte ihr Körper, der nunmehr entspannt, ausgeruht und gestärkt war, die Abwehrmechanismen, und eines Morgens wachte Viola auf und fühlte sich zutiefst unglücklich. Sie brauchte ihre Familie. Ganz intensiv spürte sie, daß sie ihr fehlte. Die ruhigen Tage ohne Verpflichtungen waren unerträglich leer.

Die Erinnerung an ihren ersten gemeinsamen Sommer in San Benedetto ließ sie melancholisch werden: Ob Michele und die Kinder noch in Mailand waren? Oder waren sie in die Ferien gefahren? Und wohin?

Egal, wo sie sind – ich muß zu ihnen, beschloß sie und setzte sich im Bett auf. Sie wählte die Nummer von zu Hause und wartete.

Michele ging nach einem Klingeln dran: Lag auch er im Bett?

»Ich bin's, Viola …« Sie wartete, daß er etwas sagte. »Wie geht es euch?«

»Sehr gut, danke. Wolltest du etwas Bestimmtes?« fragte er, distanziert, förmlich.

»Nein … Ich wollte nur hören, was es Neues gibt.« Sie nahm ihren Mut zusammen. »Seid ihr noch nicht in Ferien gefahren?«

»Wir fahren in einer Woche. Ich muß jetzt Schluß machen, denn …«

»Michele, warte!«

»Ja?«

Sie holte tief Luft. »Wenn du möchtest, könnte ich mitkommen.«

»Ist nicht nötig.« Er schwieg einige Sekunden lang, unentschlossen, ob er weiterreden sollte oder nicht. Er tat es. »Ich hatte dich angefleht, zu bleiben, Geduld zu haben, mit mir zusammen zu kämpfen. Du wußtest, wie sehr ich dich liebe, und dennoch hast du dich entschieden, zu gehen. Ich habe Höllentage hinter mir, und jetzt kann ich nicht deiner Laune nachgeben, wieder in mein Leben zu treten. Ich habe ganz bestimmt nicht vergessen, daß du schwanger bist, doch bevor ich dich wiedersehe, brauche ich Zeit. Das ist alles.«

Viola legte langsam, ohne einen Gruß, auf. Sie fühlte sich

gedemütigt. Er hörte sich an wie ein starrsinniges und beleidigtes Kind, das sich nicht mit seinem Freund vertragen will.

Nachdem ihre schwere Krise vorüber gewesen war, hatte sie ihn angerufen, überzeugt, daß er ihre eindeutige Botschaft verstehen würde: Ich liebe dich, du fehlst mir, ich will, daß wir wieder eine Familie werden. Geantwortet hatte ihr der Witwer, den sie aus ihren ersten Auseinandersetzungen kannte. Michele war auf erbärmliche Weise wieder zu dem verantwortungslosen und egoistischen Mann geworden, den sie gehaßt hatte.

Ich habe Höllentage hinter mir … Und seine Kinder? Und sie selbst? Hatte er wenigstens einen Augenblick lang sein eigenes aufgebrachtes Ego vergessen, um sich Gedanken über den Kummer der anderen zu machen? Es waren nur noch fünf Monate bis zur Geburt des Kindes, doch *er brauchte Zeit.*

Er hat dich nicht einmal gefragt, wie es dir geht, ob du auf dich acht gibst, ob alles gut läuft. Du hättest das Kind verloren haben können, und er wüßte es nicht einmal, weil es ihm egal ist. Wut machte sich in ihr breit. *Das ist alles …* Das war es wirklich. Ich will ihn nie wieder sehen, entschied sie atemlos, mit glühendrotem Gesicht.

Der Keramikbetrieb machte zwischen dem achten und dem zwanzigsten August Betriebsferien, und Viola fuhr mit ihren Eltern in das Haus am Lago d'Iseo. Sie machte Spaziergänge, ging schwimmen, sonnte sich. Wenn die heißesten Stunden kamen, legte sie sich in den Schatten einer Weide in der kleinen Grünanlage am See. Sie fühlte sich körperlich wohl und ausgeglichen. Während einer dieser Ruhepausen spürte sie zum erstenmal ihr Kind. Plötzlich bewegte sich etwas, leicht wie eine Liebkosung, und ein wohliges Kribbeln durchströmte ihren Bauch. Es war, als würde ihr Kind zu ihr sagen: Ich bin da, ich liebe dich, es geht mir gut hier drinnen.

Am Ende der Ferien konnte sie es endlich *wiedersehen*. Der Frauenarzt bestätigte, daß alles bestens verlief, und das Ultraschallbild zeigte ihr ein nunmehr fertiges menschliches Wesen. Jetzt mußte ihr Kind nur noch wachsen. Mit ihr verbunden, im feuchten Schutz seiner schwimmenden Wiege, nahm es Geräusche und Stimmen wahr.

Viola genoß ihre Schwangerschaft und kostete jeden Augenblick aus, mit dem Kind verbunden zu sein.

Auch sie hatte sich einem neuen Leben geöffnet. Sie konnte inzwischen an Michele, Marta und Domenico denken, ohne daß es ihr weh tat. Lediglich bei dem Gedanken an die weit zurückliegenden und verlorenen Gefühle verspürte sie hilflose Schwermütigkeit.

Eines Abends Ende September jedoch stellte das Klingeln des Telefons die tatsächliche Entfernung zwischen ihr und einer alles andere als weit zurückliegenden Vergangenheit wieder her.

Sie nahm den Hörer ab und hörte Micheles Stimme. Ein zögerndes und zugleich kühnes »Viola?«, auf das sie mit einem einfachen »ja« antwortete, während sie versuchte, sich darüber klarzuwerden, ob sie Überraschung, Freude, Wut oder Bedauern verspürte.

»Ich wollte mich nach dir und dem Baby erkundigen.«

»Alles läuft gut ...«

»Meinst du nicht, wir sollten uns treffen?«

»Nein«, gab sie spontan zurück.

»Vielleicht hast du vergessen, daß ich der Vater bin.« Beleidigt. Bestimmt.

»Hast du mir irgendeinen Grund geliefert, mich daran zu erinnern?«

»Ich rufe nicht an, um zu streiten, sondern nur, um zu reden.«

»Dann rede.«

Aus dem darauffolgenden Schweigen schloß sie, daß sie ihn aus dem Konzept gebracht hatte.

»Ein persönliches Gespräch wäre mir lieber«, sagte er schließlich. »Der Geburtstermin rückt näher, und wir müssen Entscheidungen treffen, unsere Beziehung definieren …«

»Michele?«

»Ja?« Hoffnungsvoll, erleichtert.

»Spar dir deine Entscheidungen und verschwinde aus meinem Leben.«

XXII

Marta stand im Türrahmen und sah, wie ihr Vater auflegte. »Mit wem hast du gesprochen?« fragte sie und kam näher.

»Mit einem Kollegen … War nichts Wichtiges.«

»Blödsinn. Du hast Viola angerufen, und ich habe alles gehört«, wies sie ihn streng zurecht.

»Dann frag doch nicht.«

Marta warf ihm einen verächtlichen Blick zu. »Was sollte das eigentlich werden?«

»Ich habe nicht die Absicht, mit dir darüber zu diskutieren.«

»Dachtest du, du könntest sie dazu bringen, zu uns zurückzukommen?«

»Genau das habe ich gedacht«, platzte Michele heraus. »Ich liebe Viola und vermisse sie schrecklich, ob es dir paßt oder nicht!«

»Und warum hast du ihr dann nicht gesagt …«

»Ins Bett mit dir. Und sieh nach, ob dein Bruder das Licht ausgemacht hat.«

»Papa, das war wirklich *grauenhaft*«, verzog sie das Gesicht und rührte sich nicht vom Fleck.

»Ich hatte Angst, daß sie sofort wieder auflegt«, gab Michele schwach zu.

»Hätte sie das mal besser getan! Dann hättest du nicht soviel Schwachsinn ...«

»Macht es dir eigentlich Spaß, in meinen Wunden herumzustochern?«

»Spaß haben wir hier schon lange nicht mehr«, erwiderte Marta und ging davon.

Viola war noch nicht im Aufzug gewesen, da hatte er bereits die Tür hinter ihr zugeschlagen. Sie wollte unbedingt gehen? Ihm beweisen, wie stark sie war? Bitte schön, sollte sie doch. Sie würde schon noch merken, daß er der Stärkere war, auch wenn er sie wenige Stunden zuvor auf den Knien angefleht hatte, bei ihm zu bleiben und ihm zu verzeihen.

Viola erwartete ein Kind von ihm. Er gab ihr ein paar Tage, höchstens eine Woche, dann würde sie schon begreifen, was für ein unzertrennliches Band dieses Kind zwischen ihnen geschaffen hatte und wie nichtig ihre an den Haaren herbeigezogenen Vorwände waren: von wegen, *es beschützen, ihm einen Platz suchen, an dem es unbeschwert aufwachsen konnte.* Der einzige Platz für das Kind war dieses Haus, und früher oder später würde sie angekrochen kommen und ihn um Vergebung bitten, so, wie er es getan hatte. Natürlich würde er sie mit offenen Armen aufnehmen und nicht zulassen, daß sie sich so weit erniedrigte.

Nur drei Tage später zitterte er bereits vor Ungeduld. Und als die Männer von der Henri-Cassel-Keramik kamen, um Violas Sachen aus der Mansarde abzuholen, war seine Kaltschnäuzigkeit dahin. Sie wollte das Spielchen auf die Spitze treiben? Bitte sehr. Sie brauchte gar nicht zu glauben, daß er sie anrufen, ihr Briefe schicken, sie in ihrem Büro überraschen und all den anderen Quatsch machen würde, den er sich in so manchem Anflug von Schwäche ausgemalt hatte, um dieser absurden Trennung ein Ende zu setzen. Viola fehlte ihm, und – verdammt noch mal – auch das Kind, das sie in sich trug. Sein Kind. Aber das würde er ihr nicht sagen: Sollte auch sie sich einsam und verlassen fühlen.

Nachdem er zunächst negativ und unpassend reagiert hatte (das ließ sich leider nicht leugnen), hatte er die unerwartete Vaterschaft als das begriffen, was sie war: ein wunderbares Geschenk, ein neuer Quell des Glücks.

Je mehr Tage verstrichen, um so mehr haßte er sie für ihr Schweigen. Mit welchem Recht enthielt sie ihm sein Kind vor? Warum begriff sie nicht von allein, was er ihr aus dummer Verbohrtheit (auch das mußte er zugeben) nicht selbst gesagt hatte?

Alle litten unter Violas Konsequenz. Marta schlich mit traurigem und schuldbewußtem Blick um ihn herum, Domenico war wieder in seine frühere Lustlosigkeit verfallen: Ich langweile mich, ich weiß nicht, was ich machen soll.

»Ich bin traurig«, hatte er eines Abends, als Michele ihn zu Bett brachte, mit weinerlicher Stimme gesagt.

»Soll ich dir ein Buch vorlesen? Oder dir ein Märchen erzählen?«

»Viola hat mir immer das von dem Mann und den zwei Kindern erzählt, die der Sonne hinterherlaufen ... Aber das ist kein Märchen, und du kennst es auch gar nicht.«

»Dann erzähl du es mir.«

Nein, es war kein Märchen, dachte Michele, als er auf Zehenspitzen aus dem Zimmer schlich. Es handelte sich um eine alte Indianerlegende, die Viola ein wenig abgeändert hatte, damit der Kleine sie als *mammola* anerkannte und um ihm das Gefühl zu geben, eine richtige Familie zu haben.

Ein Mann, eine Frau und ihre beiden Kinder lebten in einem Haus mitten im Wald, hoch oben auf einem Berg, hatte Domenico ihm erzählt. Bei Sonnenuntergang, während die Mama kochte, verließen der Papa und seine Kinder den finsteren Wald, um die Sonne zu betrachten, die unten im Tal noch strahlte. Eines Abends, als sie es leid waren, die Sonne verschwinden zu sehen, beschlossen sie, sie an ihrem Haus festzubinden. Sie verabschiedeten sich von der Mama und liefen immer weiter und weiter und weiter ... Sie liefen die ganze Nacht über Berge und durch Wälder, doch die Sonne war schneller als sie, und jedesmal, wenn sie glaubten, sie gleich zu fassen zu kriegen, entwischte sie ihnen wieder. Irgendwann setzten sie sich todmüde hin. Sie blickten zu ihrem Haus hoch oben auf dem allerhöchsten Berg und sahen ...

An dieser Stelle der Erzählung hatte Domenico innegehalten: »Kannst du raten, was sie gesehen haben, Papa?«

»Nein, mein Kleiner.«

»Zwischen den Ästen des Waldes sahen sie die Sonne leuchten. Und da wußten sie, daß Mama den Zauber kannte, um die Sonne festzuhalten, und daß sie wieder nach Hause zurückkehren mußten, weil nur sie es ihnen beibringen konnte. Von da an lebten sie alle zusammen glücklich und zufrieden. Auch wenn es draußen regnete und blitzte, war ihr Haus immer hell erleuchtet.«

»Das ist eine wunderschöne Geschichte ...«

»Ja. Aber ohne *mammola* können wir die Sonne nicht festhalten.«

Als Viola ihn damals, wenige Tage vor den Ferien, angerufen hatte, hatte er so viel Kummer und Frust in sich aufgestaut, daß er sie nur noch bestrafen wollte. Er hatte sich kurz angebunden und gleichgültig gegeben und sich sogar verkniffen, nach dem Kind zu fragen.

Der Entschluß, den Urlaub wieder in San Benedetto, in dem gleichen Hotel wie im Vorjahr, zu verbringen, war sicherlich seinen Schuldgefühlen entsprungen. Zu spät wurde ihm bewußt, daß er auch seine Kinder schuldlos büßen ließ. Wohin sie auch gingen, was auch immer sie taten, alles erinnerte sie an Viola.

Marta hatte einige ihrer alten Freunde wiedergetroffen, doch Michele mußte lange auf sie einreden, um sie dazu zu bringen, mit ihnen etwas zu unternehmen. Domenico klammerte sich nur noch an ihn, fast als fürchtete er, ihn auch noch zu verlieren. Schweigend vertiefte er sich in seine Puzzles oder malte. Von Zeit zu Zeit blickte er auf, als suchte er nach Viola, und enttäuscht, sie nirgends zu sehen, senkte er den Blick wieder.

Als Michele nach den Ferien die Tasche des Kindes auspackte, bemerkte er, daß aus all seinen Zeichnungen die Sonne verschwunden war. Ich muß sie anrufen, sagte er sich erschüttert.

Es dauerte über einen Monat, bis er den Mut dazu fand. Jedesmal, wenn er ihre Nummer wählen wollte, hielt die Angst ihn zurück. Und mit jedem Tag wurde es peinlicher, das Schweigen zu brechen, und immer schwieriger, es zu rechtfertigen.

Dummerweise hatte er damit Viola genug Zeit gegeben, um ihre schlimmsten Vermutungen bestätigt zu sehen: einen Mann verloren zu haben, der sich überhaupt nicht um sie und ihre Schwangerschaft scherte. Wie konnte er sie vom Gegenteil überzeugen? Würde ihm das je gelingen?

Leider hatte er Viola auch die Zeit gegeben, sich mit der Trennung abzufinden und eine Zukunft ohne ihn zu planen. Vermutlich tröstete sie sich mit der Überzeugung, er wäre ohnehin der falsche Mann gewesen. In einem Anflug von Trotz und Angst hatte er sie angerufen.

Papa, das war wirklich grauenhaft. Das stimmte. Er hatte wie ein Steuereintreiber oder Buchhalter geklungen. Jedoch gewiß nicht wie ein Mann, der seine Frau inständig bittet, nach Hause zu kommen.

Das neue Schuljahr hätte Marta und Domenico eigentlich aus ihrer Lethargie reißen und sie wieder zu einem geregelten Leben mit seinen alltäglichen Pflichten und Kontakten zurückführen sollen. Das war Micheles große Hoffnung gewesen. Doch statt dessen bemerkte er, daß seine Kinder noch apathischer und trauriger geworden waren. Die Rückkehr zur Normalität hatte offenbar das Gefühl der Leere, die Viola hinterlassen hatte, weiter verstärkt. Ohne sie konnte nichts wieder *normal* werden.

Anfang November berichtete ihm Schwester Francesca, die Schulleiterin, wie verwundert die Lehrer darüber seien, daß Marta sich kaum noch am Unterricht beteiligte. Michele war nicht danach, seiner Tochter Vorwürfe zu machen. Er selbst hatte keinen Spaß mehr an seiner Arbeit und konnte sich nicht auf seine Aufgaben konzentrieren. Als Angestellter hätte ihm eine Kündigung gedroht.

Sein Vater aber machte sich nur Sorgen um ihn: Er wußte, wie die Dinge standen, hatte aber keine Ahnung, wie er ihm helfen sollte.

Sogar seine Mutter zeigte eines Nachmittags – wenn auch in der ihr eigenen schroffen Art – einen Funken Verständnis. »Mit Frauen hast du wirklich Pech. Aber wenn diese Viola wirklich ein anständiger Mensch ist, wird sie ihr Kind nicht ohne Vater großziehen.«

Zwei Monate vor der Entbindung empfand Michele keinen Zorn mehr, sondern nur noch Verbitterung bei dem Gedanken daran, was seine Frau ihm vorenthielt: die gemeinsame Vorfreude, den Anblick ihres immer größer werdenden Bauches, den Herzschlag des Kindes. All das waren Gefühle, die ihm trotz zweifacher Vaterschaft unbekannt waren, und dennoch ahnte er auf traurige Weise, was er verpaßte.

Als er merkte, daß auch seine Kinder sich über die Schwangerschaft Gedanken machten, war er tief gerührt.

»Kriegen wir ein Brüderchen oder ein Schwesterchen?«

fragte Domenico eines Abends überraschend, während sie sich im Fernsehen eine Quizsendung ansahen.

»Viola weiß es bestimmt schon, es sind nur noch zwei Monate bis zur Geburt«, erwiderte Marta.

Wenig später klopfte Michele an ihre Tür und trat ein. Sie lag im Bett, das Gesicht ins Kissen gedrückt.

Mit verweinten Augen sah sie hoch. »Es ist nur meine Schuld, daß Viola gegangen ist. Ich ekele mich vor mir selbst, wenn ich daran denke, wie gemein ich zu ihr war und was für schreckliche Dinge ich zu ihr gesagt habe.«

Michele setzte sich zu ihr und legte den Arm um ihre Schultern. »Nicht einmal ich wollte das Kind. Ich hatte euch gerade erst wiedergefunden und konnte den Gedanken nicht ertragen, euch vielleicht noch einmal zu verlieren. Diese Angst hat mich dazu getrieben, mich feige rauszuhalten, als du erfahren hast, daß Viola die Witwe von Antonio ist, und als du sie so schlecht behandelt hast. Du hast einfach reagiert wie eine Vierzehnjährige – der Erwachsene war schließlich ich. Es wäre meine Aufgabe gewesen, dich zurechtzuweisen, dich zu beschwichtigen, dir zu erklären, daß auch ich Viola anfangs gehaßt habe.«

Marta zog die Nase hoch. »Wie hast du sie kennengelernt?«

Einen Augenblick lang sah Michele sie zögernd an, dann entschied er, daß sie groß genug war, um die Wahrheit zu erfahren. »In der Totenkammer, in die man Antonio und deine Mama gebracht hatte. In jener Nacht machte sie mir bittere Vorwürfe ... Und monatelang beschuldigte sie mich immer wieder, an der Tragödie schuld zu sein.«

Marta riß die Augen auf. »Hast du deswegen so gebrüllt, als du sie in San Benedetto bei mir und Domenico gesehen hast?«

»Ja. Ich hatte Angst, daß Viola euch benutzen wollte, um mir weh zu tun.«

»O nein!« protestierte Marta lautstark. »So etwas würde Viola niemals tun!«

»Das habe ich in jenem Sommer auch begriffen. Und dann habe ich mich in sie verliebt.«

»Das hättest du mir gleich sagen sollen, Papa.«

»Ich weiß. Wenn es einen Schuldigen gibt, so bin ich das. Ich habe alles falsch gemacht.«

»Dann ruf sie an und bitte sie um Entschuldigung.«

»Sie hat mir …«

»Du mußt es sofort machen«, fügte Marta hinzu, ohne auf ihn einzugehen. »Wenn du wartest, bis das Kind da ist, denkt Viola, daß du dich nur meldest, um es anzuerkennen und deine Pflicht zu erfüllen.«

»Das denkt sie sicher jetzt schon, nach meinem letzten unbeholfenen Anruf«, wandte er verbittert ein.

Marta machte ein nachdenkliches und konzentriertes Gesicht. »Fahr nach Pavia und geh zu ihr … Wenn du wüßtest, wie oft ich sie schon anrufen oder Sara bitten wollte, mit mir zu ihr zu fahren! Aber ich habe mich *geschämt*«, fügte sie theatralisch hinzu.

Michele verstand auf einmal, daß er sie in ein Problem hineingezogen hatte, daß ihr über den Kopf wuchs. Er sprach mit ihr, als wäre sie eine erwachsene Frau und nicht ein vierzehnjähriges Mädchen, das über das Ende seiner Familie erschrocken war.

»Laß mich nur machen«, sagte er und drückte ihr einen Kuß auf die Stirn. Bis zu diesem Augenblick hatte er darauf gewartet, daß das Problem sich von selbst löste oder daß Viola etwas unternehmen würde. Es war an der Zeit, das zu ändern.

EPILOG

XXIII

Den riesigen Bauch gegen die Fensterbank in der Küche gedrückt, stand Viola auf Zehenspitzen und befestigte die Fensterläden, die der Wind hin- und herschlug. Sie schloß das Fenster und blieb einen Augenblick lang stehen, um die triste Landschaft an diesem dunklen und verregneten Morgen, der den Winter ankündigte, zu betrachten. Trotz der geschlossenen Fenster und der aufgedrehten Heizung war ihr kalt.

Sie ging vom Fenster weg und machte sich einen Kaffee. Samstag, der achtundzwanzigste November. Am Vorabend beim Einschlafen und auch an diesem Morgen beim Aufwachen hatte sie vergeblich versucht, die Traurigkeit dieses Jahrestages abzuschütteln. Vor zwei Jahren waren Antonio und Anna gestorben.

Und vor einem Jahr habt ihr beide, Michele und du, beschlossen zu heiraten. Sie drehte das Gas unter der Kaffeemaschine auf und setzte sich. Jede Bewegung war inzwischen anstrengend. »Es ist ein Riesenkind!« hatte der Frauenarzt bei der vorletzten Untersuchung ausgerufen und auf den unverkennbaren Beweis gezeigt. Automatisch hatte sie an Domenico gedacht.

Vergeht denn auch nur ein Tag, eine Stunde, ohne daß du an ihn, an Marta und Michele denkst? Das Gesicht zum Bildschirm gewandt, hatte sie sich gefragt, ob das *Riesenkind* auch die gleichen hellen, munteren Augen und das Näschen seines Bruders haben würde.

Stiefbruder. Rotznase. Hast du das vergessen? Die Kaffeemaschine blubberte, und als Viola aufstehen wollte, um das Gas abzudrehen, blieb sie mit dem Bauch am Tisch hängen. Überall blieb sie hängen. Wie groß wollte es denn noch werden, dieses *Riesenkind?*

Hast du Martas Gesicht vergessen, als sie dich anschrie, du solltest abtreiben? Sie stellte sich auf die Zehenspitzen, um eine Tasse aus dem Schränkchen zu nehmen. Sie schüttete sich Kaffee ein, löste den Zucker darin auf und setzte sich wieder. Sie haßte es, im Stehen Kaffee zu trinken. *Und Michele? Hast du auch sein versteinertes Gesicht und sein Schweigen vergessen?*

Ich habe nichts vergessen, kapitulierte Viola seufzend. Inzwischen verstehe ich jedoch Martas Abneigung, als sie erfuhr, daß ich die Frau des Geliebten ihrer Mutter war, und auch ihren Widerwillen gegen einen Bruder, den sie als Frucht eines *Inzests* betrachtete.

Und ich verstehe auch Micheles Reaktion. Ich war erst einige Monate zuvor in ihr Leben getreten, als ich schwanger wurde. Wie hatte ich nur glauben können, daß all ihre Wunden geheilt, all ihre Erinnerungen ausgelöscht, all die Geister vertrieben, all ihre Probleme gelöst waren? Michele war gerade dabeigewesen, die Geborgenheit und die Sicherheit einer wahren Familie kennenzulernen, und ein drittes Kind hatte er als Gefahr für all das gesehen. Er war entsetzt und durcheinander. Und anstatt ihm zu helfen, habe ich ihn verlassen.

Doch danach hast du ihn gebeten, dich mit ihm und den Kindern in die Ferien fahren zu lassen. Doch er war verletzt und hat mich mit seiner Zurückweisung bestraft: Genauso, wie ich es später auch getan habe, indem ich mich weigerte zu erkennen, daß sein unpersönlicher und distanzierter Ton nichts als Angst war. Es war ein gnadenloses und kindisches Machtspiel gewesen. Und nun war es zu spät, um alles rückgängig zu machen.

Wenn du wirklich davon überzeugt bist, warum hast du dann immer noch keinen Namen für dein Kind ausgesucht? Warum konntest du dich bisher noch nicht dazu durchringen, dir eine Wohnung für dich und dein Baby zu suchen? Heute vormittag gehe ich mit Carlo zu einem Makler. Um zehn sind wir verabredet.

Sie sah auf die Uhr: acht. Sie hatte alle Zeit der Welt, um zu duschen, sich zu schminken und anzuziehen. Der Wind pfiff durch den Kaminaufsatz. Wenn das Wetter nicht besser wird, dachte sie, werde ich den Termin auf morgen verschieben.

Sie hoffte, daß Micheles Mutter nicht schon wieder eine Theateraufführung zum Gedenken an ihre Schwiegertochter inszeniert hatte. Bei dem Gedanken an Marta und Domenico, die bei Wind und Regen vor der Grabstätte standen, krampfte sich ihr Herz zusammen.

Violas Mutter kam herein und entriß sie einer neuerlichen Woge der Traurigkeit. »Ist für mich auch noch ein Kaffee da?«

»Ich mache dir sofort einen.« Sie wollte aufstehen.

»Bleib sitzen, ich mache ihn mir schon selbst. Was für Pläne hast du für heute?«

»Ich bleibe zu Hause.« Sie hatte es just in diesem Augenblick entschieden. »Ich muß mir die Entwürfe noch einmal ansehen, einen Kostenvoranschlag vorbereiten, ein paar Briefe beantworten.«

»A propos Briefe, gestern habe ich dir deine Post auf die Sitztruhe gelegt, aber ich habe gesehen, daß sie immer noch da liegt.«

Ihr Name und ihre Adresse waren in Blockbuchstaben geschrieben. Sie riß den Umschlag auf und zog ein Blatt heraus. Das Herz blieb ihr stehen. Es war eine Zeichnung von Domenico. PAPA, MARTA, ICH, BRÜDERCHEN, MAMMOLA. Das Brüderchen hatte er als winzig kleines Figürchen in ihre Mitte gemalt, und sie alle waren von einer riesigen, gelben Sonne umgeben.

Was dann folgte, konnte Viola nicht mehr rekonstruieren. Sie wußte nur noch, wie schwer es ihr fiel, mit ihrem riesigen Bauch ins Auto zu steigen und die Straße vor sich zu erkennen. Mit tränenüberströmtem Gesicht fuhr und fuhr sie und konnte es nicht erwarten, endlich anzukommen.

Michele machte ihr später Vorwürfe, wie unvernünftig sie gewesen sei, und erinnerte sie daran, daß es an jenem Samstag regnete und ein stürmischer Wind ging. Es stimmte, doch ihr war es vorgekommen, als folgte sie der Sonne.

Endlich war sie angekommen. Von dem Augenblick an ordneten sich alle Details wieder.

Sie klingelte an der Haussprechanlage und hörte Domenicos Freudenschrei beim Klang ihrer Stimme. Sie stieg in den Fahrstuhl. Sie putzte sich die Nase. Sie öffnete die Tür.

Marta und Domenico warteten auf sie. Sie breitete die Arme aus und drückte die beiden leidenschaftlich an sich, an ihren Riesenbauch. So aneinandergeschmiegt blieben sie eine Ewigkeit lang stehen. Dann hob Viola den Kopf und sah zur offenen Wohnungstür. »Wo ist denn Papa?«

Marta sah sie verblüfft an. »Ich dachte, er wäre bei dir … Er ist vor einer Stunde losgefahren, um dich zu holen.«

Maria Venturi

Das Labyrinth der Liebe

Roman. Aus dem Italienischen von Monika Cagliesi-Zenkteler. 230 Seiten. Serie Piper

Die attraktive Linda Parodi ist achtunddreißig, alleinerziehende Mutter einer aufmüpfigen Dreizehnjährigen und eines vierjährigen Pflegesohns. Mit viel Temperament und Humor meistert sie mehr oder weniger erfolgreich das tagtägliche Chaos. Nur auf ihre beste Freundin, die Psychologin Sara, ist Verlaß – auch wenn Sara mit gutgemeinter Kritik nicht gerade hinter dem Busch hält. Als Linda auch noch ihren Job zu verlieren droht, ist das Maß übervoll. Da tritt Matteo in ihr Leben: gutaussehend, sensibel und acht Jahre jünger als Linda. Die beiden verbringen gegen viele Widerstände eine intensive und leidenschaftliche Zeit miteinander, doch Linda hat schon zu viel erlebt, um noch an die ganz große Liebe zu glauben. Aber sie unterschätzt Matteo …

05/1138/01/L

Maria Venturi

Amore heißt Liebe

Roman. Aus dem Italienischen von Monika Cagliesi-Zenkteler. 237 Seiten. Serie Piper

Laura ist, nach der enttäuschenden Beziehung mit Sergio, an einem echten Tiefpunkt angelangt. Als er sie auch noch zu einer Abtreibung drängt, zieht sie endgültig die Konsequenz und trennt sich von ihm. In ihrer Niedergeschlagenheit entschließt sich Laura zu einer Reise, um auf andere Gedanken zu kommen. Ausgerechnet in Deutschland läuft ihr Marco über den Weg. Aus dem anfänglichen Strohfeuer wird schnell viel mehr, und schon bald heiraten die beiden. Ihr Glück scheint vollkommen, doch dann wird Laura eröffnet, daß sie nie wieder Kinder haben wird. Verbittert und von Selbstvorwürfen gequält, läßt sie sich immer öfter zu Streitereien mit Marco hinreißen. Da kreuzt Marcos Exfreundin auf und glaubt, leichtes Spiel zu haben …

05/1139/01/R

SERIE PIPER

SERIE PIPER

Antonio Tabucchi

Piazza d'Italia

Eine Geschichte aus dem Volk in drei Akten, mit einem Epilog und einem Anhang. Aus dem Italienischen von Karin Fleischanderl. 188 Seiten. Serie Piper

Eine phantastische und hintergründige Familienchronik über drei Generationen aus dem Dorf Borgo – erzählt von Antonio Tabucchi. In einem bunten Kaleidoskop erscheinen die Lebensläufe der kleinen Helden, Anarchisten und Deserteure und ganz nebenbei die große Geschichte Italiens von den Tagen Garibaldis bis zur Zeit nach dem Zweiten Weltkrieg: wie die jungen Rebellen mit Garibaldi für die Einigung Italiens in den Krieg ziehen, wie sie von Jagdaufsehern des Königs erschossen und wie siebzig Jahre später die Anarchisten von den Faschisten erpreßt werden. Dieser erste Roman Tabucchis, geschrieben vor einem Vierteljahrhundert, zeugt bereits von der karnevalesken Lust seines Autors am Umkehren der Zeitläufe, am Vermischen der Bilder und von der Intensität seiner poetischen Sprache.

05/1122/01/L

Isabella Bossi Fedrigotti

Zwei Schwestern aus gutem Hause

Roman. Aus dem Italienischen von Sigrid Vagt. 240 Seiten. Serie Piper

Liebe, Haß und Eifersucht sind die Gefühle, die die beiden Schwestern Clara und Virginia ein Leben lang verbinden. Gemeinsam in einem großbürgerlichen Südtiroler Landhaus aufgewachsen, könnten sie verschiedener nicht sein: Clara, die jüngere, dunkelhaarig, melancholisch, verschlossen; Virginia dagegen eine blonde Schönheit, lebenshungrig und rebellisch gegen die längst überholte Lebensweise ihres Elternhauses. Doch ist Clara wirklich die Edle, Tugendhafte, die von ihrer leichtlebigen Schwester um das Lebensglück gebracht wurde? Ein raffinierter Frauenroman, ausgezeichnet mit dem Premio Campiello.

05/1141/01/R

Susanna Kearsley

Glanz und Schatten

Roman. Aus dem Englischen von Leon Mengden. 395 Seiten. Serie Piper

Der Historiker Harry hat es sich in den Kopf gesetzt, die Juwelen zu suchen, die die unglückliche Königin Isabelle Plantagenet vor achthundert Jahren auf ihrer Flucht in den unterirdischen Gängen von Schloß Chinon versteckt hatte. Harry überredet seine junge Cousine Emily, ihm von London aus an den malerischen Adelssitz im Loire-Tal zu folgen. Bei Emilys Ankunft fehlt jedoch jede Spur von ihm, so daß sie sich einer Clique von Weltenbummlern anschließt und es genießt, von charmanten Männern umschwärmt zu werden. Die Urlaubsidylle zerbricht, als ein Mord geschieht. Auf der Suche nach Harry, dem Schatz und dem geheimnisvollen Drahtzieher im Hintergrund gerät Emily in höchste Gefahr.

Susanna Kearsley verknüpft gekonnt Geheimnis, Verbrechen und romantische Liebe und führt die Frauenschicksale verschiedenster Epochen in einem ebenso überraschenden wie furiosen Finale zusammen.

05/1022/01/L

Susanna Kearsley

Rosehill

Roman. Aus dem Englischen von Karin Diemerling. 429 Seiten. Serie Piper

Verity Grey kann einfach nicht nein sagen, als sie zu Ausgrabungen ins schottischen Rosehill eingeladen wird. Schließlich ist sie mit Leib und Seele Archäologin – und die Aussicht, wieder mit dem unverschämt gut aussehenden Adrian zusammenzuarbeiten, ist ebenfalls verlockend. Der Teamleiter in Rosehill ist geradezu vernarrt in seine Idee, hier auf Spuren der berühmten Neunten Römischen Legion zu stoßen. Allerdings vertraut er ausgerechnet auf die Aussage eines achtjährigen Jungen, der felsenfest behauptet, einem Geist begegnet zu sein: dem Geist eines römischen Legionärs. Die kluge, unbestechliche Verity glaubt selbstverständlich nicht an Geister, doch dann passieren Dinge, die nicht einmal sie erklären kann. Damit nicht genug, trifft Verity auch noch David, der so ganz anders ist als die Männer, die ihr bislang gefährlich werden konnten.

05/1023/01/R

Margherita Giacobino

Marina, Marina, Marina

Roman. Aus dem Italienischen von Maja Pflug. 319 Seiten. Serie Piper

Wenn die Liebe eine Krankheit ist, müßte man sie doch früher oder später kurieren können – oder wenigstens die Symptome in den Griff kriegen! Marina bemerkt erschreckt einen neuen Krankheitsbefall. Und das mit Mitte Vierzig, wo das Leben endlich in geordneteren Bahnen läuft, die Tochter aus dem Haus und Marina in ihrem Beruf als Fotografin erfolgreich ist. Der Liebesbrief eines Unbekannten läßt sie trotz aller Warnschilder einem fragwürdigen Abenteuer entgegenstolpern. Mit großem Witz und sicherem Gespür für Komik erzählt Margherita Giacobino die Geschichte der Frauen, die keinesfalls so leben wollten wie ihre eigenen Mütter und doch instinktsicher in die alten Liebesfallen laufen. Und verwundert feststellen, daß die Liebe ein unheilbares Übel ist – wenn auch das angenehmste der Welt.

05/1351/01/L

Angela Huth

Quartett für zwei

Roman. Aus dem Englischen von Regina Keller. 403 Seiten. Serie Piper

Seit Jahrzehnten sind der Geiger William und seine Frau Grace glücklich verheiratet, nichts kann die Harmonie und Vertrautheit der beiden stören. Fast nichts … Denn als die unerhört attraktive Bonnie mit ihrer Bratsche auftaucht und bei William ganz neue Saiten zum Klingen bringt, ist es um ihn geschehen. Angela Huths »Quartett für zwei« besticht als grandios geschriebene Milieustudie ebenso wie als humorvolles Porträt einer Ehe am Scheideweg.

»Angela Huth hat in ihrem stimmigen Roman wunderbare Szenen einer Ehe beschrieben, in denen immer ein bißchen Wahnsinn à la Woody Allen mitschwingt.«
Brigitte

05/1026/01/R

Carlo Lucarelli

Der trübe Sommer

Ein Fall für Commissario De Luca. Aus dem Italienischen von Barbara Krohn. 147 Seiten. Serie Piper

Es ist der Sommer des Jahres 1945, und Commissario De Luca ist inkognito unterwegs nach Rom. In einem kleinen Dorf in der Emilia Romagna macht er eine schauerliche Entdeckung – sämtliche Mitglieder der Familie Guerras liegen erschlagen auf ihrem Grundstück. Weshalb mußten sie sterben? War es ein politischer Mord? Die Lösung des Falles wird für De Luca zu einer gefährlichen Gratwanderung, denn auch er hat ein dunkles Geheimnis.

»Mit großer Kunstfertigkeit öffnet Lucarelli in diesem kleinen und ungemein spannenden Krimi den großen Resonanzraum von Schuld und moralischer Verstrickung.«
Abendzeitung

05/1352/01/L

Carlo Lucarelli

Der rote Sonntag

Ein Fall für Commissario De Luca. Aus dem Italienischen von Monika Lustig. 208 Seiten. Serie Piper

Commissario De Luca schlägt den Mantelkragen hoch. Ein kühler Wind weht durch das regennasse Bologna. Es ist der April des Jahres 1948. Nervosität und die lähmende Spannung der ersten demokratischen Wahlen liegen über der Stadt, als De Luca sich auf den Weg macht in die Via delle Oche. Dort soll sich der kommunistische Bordellhandlanger Ermes Ricciotti erhängt haben. Die Indizien am Tatort sprechen eine andere Sprache, doch von oberster Stelle werden De Lucas Ermittlungen im Keim erstickt. Bis er der »Tripolina«, der verschlossenen, dunkelhaarigen Bordellbesitzerin, näherkommt. Mit seinem eigenen festen Moralkodex bewegt sich Commissario De Luca in diesem Netz aus Lügen, Betrug und politischer Machtgier. Lakonie, der scharfe Blick fürs Milieu und bestechend vielschichtige Charaktere zeichnen die Romane von Carlo Lucarelli aus – und die ganz besondere Atmosphäre ihrer Zeit.

05/1359/01/R

SERIE PIPER

Andrea Camilleri

Jagdsaison

Roman. Aus dem Italienischen von Monika Lustig. 160 Seiten. Serie Piper

Neun Tote in wenigen Monaten sollten in dem sizilianischen Städtchen Vigàta eigentlich mehr Aufregung verursachen. Doch erst der neue Stadtkommandant aus dem Norden Italiens beginnt an der Zufälligkeit dieser Heimsuchung zu zweifeln. Was geschieht, wenn einer aus Liebe zu fast allem bereit ist, erzählt dieser sinnlich-skurrile Roman aus der Feder eines der erfolgreichsten Schriftsteller Italiens.

»Camilleri erzählt mit spürbarer Lust an überraschenden Wendungen und komischen Situationen von wunderbar plastischen Figuren.«
Frankfurter Rundschau

Andrea Camilleri

Die sizilianische Oper

Roman. Aus dem Italienischen von Monika Lustig. 270 Seiten. Serie Piper

Aufruhr im sizilianischen Städtchen Vigàta. Zankapfel ist eine umstrittene Opernaufführung: Gegen allen Protest hat der frischgebackene Präfekt die entsetzlich schlechte Oper eines drittklassigen Komponisten durchgesetzt. Vigàtas Hitzköpfe entfachen ein wunderbar groteskes Spektakel, bei dem nicht nur das neue Opernhaus abbrennt.

»Mit der Leichtigkeit eines Pianisten spielt Camilleri auf der Klaviatur Siziliens und seiner Mentalität. Eine Vielstimmigkeit an Bildern und Sprachen, eine menschliche Komödie in der Tradition Gogols und Pirandellos.«
Corriere della sera

05/1340/01/L

05/1341/01/R

KABEL

Elsi Rydsjö

Holunderblüten

Roman. Aus dem Schwedischen von Dagmar Mißfeldt.
277 Seiten. Gebunden

Als die kürzlich verwitwete Susanna Henderson den weitläufigen Gutshof aus dem 18. Jahrhundert zum erstenmal erblickt, weiß sie sofort: Hier wird sie das Mädcheninternat gründen – hier sollen junge Frauen die Ausbildung genießen, die ihnen finanzielle Unabhängigkeit gewährt. Das Hauptgebäude ist in saftiggrüne Wiesen gebettet, mitten in der lieblichen Landschaft Südschwedens. Die hohen Stuckdecken, die zahlreichen Kamine und die lichtdurchfluteten Räume zeugen von vergangener Größe. Der Hof gehört der Familie Hennickes, die auf dem benachbarten Anwesen lebt. Eine Familie, deren Glück jäh von einem furchtbaren Ereignis überschattet wurde: Der junge Gutsherr hat auf tragische Weise Frau und Tochter verloren. Doch Susanna weiß nur allzugut, was Verlust bedeutet. Und sie weiß, daß die Liebe immer wiederkehren kann.

03/1041/01/R

Steve Zikman

Weit weg und glücklich

Von der Magie des Reisens. Aus dem Amerikanischen von Eva Dempewolf. 188 Seiten. Gebunden

Spontaner Ausflug über das Wochenende, Geschäftstrip oder vierwöchiger Rucksackurlaub – aus jeder Reise läßt sich viel mehr machen. Steve Zikman, selbst Weltenbummler aus Passion, kennt den besonderen Reiz jeder einzelnen Phase: den ersten Impuls und die kribbelnde Vorfreude beim Kofferpacken; das Entdecken ferner Länder – ein Sonnenaufgang an der Amazonasmündung, die feierliche Stille eines Stadtparks; Freundschaften, die wir unterwegs schließen – in einem Nachtzug ebensogut wie in einem buddhistischen Kloster; das unendliche Gefühl von Freiheit, wenn man aus seiner gewohnten Umgebung gelöst ist, oder auch das von Heimat in der Fremde, etwa weil man immer wieder das gleiche gemütliche Straßencafé besucht ... Dieses Buch steckt voller Erfahrungen darüber, wie Reisen unseren Horizont erweitert und unsere Persönlichkeit bereichert. Es ist das beste Mittel gegen Fernweh, leidenschaftlich, anregend und voller Poesie.

03/1035/01/L

KABEL

Carmen Rico-Godoy

Das Fest der Schwestern

Roman. Aus dem Spanischen von Volker Glab. 260 Seiten. Klappenbroschur

Bis auf das kleine Muttermal sind sie identisch: Ana und María, Zwillingsschwestern, 50 Jahre alt und ständig ein wenig im Clinch miteinander. Kein Wunder, denn Ana ist verheiratet, verwöhnt, geliftet, hat einen Sohn und einen Mann, der sie betrügt. Und María ist Single, intellektuell, Schauspielerin, uneitel und hat einen Kater, den sie über alles liebt. Wieviel sie tatsächlich gemeinsam haben und wie wichtig sie einander sind, entdecken sie erst, als ein Unglück ihr Leben überschattet: Ana erfährt, daß sie krank ist und sofort operiert werden muß. Und plötzlich ist alles anders: Nie haben sich die beiden so viel anvertraut von ihrem Leben, ihren Liebschaften, ihren Ängsten und Abenteuern. Nie haben sie sich so stark gefühlt und so entschlossen, ihr Leben in die Hand zu nehmen und zu verändern.
Ein wunderbarer Roman über Schwesternliebe und zugleich eine Liebeserklärung an das Leben.

03/1027/01/R